奇怪的美国人

盛林——著

江苏凤凰文艺出版社
JIANGSU PHOENIX LITERATURE AND
ART PUBLISHING, LTD

目录

作者的话

《奇怪的美国人》是我赴美八年，出版的第六本书。

《奇怪的美国人》是我八年美国生活故事的精选、见闻的精选、感悟的精选。

《奇怪的美国人》是我又一本纪实散文，它记录并描绘我的美国日子。

从我的中国日子到美国日子，生活发生了很大的变化。首先是地域的变化，我从东方，一口气跑到了西方；再是环境的变化，我从喧哗的城市，跑到了宁静的乡村；还有身份的变化，我从一日复一日的上班族，变成了一日复一日的家庭主妇。

因为这些变化，我的美国日子，它的内容、结构、情节、细节，和中国日子也就有了很大的不同。而最大的不同，是人的不同。美国人长得和我们不同，语言和我们不同，吃的东西不同，很多风俗习惯也不同。从个性上看，他们直接，我们内敛；他们随意，我们严谨；他们容易满足，我们追求完美。

很多人认为，中国人和美国人之间，最大的差异是语言。其实不是，是想法。我们和他们的冲突，更多的是想法的冲突。很多我们认为微不足道的事，他们却看得很重。比如一只旧煤炉，在我们眼里是垃圾，在他们眼里却是古董。反过来说，很多我们看重的事，他们却认为微不足道。比如说，我们把女人坐月子的事，看得重如泰山，但美国女人并不坐月子，至少不像中国女人那样坐月子。关于中国女人坐月子的事，他们无论如何无法理解、无法接受。还有待客之道，我们讲“来的都是客”，必须“以礼相待”，“礼”可能是一桌饭菜，也可能是精心准备的礼物，这是我们的礼仪文化。但他们不同，你去他们家做客，很可能收到一堆甜言蜜语，然后让你饿着肚子回家。我们认为这样很不正常，他们却认为很正常。家庭关系也是如此，他们见面就是拥抱，出口就是“我爱你”，但实质上他们各自独立，父母的事子女不问，儿女的事父母不管。而我们有家和万事兴、家丑不可外扬的文化，大家庭团结互助，亲密无间。

不需要评判，没有谁对谁错、谁好谁坏。就是想法不同。

想法不同，生活方式就会不同。而这样的不同，让他们在我们眼里显得很奇怪。但如果仔细看、认真想，奇怪的美国人，其实很可爱，可爱得让你开怀一笑。

当然，奇怪也好，可爱也罢，中国人也好，美国人也罢，大家一样日出而作，日落而息；大家一样热爱生命，追求享乐。人的本质、本性是一样的。所以，我们应该互相了解，互相学习，互相包容。有这样的心态，世上事，都可见怪不怪；世上人，都可相敬如宾。

互相排斥、互相仇恨，这才是件很奇怪的事。

这是我写《奇怪的美国人》想表达的想法，也是我写这本书的目的所在。

前几天，与我的一本书的主编聊天。她说："我很佩服你这样的人，一辈子可以不停地写。"其实我要佩服的，是她，还有出版社，佩服他们的坚持。纸质书和电子书的战争早已白热化。现状是，纸质书举步维艰，电子书高歌猛进。要坚守纸质书阵地，真的很难，需要勇气，更需要智慧。

纸质书和电子书，听上去很别扭，但却是我们今天社会的特产。我并不拒绝电子书，它有它的魅力，我也经常看。但说句大实话，看电子书实在不如看纸质书潇洒。电子书有很好的东西，但也有很粗制滥造的东西，甚至还有偷工减料的东西。前不久，我上网读林语堂的《人生的盛宴》，如此严谨的一本书，却被编得错误百出，段落、句式混乱，全无美感。书如明镜，寓意照心。这样的书，何以明心？

看纸质书还是电子书，大可各取所需，无可非议。但不管纸质书还是电子书，写认真，编精到，不误人子弟，不丢失道德，实现书之初衷，这才是大事，切切要牢记。

我们这代人是捧着书长大的，一本实实在在的书，闻着香，看着美，抱着更有重量。纸质书的质地美，电子书无法取代。纸质书的大众情结，电子书也无法取代。也许就是因为这样，让很多人依然坚持购买纸质书籍。写书人、出版人、图书策划人，大家一起在坚持。坚持的事不一定出成果，但想取得成果必须坚持。况且，未来如何，结果如何，只能让时间定夺。人生的真相是变易，世间的法则是无常。

写完这本书，案头还有很多写书计划，总觉得时间不够用，总觉得有人很恶毒地在我背后鞭打催促。回头一看，这个人正是我自己。她看上去精神十足，霸气十足，我不知道应该怎么对她说：我已经很努力了，我一直在写，我没有停过。这八年，我没有偷懒，我要求奖赏。

她说，写是写的奖赏。

这句话是大作家周华诚说的，她怎么就生吞活剥过来了？

好吧，不管怎么说，我讨到了奖赏，我居然很喜欢这个奖赏！写是写的奖赏。继续写吧。

盛林

2017年5月于美国德州沃顿

序

林将要出版她的新书《奇怪的美国人》，她请我为这本书写序。她说她的丈夫为她的一本书写了序，她的妈妈也为她的一本书写了序，所以她希望她亲爱的婆婆也为她写一篇序。她告诉我时我很惊讶，我没想到我会成为这本书的作者之一，但是我很愿望尝试一下。

我的媳妇林是一个美丽的、聪明的、有才华的中国女孩，她来到美国才八年，就出版了六本书，我知道她依然在勤奋写作。如果你问我哪一本书是我最喜欢的，当然是《安妮在中国》，虽然我从没读过，但我知道林没有在书上说我坏话。

好吧，我很欢迎林成为我的媳妇，并把中国文化带进我们家庭，也给了我们一个向她展示我们风土人情的机会。当我的儿子菲里普告诉我他将要和林结婚，而林将要到德州生活时，我心里是担心的。她远离家庭、朋友，远离百万人口的大城市，搬到我们只有八千人的迷你小镇，这是一个很大的改变，她要如何适应冷清清的乡下生活？

但是林的适应速度超过了我们的想象，现在，她不但在他们的林地上养鸡、鸭、鹅、火鸡，并因此吃到了新鲜的肉和蛋。当林和菲里普旅游时，我是那个帮他们照顾家禽的人。我很高兴帮助他们，当然还是害怕那只大鹅攻击我。不过这件事真的很有趣，我能够想象出林与她的小朋友们待在一起的感觉。

林还有一个美丽的菜园，里边种满了蔬菜。她像德州人那样培育食材，像中国人那样烹调，完美地结合了两种文化。林还把中国菜肴带到我们传统的节日派对，但我们很愿意互相融合。林已经适应了很多德州人喜爱的食物，如汉堡、辣酱玉米糊，她还接受了把生的蔬菜当零食吃的习惯。当然我们也尝试了鳝鱼、全鱼及有头有脚的动物，比如鸭子。我的孙子们被林告知鸭舌可以当零食吃，但他们依然无法认同这样一份零食。林依然认为美国人在烹调时浪费了很多动物的部件。

菲里普尝试着教林在美国开车，但我们公路的高速度吓坏了她。林很惊讶有那么多美国小孩子，在私人领地上玩着各种各样的机动车；她也很惊讶十六岁的孩子就可以拿到驾照，而且很多人必须开车，因为这里竟没有任何公交车。

我有一帮老朋友，多年来每周一次一起分享午餐。有一次我邀请了林，她很惊讶地看到这些美国“老”女人浓妆艳抹、珠光宝气的样子。我很愿意与林一起分享这样的老朋友，让她注意到“老”女人依然有很多乐趣，而不是让年龄阻碍我们想做的事。

林在我们小镇上很受欢迎，她在我们的教堂有很多朋友，她总是很享受我们小镇的一些活动，比如品酒会、车展、音乐派对。有时她会去养老院为老人们演奏中国乐器，逗乐了老人们。这就是为什么她获得了许多朋友，因为她有一颗善良的心。

上面我提到的很多事，林都写进了《奇怪的美国人》这本书中。我相信这是一本很有意思的书，如果能把这本书翻成英文，让更多的美国人读到它，那就太好了。当我想到中国人通过林的书了解更多的美国文化，我就非常兴奋。我也很愿意学一些中国文化，四年前我去过中国，林的家人、朋友及之前的同事们对我很友好，他们在考究的饭店请我吃了很多美食，我的舌尖因此得到了新的体验。

我对(中国的) 交通状况非常惊讶，经常看到拥挤的人群挤在一起向前行走，这完全超出我的以往经验。但我很快学会了如何穿过这样的人群，并不再考虑这样推挤是不是粗鲁的事。

我的中国之行使我获得了很多收益和享受，我希望哪天再去一次。

林成为我们家的一分子，是我们一家的幸运，她让我们的生活变得丰富多彩，我们也希望为她做同样的事。

安妮·卡特

（盛林　译）

奇怪的美国人

美国人真的很奇怪。

我刚到美国时，每次看电视，几个蓝眼睛高鼻子一晃，我就晕了菜，不知道谁是谁了。比如有一次看某个凶杀电影，我缠着菲里普不停地问："这是A的老婆？"他回答："不，这是B的老婆。"过会儿我又问："这是B的老婆？"他回答："不，这是C的老婆。"菲老公总是很有耐性，我总是很困惑。我继续问："C杀掉了B？"他回答："不，A杀掉了B。""然后A和B的老婆上床？""不，C和B的老婆一起杀掉了A，C和B的老婆上床，C的老婆与C和B的老婆枪战。这不，电影结束了。"我一拍大腿："我知道了，只有C的老婆活下来！"菲老公还是很有耐性："不，亲爱的，活下来的是B的老婆！"

我觉得这样打扰菲里普很不仁慈，后来看电影我不问了，耐着性子往下看，看完电影后，我一拍大腿无比快乐地总结一句："哈，我知道谁是A谁是B！”菲老公很无语，电影很悲惨，他都抹了三遍眼泪了，我忙着分辨A和B！

记不住谁是谁，不能怪我，因为美国人很奇怪，长得都一样。

其实美国人的奇怪，外表只是很小一部分。他们的奇怪，还表现在许许多多方面。

他们说话奇怪。我们说“今天过得很开心”，他们说“过得很开心今天”；我们说“今天晚上六点镇上有派对”，他们说“有派对镇上六点今天晚上”。

他们刷牙奇怪。我们刷牙咕噜咕噜清口，吐干净，然后当当当洗牙杯；他们刷牙不用牙杯，刷完了嘴一抹完事，牙膏和脏水呢？吞下去了。为什么这么恶心？因为他们进嘴的东西是不吐出来的，那叫呕吐。如果你在饭桌上吐骨头吐鱼刺，他们认为你在呕吐，于是他们看了也想呕吐。吃鱼肯定有刺，怎么办呢，总不能把刺吞下去吧？他们的做法，是用兰花指，把刺一点点拔出来。当然，美国人很少拔刺，因为他们的鱼根本没刺。

他们用钱奇怪。我们有九分钱，吃喝用三分，银行存三分，股市投三分。白天做梦是钱，晚上做梦是钱，要钱干什么？给子女买房子，或者供他们留学。美国人呢，他们有钱恨不得今天就花光，你不让他花，他跟你急。明天怎么过日子？借钱。你别看美国人风风光光，有房车有船有车甚至有飞机，都是欠了一屁股债的。小孩结婚没房子怎么办？自己挣去，没老子一毛钱的事！我婆婆就是这样，每个月拿到的社会福利金、退休金，除掉吃饭、还房贷、还车贷、交房税、付保险及买衣服买化妆品，多下来的，她全用在旅游上。她每个月都要出去玩，玩得钱花过头了，出赤字了，她才会老老实实待在家里，坐等下个月的钱。

他们装饰房子奇怪，他们喜欢到处捡旧东西、破东西，然后煞有介事地摆在厅堂，并告诉你这是古董。比如一把旧火钳、一只旧皮箱、一块旧门板，都是宝贝。他们用过的玻璃瓶也不扔掉，当装饰品供起来。你走进他们的家，一眼能看到橱、柜的顶上，放着满满当当的瓶子。还有，他们墙壁有多宽，照片就贴多宽，家里老老少少、子子孙孙全上了墙。如果有一块地方没贴照片，那块地方说不定挂了菜盘，或者饭碗，甚至是锅子、铲子。是的，锅碗瓢盆，全是装饰品。杯子、蜡烛、钟这类，这些我们眼里的“用具”，他们也拿来当装饰品。收集钟表，似乎是全美人民的爱好，你去美国人民家里做客，如果送只钟当礼物，绝对讨好。当然，我很小心，我从来不送。如果谁送我钟，我马上回送，谁送我我再送他。

他们穿衣服奇怪，不是穿得太讲究，是穿得太不讲究，甚至有点邋遢。我不知道其他地方怎么样，反正我们小镇上的人，除了上教堂、参加婚礼、参加派对，他们基本上是一条牛仔裤打天下。穿牛仔裤还算不错的，穿背心、短裤、拖鞋打天下、走江湖的大有人在。我每次出门前，都会问菲里普“我穿什么”，他根本不答题。因为他知道我不换五次甚至十次衣服是不会出门的，于是他总是站一边津津有味地看我的脱衣秀。我出门后在街头的回头率很高，不是因为我漂亮，是因为我奇怪。不止一次，熟人看见我就问：“林，你穿得这么漂亮，要去参加婚礼吗？”真是奇怪，不参加婚礼就不能穿漂亮些？

说到漂亮的事，我要说说他们的女人。美国女人很奇怪。我们喜欢白皮肤，她们喜欢深皮肤。我们喜欢太阳下面打伞，她们喜欢太阳下面脱光晒。我们小姑娘才往头上戴花，她们老老少少都戴，而且是很大的一朵，颜色也无所顾忌，红花黑花白花都戴。我们年纪大了，比如五十岁了，人家不喊你老太婆，自己主动喊自己老太婆。她们年纪大了，哪怕九十岁了，自己还喊自己“girl”，男人还喊她“小甜心”。谁说她们老了，她们咬死你。对了，她们牙口都很好，从小保护到老，九十岁了还能咬人。

美国女人奇怪，美国男人也奇怪。我们有男友或女友，在一起是件慎重的事，分手是件伤心的事。美国男人呢，换女友像换袜子，换了多少双根本记不清，他在家里开派对时，会把前女友前前女友前前前女友一起邀请。我们离婚后，男人看到前妻不敢笑，怕身边的兴风作浪。他们看到前妻，嘴里喊着“甜心”扑过去啃，那顿亲热让你迷惑不解。但这并不意味着，他们还爱对方，也不意味着他们对现有婚姻不珍惜，美国男人对婚姻很珍惜，珍惜得战战兢兢。美国男人试婚，但绝对不“闪婚”，他们一旦结婚就想白头到老。为什么呢？上帝说，女人是男人的一根肋骨，这根肋骨是不能轻易抽掉的。抽掉很痛，而且是灾。这是真的，离一个婚，会让男人倾家荡产。

夫妻之间呢，当然也奇怪。我们结了婚，一般不戴婚戒，要戴也是在重要场合，甚至很多人根本没有婚戒。要婚戒干吗，不是有结婚证吗？但美国人结婚，婚戒就是结婚证，戴上不能脱，脱下的时候就是说再见的时候。还有，我们夫妻俩，谁有派对谁有场子，各参加各的，如果一起参加，比如老公的同学会、同事会，老婆也来了，大家往好里想，认为你们恩爱；往坏里想，认为某人是盯梢。美国夫妻呢，不管谁有派对，必须双双同行。他们哪怕上街打个酱油，也是夫妻双双。如果少一个，亲友见了肯定会想，上帝啊，他们出问题了！

我们夫妻间很少亲嘴，很少说我爱你，连谢谢也很少说。我们认为，爱就是爱，不需要上这些酸菜麻辣汤，哪天妻子如果高喊一声"谢谢"，丈夫说不定吓掉半条命，拼命自查，今天我做错了什么？美国夫妻呢，他们亲嘴就像吃口香糖，想吧唧就吧唧。他们说我爱你的频率更高，张嘴就来，闭嘴就是，哪怕刚吵完架，一个气冲冲出门，边走边喊："我爱你，亲爱的！"另一个在门里，气冲冲回答："我也爱你！甜心！"

还有，他们养小孩奇怪。我们养小孩当金蛋银蛋养，二十岁甚至三十岁还捧在手上；他们养小孩像养狗蛋，而且喜欢养一堆狗蛋。狗蛋们小时候日子很好过，他们丰衣足食，有快乐童年，父母们都以他们为荣，十五六岁了，还是又亲又抱，一口一个甜心。但是，十八岁一到，狗蛋就被爹娘大脚踹出界外，Over！别再想回来啃老，别再想回来借钱，别再想回来做小宝贝，Over！这不太无情吗？不，他们不承认，他们振振有词：孩子不是长大了吗？长大了还有我们屁事？Over！

当然，如果小孩哭着喊着，跪在父母面前求助，父母也不会见死不管。但偏偏美国小孩子也很奇怪，他们的骨头都很硬，他们宁愿住房车、啃玉米、到处打工，也不会向父母伸手要一个子。为什么呢？他们要自由、要独立，他们拒绝束缚。这就合了我们熟知的一首诗：生命诚可贵，爱情价更高，若为自由故，两者皆可抛。

在美国，癌症病人也很奇怪，你根本看不出来。因为癌症病人不住院，除非紧急情况。他们不住院，也不待在家里，照样到处乱跑，参加旅游，参加派对，参加社区活动。我们的教堂就是这样，那个每次站在门口、为大家开门关门的，是一个鼻癌患者，他总是顶着一个很红的大鼻子，脸上满是做过化疗后的斑痕，一副风平浪静的表情，所以直到他死了，我才知道他是个资格很老的“癌人”。在教堂唱诗班成员中，也有三个癌症病人，一个是皮肤癌，一个是脑癌，一个是胃癌，他们唱歌时声情并茂，如果不是他们自己说，打死我都不相信他们都已经病入膏肓。教堂有一个弹风琴的女士，有一天弹着弹着突然倒地，抬到医院后就死了。开追悼会时，牧师说，她得肝癌已经五年了。我听了大吃一惊，这五年，她一直坐在那为大家弹风琴，浓妆艳抹风采翩翩，哪像一个癌症病人。

至于那些患过癌的人，就更看不出来了。我有很多朋友，都是闲聊中才知道他们生过癌，比如我对面邻居、后面邻居，都是夫妻双双得过皮肤癌。还有我婆婆安妮，有一天我说起甲状腺结节的事，她说别担心，大不了开刀，她五年前开过刀，是甲状腺癌。我听了不敢相信，她得癌的事，开刀的事，我和菲里普都不知道！“小手术呀！”安妮很淡然地说，“我自己去，自己来，珊蒂都没打扰！”珊蒂是她宝贝女儿，和她住在一个庄园。

是因为癌症病人太多，他们不当回事了，还是他们根本就不担心，因为他们有最好的医生？或者他们对生死的事看得很淡，因为他们相信上帝，相信能在天堂获得永生。

他们的医生也很奇怪。你找医生看病要约，只要一时死不了的病，三个月能约到医生很不错了，半年约到医生属于正常。为什么呢？因为医生每天只看几个病人。医生是不是太懒了？气人的是，这么懒的医生都是大富翁，他们看一个病人，保险公司付他的钱够他吃一个月，他一个月的收入能买一辆宝马，他一年的收入能买豪华别墅。你说，他干吗要每天猫在办公室？还有，你等得花儿都谢了，总算见到医生大人了，你看完病讨药吃，他还不给，说要观察观察。比如我吧，我的甲状腺长结节五年了，越长越大，每年去医生那报到，她都是一句话：再观察观察。我到美国八年了，看过好几次医生，但没吃过一粒药，医生不给！他们总是对我说："甜心，相信我，你没必要吃药……OK？"看了医生没药吃，这不是白看吗？但也没办法，我自己不会做药，OK，那就相信医生。

美国人开追悼会也很奇怪。我们参加追悼会，戴白花，送花圈，全场哭声一片，再硬心肠的人，再不相干的人，一个个泪流满面。但这里开追悼会，一不戴白花，二不送花圈，三不三鞠躬，四不放哀乐……大家只是像开欢送会一样坐进教堂，不但没人哭，还笑声一片。朋友们轮流上去，讲死者生前好玩的事、好笑的事，甚至是出丑的事，把所有人逗得仰天大笑，甚至连家属也笑。

我到美国后，参加的第一次追悼会，是我公公的追悼会，我见大家笑成一团很愤怒。后来我发现所有追悼会都一样，连小孩子的追悼会也这样，我这才见怪不怪了。有一次，我参加好朋友克勒的追悼会，克勒的朋友们纷纷上台，笑容满面地回忆克勒。其中有一个朋友说，老光棍克勒八十岁时，谈了一个女朋友，女朋友是越南人，她喜欢吃鱼，有一天克勒抱了一条活鱼去看女朋友，结果因为路滑，克勒一不小心掉进了游泳池，他大喊救命，他女朋友带人把他捞上来时，他怀里还抱着鱼……这个故事没讲完，全场笑声雷动，我也忍不住笑了。在笑声中，我差点忘了这是在开追悼会。最后，牧师笑呵呵地说，克勒已去天堂了，我们都别急，我们总有一天会见到他的。于是大家又笑了。

还有件怪事，他们把死人往地下一埋，碑一立，就没事了，之后不扫墓、不走访、不念叨，似乎把故人忘得一干二净。有一次我拖着菲里普，要去给他爹扫墓，他还不那么领情。到了墓地，他看我又是献花又是念经，就傻笑着对我说："嘿嘿，亲爱的你拜什么呢，地下只有垃圾，咱爸早去了天堂！"

好吧，不说死人了，死人日子比我们好过，都去了天堂。

还是说活人吧，美国的活人聚餐时，聊天的内容很怪。我们中国人聚餐，年轻点的聊妻子、房子、票子、儿子、位子；年长点的聊养生、走路、有机菜、有机肉、有氧生活；再年长点的聊抱团养老、去哪买墓地。美国人呢？他们喜欢聊天气、宠物、花草、虫子。比如青蛙生蝌蚪，蝌蚪变青蛙，青蛙再生蝌蚪，蝌蚪再变青蛙……一只青蛙，他们可以兴致勃勃聊上半天。有一次我实在听不下去了，我插了一句："青蛙肉非常美味。”他们才老老实实闭嘴。不是想吃青蛙了，是听了我的话又伤心又愤怒，气得说不出话了。

说到吃，其实我认为，奇怪的美国人，最奇怪的地方，是吃饭这件事。

首先，所有蔬菜他们都生吃，比如花菜、芹菜、洋葱、菠菜、包心菜、西兰花……这些我们必须炒熟吃的菜，他们一律生吃，而且吃得很香。奇怪的是，吃下去肚子一点没事，不会痛更不会拉。我到现在还吃不得生花菜，吃了就拉。

第二，所有荤菜他们都炸炸吃。不是一般的炸，是深刻的炸，连海鲜都炸着吃，比如生蚝。他们把生蚝炸得根本认不出它是生蚝，然后美滋滋地当生蚝吃下去。炸过的东西味道都一样，我甚至想，牛粪炸一炸也一定和生蚝一样香。

第三，他们很不识货，我们认为是美食的东西，他们却认为是垃圾。他们打猎打到野猪、野鹿、野兔，只取点精肉，其他东西弃之野外。如果你告诉他们，鹿心、鱼头、兔头、野猪胃是上等菜，很好吃，他们认为这是疯狂的想法。如果你去向他们讨这些东西吃，他们认为你快疯了。如果你真的把这些东西吃下肚子，他们认为你真的疯了。

我和菲里普，在很多人眼里，就是这样的真疯子！

这里说一个小故事。有一天我和菲里普在海边玩，正好看到一条打鱼船靠岸，几个彪形大汉把一筐筐冰盒搬下船，然后抬进岸边的洗鱼房，“哗”一下倒在巨大的洗鱼桌上，竟然都是著名的红鲷鱼(Red snapper)。这些家伙粗壮高挑，个头和我差不多大，而脑袋比我的脑袋大多了。当然，惊倒我的不是鱼的个头和鱼的脑袋，是渔夫们气宇轩昂的风度，他们把电锯子架在鱼脖子上，恶狠狠地锯掉它们美丽的大脑袋，一把推进垃圾箱，然后细心地锯开鱼皮，取出银白色的肉片，藏进了保温箱。

看着那些死不瞑目的鱼脑袋，我忍不住上前提问："请问，脑袋你们还要吗？"

渔夫们看着我，很惊讶地说："当然不要了，怎么了？"

我问："可以送给我吗？"

他们看着我，继续惊讶地说："当然可以！"

于是我一拥而上抢鱼脑袋。当然，抢脑袋的只有我一个人，用"一拥而上"这个词很不妥，但这时候不用这个词，如何表达激动幸福的心情！

后来我们把这个故事讲给美国亲友们听，他们的表情是怜悯的。他们想，可怜的林和菲里普真是穷疯了，竟会捡人家的垃圾吃！

革命不是请客吃饭

请客吃饭这件事，在中国是文化，是礼仪，是美德。客人来了，请座，请茶，请饭。客人要走了，再三挽留，然后送到大门口。好温馨，好幸福，我好想念。我不止是想念，简直要流一行相思泪。

因为请客吃饭这件事，到了美国，借用我添儿的口头语，就是两个字：惨剧。

记得我刚到美国时，还在头昏眼花地倒时差，菲里普便乐陶陶宣布：我们要去参加三个接风派对，每个派对都要吃大餐。他说到大餐时，用了“Big meal”。什么是“Big meal”？就是大餐的意思。我英语很不好，还是火速掂出这个“Big”的重量。在中国，“Big meal”意味着一大桌，兴许几大桌，满桌是山珍海味，你可以大块朵颐，陶醉在美食之中。所以听了菲里普的话，我又激动又担心，担心什么呢？担心被“Big meal”撑死呀。

第一个接风派对，由我公公婆婆举办，地点就在他们的庄园。赴宴前，我冲到超市买了一大束鲜花、一大袋水果，随身还带了一大包杭州丝绸，这些丝绸公公婆婆姑娘姑爷侄儿人人有份。菲里普抱着东西，口气惊讶地说："亲爱的，我们是去吃饭呀，为什么要带东西？"我也口气惊讶地说："吃饭怎么能空手去？"他说："空手行呀！"我说："空手不行呀！"他说："怎么不行呀？"我用中文大声说："不行就是不行！"他这才没声了，这种口水战用中文扫尾是坚不可摧的。这就是我的优势。

我们一家，抱着大包小包走进了派对现场——我公婆家。我们进去时，大家都在忙，我公公劳伯、妹夫切里，两个男人趴在烧烤炉上，忙着烤肉饼；我婆婆安妮、姑娘珊蒂在忙着摆桌子、择菜。珊蒂俩宝贝儿子，一个叫维斯勒，一个叫山姆，正趴在地板上玩狗。那只狗猪一样胖，看见我们就拱了过来，吓得我差点把手上的花扔了。

大家初次见面，热烈拥抱、热烈寒暄。我把水果和鲜花献给婆婆，她喊了声："好漂亮，谢谢林！"我把丝绸献给众人，众人也都喊："好漂亮，谢谢林！"我正等着回礼，但众人散了，做烧烤的做烧烤，择菜的择菜，玩狗的玩狗，只有婆婆安妮，带我们四下看。她的庄园有一百多亩地，看不到边界，全让林子挡住了。她的房子有五百多平方米，装修考究，装饰艳丽，艺术气息很浓。

看完每个角落，我和添坐下等吃大餐。空气中弥漫了烤肉香，我们越闻越饿，肚子开始唱戏，空空空，轰轰轰，活像藏了只隐形轰炸机。我连忙按住肚子，怕婆家人听到。添也在按肚皮，还四下看。四下有什么呢，茶没有，糖没有，果没有，饼没有，花生瓜子炒豆子都没有。正在疑惑，突然看见餐台上放了一排透明杯子，杯子里有半杯晶莹剔透的冰。菲里普走过去，拿了杯子去水龙头接水。估计他的肚子也在唱戏。

我看明白了，这杯冰，是唯一的待客点心，想吃东西，吃冰吧。

有这样请客的吗？家里来了客人，啥都没有，何况这是我第一次去婆婆家。菲里普第一次到他丈母娘家时，他丈母娘准备的糖糖果果，差点把桌子压塌了，菲里普吃得乐陶陶，他不会忘了吧？于是拿眼睛去瞟菲里普，这老兄喝完水，正在嚼冰。

差不多等了两小时，冰水喝了一肚子，我和添的黑眼睛变绿眼睛，都饿得站不起来了，这时接风大餐总算开始了。我们扑向餐台，却不能马上吃，得先祷告，感谢上帝，让我们团聚；感谢上帝，让我们有饭吃，阿门！然后排队取餐，小孩先来，客人第二，女人第三，男人第四，主人最后。轮到我和添取食了，我们眼睛瞪向亲爱的大餐，今天的大餐是：一片烤肉饼，一片奶酪，一片生菜，一片番茄，面包一夹，就是著名的美国汉堡。还有呢？还有一把薯片，一杯冰水。还有呢？没了。

等了两小时，等到了这样的“Big meal”，我和添对看一下，他不相信他的眼睛，我不相信我的眼睛，我们都不相信这就是大餐。也许，第二道，第三道，第四道……主题大餐还在后面，我这样想，添也这样想。添想什么我当然知道，他肚子里有几根肠我也知道，不然我白当他娘了。

一桌人欢欢喜喜吃汉堡，只有我和添在东张西望等候主题大餐。菲里普一口气吃了两只半汉堡，半只是我的，他吃完后抹抹嘴，拍拍肚子，看样子对汉堡很满意，非常满意。我轻声问："亲爱的，大餐还有什么？"他竟大声说："这就是大餐呀！大汉堡！"惹得婆家人都向我看，安妮婆婆很大方地说："林，添，你们不够的话，可以再吃一个！"听了这话，添摇晃了一下，好像被人揍了一拳，然后他咬牙切齿地说了两个字："惨剧！"

真的是惨剧，我没见过这样的"Big meal"。

接风大餐结束了，大家围坐一起，开始了漫无边际的答记者问。他们问，我们答。添应付几句，跑出去和两个男孩踢球了。于是答记者问变得语无伦次，牛头不对马嘴，我说话他们听不懂，他们说话我听不懂，大家的麻烦都很大。

派对结束了，我对公公婆婆千恩万谢，谢谢他们的款待，谢谢他们的汉堡。他们也谢我们，谢谢我们光临，谢谢我们的礼物。上车了，车开动后我才发现，我双手是空的。我奇怪地问菲里普："他们怎么不送我见面礼？"菲里普反问："为什么要送呢？"我说："我送了呀，他们很高兴呢！"他呵呵一笑："有礼物拿当然高兴啦，你真好！"我听了心灰意懒。就是说，我是白送，他们是白拿。

第二个接风派对由教堂主办，这天正好是情人节，教堂又过节，又给新人接风。新人就是我和添。菲里普再次欢乐地宣布，这个派对有"情人大餐"吃。去不去呢？有过第一次"吃大餐"的实践，添有点纠结。我说，当然去呀，不去笨了，情人大餐呢！再说，过情人节，肯定有很多年轻人，认识几个漂亮女孩也好呀……这话打中了添，他一蹦而起。这年，我家小添十八岁，青春洋溢的年纪。

一家人喜气洋洋去了教堂，会场也是喜气洋洋，到处是鲜花、彩带、巧克力，还有蛋糕，黑压压坐了十几桌人，空气中飘送着爱呀吻呀的靡靡之音。不过坐在那的人，几乎清一色是七八十岁的老头老太，要不就是五六岁的小屁孩。我有点纳闷，老人小孩一起过情人节？添也在发呆，哪有漂亮女孩！

今天的主持人，是教堂的组织委员比尔。派对开始了，比尔将我们一家人叫上去，把我和添介绍给大家。老头老太们够热情，呼啦一下跑离座位，冲上来又是抱又是啃，连坐轮椅的也哐哐哐摇过来了。乱过之后，主持人庄严宣布，沃顿教堂要送新人礼物。全场鼓掌。于是，我和添一人拿到一个小纸包，我开始以为是红包，拆开来一看，是一堆彩色粘纸，图案有红心、红花、青蛙、小鱼。我没作声，添蹦了一句："这是礼物？惨剧！"

情人大餐开始了，大家先祷告，后排队，然后每人手上拿一个纸盘、一副刀叉，鱼贯前行。上百个人，进行得很慢。终于轮到我和添了，我们瞪眼一看，情人大餐是什么呢，是火腿三明治。什么叫火腿三明治呢，就是两片面包中夹一片薄薄的火腿肠。

捧着盘子回到座位，添当然不会沉默，再次发表点评："情人节大餐？惨剧！"

是呀，情人大餐吃一片三明治，不是惨剧是什么？当然，心情悲惨的，也就我们两个中国人，其他人都吃得乐不可支。菲里普在我眼皮下，吃了六片三明治！

第三个接风派对，主办人是教堂第一把手——麦克牧师。麦克牧师发来的邀请信，言辞热情洋溢。这里补充一点，中国人请人吃饭，以前是打电话，现在是发微信，一阵呼朋唤友，蛇虫八脚都来了，来多少都有饭吃。美国人呢，是一本正经发邀请信，收到邀请信你还得回复，告诉对方去不去、去几个人。这点很重要，你说去三个，到时去四个，这第四人没饭吃的。

那么我们去几个呢？添说他不去了，他说牧师的大餐，说不定一人一只面包。我说，不会吧，牧师请客呀，肯定吃大餐，说不定吃牛排、吃三文鱼、吃烤大虾，也许还有鲍鱼呢。添听了鼻子哼哧哼哧，他说他还是在家吃泡面吧，有鲍鱼你打包回来哈。

其实我也想待在家，和添一起吃泡面，我对鲍鱼的可能性也是疑心重重。但牧师接风，接的是中国来的风，风不去，接个空屁总不行。再说，没有鲍鱼，不等于没有大餐。

牧师接风的日子到了，我和菲里普准时赴宴。我怀着吃大餐的梦想走进了牧师家。牧师是个大块头，至少两百五十磅，他看到我就拍我背，差点拍得我吐血。从此以后，他要拍我，我就躲，他是牛排催大的，我是草催大的，哪经得住这一巴掌。

那天到场的人有二三十个，全是教堂积极分子。男人们衣冠楚楚，女人们浓妆艳抹。很多女人头上还戴花。美国女人爱戴花，这个惊人的发现，我就是从这个晚上获得的。这天的接风派对上，来了一个女士，名叫雪里，她是教堂唱诗班的钢琴手，快八十了，打扮得很妖媚，红嘴巴红指甲红裙子，头上戴了朵墨黑的绢花。雪里起了个头，带大家唱歌，歌名叫《你是我的阳光》：“你是我的阳光，我唯一的阳光，你让我快乐，当天空阴霾，你从不知道亲爱的，我有多么爱你，请不要拿走我的阳光……”我一听，这歌我也会，于是，我也边跳边唱。唱完歌，大家向我拍手，有人奇怪地问：“林，你怎么会唱这歌？”我说：“中国人都会唱呀，这歌好听。”雪里一听，扑过来抱我，她泣不成声地说：“女孩，谢谢你这么说，我想告诉你，歌的作者是我的亲叔叔！”

大家一听，都沉浸到缅怀情绪中。我也感动得想哭。真是没想到，我在杭州英语班学的歌，作者竟出自我的婆家沃顿镇。

女人们温情绵绵，继续唱歌。牧师和几个男人，正在室外做烧烤，一阵阵香气从门缝挤进来。我忍不住开了小差，跑出去看他们在烤什么，是烤牛排，还是烤三文鱼。麦克牧师看见我，喊了声“嗨，林！”我说我可以看一下吗？他马上掀开炉盖，烟雾呼一下扑面而来，我倒退了一步，看到了他在烤什么：烤火腿肠。

火腿肠烤好，大餐开始了，还是先祷告，再排队，女士优先，男人断后。一只开口面包，塞进一条火腿肠，上面浇点很恶心的黄酱、紫酱、红酱，就成了著名的美国热狗。今天的大餐，就叫美国热狗。我一边啃，一边心里骂添儿：你这乌鸦嘴！

我把我的半只热狗，热情洋溢地送给了菲里普，他没客气，吃完他那份，再吃我这份，居然还不够，又厚着脸去添。四只热狗下肚，菲里普无限陶醉，小狗一样呱呱叫：“汪得福！汪得福！汪……”我不相信，一只热狗真的让他陶醉得汪汪汪的，假装的吧，让主人高兴。

回去的路上，我开审：“亲爱的，热狗真的好吃？”

菲里普还是很陶醉：“好吃好吃，热狗是我的最爱！”

我说：“没想到牧师请客，为我接风，一人吃一只热狗！”

他说：“亲爱的，这可是大餐呀！”

我叫了起来：“这也叫大餐？亲爱的，你去过中国吧，你吃过杭州菜吧，比一比，一只热狗算是大餐？”

菲里普一听不说话了，蓝眼睛转转想起来了，杭州亲友请客，总是一大桌子菜，湖蟹甲鱼东坡肉，老鸭本鸡龙井虾，黄鳝蛤蜊包头鱼，麻辣火锅酸菜汤，肚子吃得滚滚圆，主人还一劲谦虚：“不好意思，没东西吃，家常便饭！”

热狗大餐后我回到家，直冲厨房煮泡面，加一个蛋，加几片菠菜，加几根榨菜，配一碟皮蛋一碟花生米，呼呼呼吃得香。添在一边看，追问：“是不是吃了一只面包？”

我瞪了他一眼，狠狠地说：“还有一条火腿肠，谗了吧！”

他阴阳怪气地，拖长声唱了一句：“惨——伊呀——剧！”

是不是惨伊呀剧，不用他点评了，看书的朋友，已有了定论。

但是，亲爱的读者，公平点说，理性点说，负责点说，美国人请客，你想吃满汉全席，或者吃杭州美食，那是美国科幻片。美国人请客，你能吃上汉堡、热狗、三明治，就是说，有东西吃，能吃饱，实在是算很幸福的事了，称它为惨剧，有点过激。真正的惨剧，不是这样的。

真正的惨剧是，主人请客，却不给饭吃。

有这样的惨——伊呀——剧？你别唱，真的有。

有一天，我们去教堂时，跑过来一个叫百合的女士，她的名字很好听，人也很漂亮，是个古董爱好者。百合看到我们就笑，笑得花枝乱颤。她抱抱我，抱抱菲里普，然后说："嗨，家伙们，我刚淘到几件宝贝，请你们到我家来看宝贝！"

菲里普一听，马上问："什么宝贝？"

百合说："五十岁的缝纫机，七十岁的唱片机。"

菲里普是古董爱好者，特别爱好老机器，马上应声虫一般说："要看要看，我明天休息，明来就来看！"

百合说："热烈欢迎，一定要来哦！对了，唱片机有点毛病，你顺便帮我弄弄？"

她说弄弄，就是修修，菲里普是著名的修破烂专家，沃顿人都知道。这下我明白了，她请我们去看宝贝，其实是请菲里普修东西。但我不介意，学雷锋做好事，是菲里普的光荣也是我的光荣。

第二天上午，我们去了百合家，菲里普顺便带了一箱工具。百合见了我们，又是一顿抱一顿亲，然后带我们去SHOP。SHOP是美国人的战略要地，他们在这里做车工、做焊工、做木工，并且贮藏垃圾，当然，应该叫古董。但百合贮藏的古董并不多，因为她收一件、卖一件，靠这样赚钱，而且赚了很多钱，她手上的戒指，从左手大拇指戴到小拇指，再从右手小拇指戴到大拇指。

这时，我们看到了百合说的缝纫机、唱片机，这俩家伙，破得皮开肉绽，脚跟都站不稳，缝纫机不会转，唱片机不会唱。菲里普看了看，二话没说就操起了工具。他先把缝纫机、唱片机拆开，捣鼓了一阵，又一样样装回去，然后把两个家伙八只脚修好，破的地方补好，喷上色，打上蜡，还抛了光，不到三小时，缝纫机会转了，唱片机会唱了，滋滋滋滋，虽然口齿不清、五音不全，沙沙沙像鬼哭，但古董机都这样唱歌，不这样唱就不算古董。

百合乐坏了，她说这下好了，能卖个好价钱了，顺手，又搬出一件古董，一只游戏机，八十年代的，也是破的，一肚子电线像一肚子死蚯蚓，看得我头皮发麻。菲里普还是二话不说，接着修。游戏机修好，十二点多了，是吃饭时候了，我开始想一件快乐的事情，百合今天请我们吃什么呢？汉堡？三明治？热狗？正在畅想，我闻到了香气，百合果然在做饭！我的胃也闻到了，马上配音：空空空，轰轰轰。

游戏机修好，百合喊我们进厨房洗手。我知道，要开饭了。

但惊人的一幕发生了，菲里普刚洗好手，百合就对他说："菲里普，谢谢你，你太能干了，请你来真是请对了，祝你们有美好的一天！"美国人如果说，祝你们有美好的一天，相当于说"Good bye"。再见，送客。

结果就是这样，饥肠辘辘的修理工，带上饥肠辘辘的修理工老婆，找地方吃饭。你说惨不惨剧？所以我一直在唠叨："百合怎么这样？怎么这样？是她请我们来的，我们算是客人吧？怎么不请客人吃饭？"

菲里普却一点不生气："她是请我们了，是请我们去看古董的呀，不是请我们吃饭呀。"

"就算这样，她饭都做好了，也不请我们吃，没道理呀！"

“那是她的饭，不是我们的饭。”

“你帮她修古董呀，白干活，白流汗吗？”

“修古董很有趣呢，我就喜欢修古董！”菲里普很快活地说，虽然肚子饿得在唱戏。我在一本书里写过，要学活雷锋就来学菲里普，现在你学到了吧？

其实我对有没饭吃，并不看得很重。我是心疼菲里普，为他鸣不平，世界上道理千千万，有请人劳动、不请人吃饭的道理吗？简直是骇人听闻！

无独有偶，还发生了一件事。

我们镇上有个大富翁，是卖鸡蛋的，名字我就不写了，就叫他蛋翁吧。蛋翁家有成千上万只鸡，每天卖掉成千上万只蛋，蛋多得数不过来，钱也多得数不过来。我们经常在教堂碰到蛋翁，他看上去七十岁左右，红光满面，总是精力充沛的样子。他老婆六十岁左右，很漂亮。蛋翁夫妻从不和人打招呼，也不笑。他们不对我笑，我也不对他们笑，他们有富人的傲气，我有穷人的正骨。

但突然有一天，蛋翁打电话过来，对菲里普说：“嗨，我才知道，你老婆会打乒乓！”

蛋翁往我家打电话，让菲里普很吃惊，他是什么人，我们是什么人，所以菲里普紧张得说话都结巴了：“当然了，打打打得可好了，她她她儿子打得更好！”蛋翁笑了：“哈哈哈，太好了，你知道吗，我最大爱好就是打乒乓，但没人陪我打，告诉你的老婆和儿子，周末过来，陪我打乒乓！”

好大的口气，陪他打乒乓！你什么东西？我们那么贱？不去！我是这样回菲里普的。当时我家添儿刚工作，没自己的房子，还住在家，他听了也说："不去不去，除非他好吃好喝伺候！"

但到了周末，我们还是去了。不是我们贱，实在是我们好奇，因为菲里普说，这对富翁住在沃顿四十年了，没人去过他们家，这让我们幡然醒悟，原来我们比所有沃顿人都幸运，为什么不去呢，不去白不去，不玩白不玩，我们好久没玩乒乓球了。再说，他这么富，好吃好喝伺候这件事还是很有希望的，我们有得吃，有得玩，简直双喜临门呀！

我和添，怀着穷人美好的梦想，去给蛋翁当陪练。

这天，蛋翁约我们上午十点半到，这个时间很敏感呀，这个时间意味着，我们早饭应该少吃点。十点半，我们一家人按时到达。从来不笑的蛋翁夫妻，笑着开门，笑着迎接，笑着带我们参观豪宅。他们的家豪成什么样子？我的感觉迷糊，像爱丽丝梦游。添的感觉呢，不迷糊，他很清醒。他说，等他有了钱，也要买这样的地，造这样的房子，过这样的日子！看来，蛋翁家一点没白来，让我添儿有了伟大理想。

参观结束，蛋翁带我们去他的私人乒乓馆。他给每人发了一瓶水，就挥动着拍子，满脸杀气，跳着脚向添叫板。他说，听说中国人厉害，我倒要看看，你们有多厉害，告诉你们，我在这一带，打遍天下无敌手！见他气焰如此嚣张，我对添发令，三个字："狠狠打！"添狠狠打，打了几局，全把蛋翁剃成光头。蛋翁气坏了，鼻子都气歪了，不肯和添打了，指名要和我打。

我上去后，当然往死里打，谁叫他看不起中国人。我技术远不如添，不能给蛋翁剃光头，但也打得他东蹦西跳像只蛤蟆，并且气喘如牛。终于，蛋翁扔了板子，要求离场休息。他一走，菲里普就说："你们俩也太凶了，想气死九十三岁的老头啊！"我和添大吃一惊，什么，蛋翁九十三岁了？

等九十三岁的蛋翁再回来，我和添很温和了，对九十三岁老头下杀手，显得我们中国人太欺负人了。再说，菲里普提醒得对，万一把蛋翁当场气死，那真是惨剧了。于是，我们只和他打软手球、弹弹球，还刻意派菲里普上场，菲里普的水平和蛋翁旗鼓相当，俩美国佬你来我往，打得很开心。

乒乓打到十二点半，蛋翁彻底打不动了。我们三个也打不动了，我们饿了，我们早上只吃了一碗菜泡饭。我们打乒乓时，蛋翁老婆来看过一次，就再没出现，我猜，她肯定在做饭。

但惊人的一幕又发生了，只听蛋翁说："今天我们就打到这里，谢谢你们！"然后手指着添说，"添，你每天下班过来，教我打球！"他被我们打谦虚了，把"陪"改成了"教"。

然后，开门，送客。

我们上车后，蛋翁还在目送，还在对添嚷："添，下班过来哦，我叫秘书给你打电话！"

我嘟哝道："他也太过分了，请我们过来陪他打球，打过了午饭时间，竟然不请我们吃饭！"

添说："我快饿死了，真是惨剧！"

菲里普说：“啊呀，别介意，他是请你们打乒乓，不是请你们吃饭。”

我说：“不请吃饭，放点水果饼干也行啊，怎么什么都没有哇！”

菲里普说：“不是给每人一瓶水了吗？”

后来，蛋翁的秘书，奉命每天呼添一次，呼他去打乒乓球。添竟没拒绝，去了好几次，教蛋翁打球，陪他聊天。添说，其实蛋翁蛮可怜的，九十三岁了，子女都不在身边，没人陪他玩，所以他愿意陪陪他。蛋翁呢，对添儿喜欢得紧，也追得紧，两天不见就来追，要添教他打乒乓，陪他说话。当然，喜欢归喜欢，饭还是没得吃的。每次打好球，添都是饥肠辘辘回来，狼吞虎咽般吃我给他留的饭菜。

添是好孩子，我鼓励他做好事。但蛋翁的做法，实在让我又生气又难解，请客不请饭可以理解，但请你去教球，而且都是吃饭时间，他也不请饭，连一块饼干也不请，这算哪出戏？

不过，后来发生的一件事，让我对百合消了气，也对蛋翁消了气。什么事呢？和我婆婆有关。

有天晚上，婆婆安妮打电话来，说院子里的花开得可好了，快来赏花。我和菲里普都是爱花人，第二天上午就去赏花了，果然，满院的玫瑰、茶花、薰衣草，红黄兰紫，开得旺旺火火。赏完花，菲里普发现院子里倒了一棵大树，这树叫“Oak”，质地很硬，还有香味，是冬天烧壁炉的上好材料，店里卖十块钱一捆，一捆五根。这么好的树不能浪费，菲里普马上动手把树锯成一段段，然后劈成一根根，整整齐齐码好，码得小山一样高，够安妮烧十年了。菲里普劈柴时，我也一起帮忙，把残枝落叶扫在一起，然后一把火烧掉。

那天我们干活一直干到中午，两个人累得汗流满面，总算把院子清理干净了。菲里普干得太猛，老腰痛犯了，走路都不稳了。我呢，因为烧树枝，烧得蓬头垢面，脏得像只猥灶猫。

回到屋里，安妮看见我们的脏样子，当然很感动，她抱歉地说：“啊哟，请你们来看花，结果让你们劳动了，累坏了吧。”我说：“不累不累，就是快饿死了！”我说这话，是撒娇，绝对没有讨吃的意思，因为我绝对相信，安妮妈妈马上要喂我们吃饭了。事实上，香气正从烤箱里跑出来，我的肚子率先闻到，和往常一样配音：空空空，轰轰轰。

但是，惊人的一幕还是发生了，只见安妮从烤箱里取出一盘东西，红红黄黄，看上去像意大利面。她拿出了一副刀叉，但没开吃，先问：“你们的中饭怎么办呢？”

我刚想说“就吃点你的面吧”，但菲里普开口了：“妈咪，你快吃饭，我们到外面去吃！”

我惊愕地看看菲里普，看看安妮，安妮已经开吃了，叉子一卷，一叉子面下肚。

惨伊呀剧，原来午饭没我们的份！

从安妮家出来，我们没去饭店，因为我们的身上又脏又臭，怕人家把我们踢出来。我们直奔回家，我一边煮饺子，一边发牢骚：“安妮饭都做好了，怎么不让我们吃一口！”

菲里普摸着老腰，还是这句话：“她是约我们去看花的，不是约我们去吃饭的呀！”

我说："就算这样，你干活累成这样，她也应该分一口给你吃呀，我可以不吃！"

他说："呵呵，亲爱的，你想吃意大利面？我告诉她，她一定会约我们去吃！"

天呀，吃老妈的饭，吃一口面，还得约？换了我妈，我的中国亲妈，吃饭还用约吗？就算我们白闯，夜袭，从天上掉下来，从地下冒出来，她都会留住我们，做一大桌逼我们吃。

美国妈，怎么这样！

这么一想，当然不恨百合，也不恨蛋翁了。连老妈请你上门都不给饭吃，你还计较外人？

但很快，我也不怪安妮了。有一天我约她到我家，请她帮我做窗帘，本来以为很快的，没想到遇到很多困难，折腾到中午才把窗帘做好。这时，安妮肚子里，也发出了轰炸机般的轰鸣声，我听得一清二楚。于是她说她饿了，要回家了。我当然不让她走，我告诉她，我已经做了一锅鸡汤，还有虾饺、包子，吃了再走。

安妮看着我，不解地问："你为什么请我吃饭呀？"

我说："是吃饭时间了呀，一定要吃！"

她说："我没计划在这里吃饭的，我回去吃。"

我说："反正你总要吃的，哪里吃都一样，我已经做好了。"

她说："不不，这不在我计划里，谢谢，我回家吃。"

我根本留不住安妮，她饿着肚子回家了。我心里好有歉意，她为我干活，为我饿肚子，我竟让她饿着肚子回家。于是我怪菲里普不帮我留住她，菲里普怎么说？他说："她是来帮你做窗帘的，不是来吃饭的呀，事前没约好，她当然不会留下吃的。"我说："在儿子家吃顿饭也要约？"他说："当然啦，吃饭必须约！"

看来，吃饭要约，是美国人铁的纪律。铁的纪律，时刻要牢记。就像我们以前有支歌唱的：革命军人，时刻要牢记，三大纪律八项注意！

时间很快，我在美国已度过了八年光阴。现在，对美国人请客吃饭这件事，我积累了宝贵的经验，向你汇报一下：

第一，人家请客，如果也请饭，你别管大餐还是小餐，加油吃吧。别挑肥捡瘦，嫌这嫌那，想吃好的，到中国人家里去吃！比如我吧，想吃好东西了，冲杭州老乡家去吃，那一桌子东西，才叫饭。

第二，人家请客但不请饭，你别怪，也别怨。请客和吃饭，本来就没逻辑关系，谁说请客必须吃饭？你拿出科学根据？别拿中国朋友来比，别拿中国餐桌来比，人比人气死人的，桌比桌也要气死人，你想气死？还是不想气死？

第三，人家请客，如果请你劳动不请饭，你别怪，也别怨。想明白了，就是菲里普这句著名理论：人家是请你了，但没请你吃饭呀！一是一，二是二，你争气点好不好，别动不动想吃的事。对了，牢记毛主席一句话："革命不是请客吃饭！"记不住？那就写下来，当座右铭贴上。

第四，上面三条，对中国人都是利空。但这一条，绝对是利好。去美国人家里做客，不管有得吃没得吃，你都不用送礼，人家没送礼和收礼这根筋，你别老是自作多情，硬往人家手上塞礼物，人家拿了礼物，还骂你是神经病、送礼狂。所以送礼的功课，在美国就免修吧！看看，无礼一身轻，多省心多省钱，多大的利好！

第五，这一条也是利好，就是以牙还牙。人家请你吃汉堡，你也可以请人家吃汉堡；人家请你饿肚子，你也请人家饿肚子；人家请你劳动不管饭，你也可以不管饭。人家绝对不怪你，人家绝对认为正常，还要倒过来谢你！看看，请客这件事，多简单，一个汉堡解决了，不用汉堡也解决了，多省力多省钱，多大的利好！

汇报完毕。

什么？听上去很有牢骚？牢骚满天飞？

呵呵。有点。趁机发牢骚。

但凭良心说，牢骚归牢骚，我在现实中，还是按咱中国礼数要求自己，去美国亲友家做客，坚持送礼不动摇，一条丝巾，一把孔雀毛，几只柠檬。礼轻情义重。如果他们来我家做客，一小会，我就敬茶；一大会，我就请饭，不管你吃不吃，我尽我的礼数。因为我是中国人，勤劳、善良、好客、有情有义的中国人。

当然，我这样说，不是顺势说美国人坏话，骂他们无情无义。其实仔细想，他们还是很有情很有义，很知道感恩的。比如，我们帮百合修古董，陪蛋翁打乒乓，为安妮劈柴，第二天都收到了他们的感谢信，是一张美丽的卡片，感谢卡是美国人的交际武器。他们的感谢卡，言辞美，谢意美，威力无穷，读过之后，我的“一饭之恨”就烟消云散了。还有，凡拿过我丝巾、孔雀毛、鸡蛋的人，也都给我寄卡片。最过分的是邻居黛比，我要是帮她点忙，她肯定写感谢卡，然后打电话告诉我，她把感谢卡放信箱了。我们住得这么近，她冲我家吼一声“谢谢”不就得了？真叫脱裤子放屁，害得我在大太阳下往信箱跑。

总之，我在美国八年，收到的感谢卡一大堆。要感谢人，就得寄感谢卡，这是他们另一条铁的纪律！由此说明，美国人很有情也很有义，只是不表现请客上，不表现在饭桌上，不表现在饭菜的规模上。其实吃饭的事不能怪他们，怪美国历史太短，怪美国餐饮文化太虚弱，他们除了汉堡、热狗、三明治，还有啥呀？实在没什么拿得出手的东西。说实话，他们真的顿顿请我吃汉堡，我还不要吃呢，我宁愿吃泡饭！

啊呀，又发牢骚，打住。怎么说到吃牢骚就出来了。

写完这篇，在想一个重要的问题，明天去哪吃饭？中国城吧。

捡呀捡呀捡核桃

美国核桃，是德州的特产，也是德州的州树。据说一棵核桃树从种下到结果，至少十五年，而核桃树在德州有一两百年的历史，真正应了前人种树后人乘凉的道理。

我们沃顿一带，是德州最大的核桃生产基地之一，这里有大片大片核桃农庄，还有无数的无主核桃林。每年的十月至来年的二月，是核桃的成熟期。这时巨伞一样撑开的树冠，缀满了美丽黑色的核桃夹子，它们裂开了花一样的小嘴，半个果子露在外面，像看风景的小精灵，风一吹，小精灵们便啪啪啪往下跳。

核桃果跳下树的时候，你跑到任何一棵核桃树下，把手伸到草地里，随便抓一把，就能抓到长满雀斑的核桃。你如果在核桃林待一天，至少能捡一百磅果子。如果一家人倾巢而出，一天下来至少能捡三百磅，扛到核桃收购站，一块钱一磅卖掉，白花花的真金白银就到手了。

美国最低工资标准是一小时七块钱，打一天工五六十块钱，还得交百分之二十的税，远远没有捡一天核桃来钱多。但奇怪的是，满地的核桃并没多少人去捡，很多人家院子里长满了核桃树，果子掉了一地也不当回事。主人宁愿到商店去买高价核桃——七块钱一磅，眼皮都不眨一下。

有一次，镇上举办家庭圣诞装饰展览，我和菲里普跑去看。逛到最后一家，女主人是菲里普的中学同学，名字叫凯，凯的家门口有三棵高大的核桃树，核桃掉得到处都是，一直滚到路当中，被来往的车辗成了泥，我看了很心痛。凯见我在看一地的核桃，马上道歉说："对不起啊，核桃硌你脚了吧？我已经扫过几次了，可是风一吹，又是一地！"

我说："不不不，我不怕硌脚。凯，你扫起来的核桃呢？"

她向后院一指，那儿有一堆灰，她烧了。我瞪大了眼睛，这简直是……暴殄天物！

凯去招待别的客人时，我马上对菲里普说："真浪费，这么好的核桃不是让车辗，就是用火烧，我们捡！"我找了个塑料袋，开始专心致志捡核桃。菲里普也跟着我捡，边捡边自言自语——让同学认为我家穷、吃不饱饭吧；让同学认为我养不起妻子，和妻子一起捡核桃吧；让大家都来看吧，我一没偷二没抢只是捡核桃……可怜的菲里普心态很复杂，不想让别人笑，也不想得罪妻子，左右为难，牙一咬，硬着头皮捡。

美国人不捡门前核桃，不是他们富得流油了，他们七块钱一小时的工也抢着去做。他们不捡核桃，也不是他们不爱吃核桃，核桃糖、核桃派、核桃蛋糕，都是他们的最爱。那为什么不捡？实在是没“捡东西吃”的概念。食品应该到商店买，吃到嘴的应该是加工过的，这就是他们的想法。想法很单纯可爱，也很奇怪。其实他们不光核桃不捡，院里的桔子树、柿子树、无花果树，果子满树也不去摘，让它们掉下来烂掉。想要吃水果了，去店里买。

怎么评价呢，用一个笨字？

反正我没那么笨。我看到一地的免费核桃眼睛血红、心雪亮，就像个兢兢业业的拾荒老太婆，央求菲里普带我出去捡核桃。菲里普从不抗拒，他还豪气冲云天地说，只要别让他哥杰夫看到他带老婆捡核桃，别的人看见他都不怕。我知道，这件事对他来说的确不容易，他的行为难免让镇上的人嘀咕，所以他这种舍命陪君子的精神让我很感动，让我很爱他。

就这样，我跟着菲里普，一到周末就带一条麻袋、一根打蛇棒，风雨无阻捡核桃，从秋天捡到冬天，捡出了瘾头，捡出了快乐，也捡出了“捡核桃宝典”。宝典如下：

宝典一，捡核桃想捡得舒服，要去核桃农庄，多数农庄主很大手大脚，机器哗哗哗摇树，机器唰唰唰捡果，集中干一天活，就结束了全年的收核桃工作，大量的核桃依然留在树上、丢在地里，他们都不要了。你如果去捡，他们只会高兴，可以帮他们清理草地。所以在核桃农庄捡核桃，风景好看，环境舒适，像在逛公园。但缺点是，这些核桃树被人精心管理、施肥用药，掉下来的核桃漂亮、个头大，但味道却一般，当然我们依然会去捡。我说的“我们”，主角是我，我捡核桃捡得气势磅礴，谁不让我捡我会跟谁拼命。至于菲里普，他的主要任务是背麻袋。

宝典二，捡核桃想捡得过瘾，过瘾得让自己像一架快速高效的捡核桃机器，最好在大风降温的时候去，这时核桃像雨一样下来，给你落花流水的境界。这时已不是“捡”核桃，而是“捧”核桃了，想多少有多少。当然，缺点是你得吃苦，要忍受寒风，要冻得鼻涕横流，愿意干这种活的人，在沃顿好像只有两个人，就是我和菲里普。我们在冷风中捡核桃的样子，如同孤魂野鬼一般，路过的人都朝我们看，他们肯定认为我们饿疯了。

宝典三，捡核桃想捡味道好的，最好去捡无主核桃，也就是野核桃。这样的核桃路边、野林里有很多，野生核桃的果子很小，像一枚枚小橄榄，很难砸开，但味道非常好，又香又甜又糯，据说野生核桃营养也很好。但野核桃的缺点是，捡它的时候会遭遇荆棘、毒藤、黄蜂，甚至毒蛇，要有一不怕苦二不怕咬三不怕死的精神。镇上有这种伟大精神的人好像也只有我和菲里普，我们俩在荒芜的林子里徘徊，在凶险的荆棘丛中时隐时现，很像可疑的流浪汉，估计路过的人看见了报警的心都有。

宝典四，捡核桃想捡得又舒服、又过瘾、又安全，同时捡来好吃的野核桃，最好到教堂、医院、学校、公园去捡。这些地方的草地有人打理，没有荆棘、毒藤，但核桃树却是野生的，掉下来的果子诱惑力很大，是我们最喜欢去的地方。在这里可以慢慢来，捡捡坐坐，晒晒太阳，吃吃薯片，就像秋游一样。有时一些家长会带一堆小孩来看核桃树和核桃果，家长告诉孩子们关于核桃糖的来历及核桃的前生和后世，这些知识让小孩子们很兴奋，他们一边听一边爬一边捡核桃。但他们离开前，家长会让他们把核桃送给“捡核桃的穷人”，比如我们。孩子们很听话，会把核桃一个不留地送掉。我从来不拒绝这样的赠送，成全他们仁慈之心，而我不用劳动就获得核桃，这真是件又开心又体面的事。

上面就是我的捡核桃宝典，重点向你推荐，如果你要来沃顿当一次捡核桃的穷人。

总之，刚到沃镇那些年，我捡核桃捡疯了。家里的核桃一麻袋一麻袋，走路不小心就得绊跟头。当然我没任由这些核桃充当绊脚石，我一有空就砸开来吃，实在吃不下了就砸给鸡鸭吃，鸡鸭吃了核桃，羽毛鲜亮，叫声优美，生出来的蛋也鲜亮可爱。我的头发也不甘落后，出落得乌亮飘逸，完全能和鸡鸭一比高低。

好几次我下决心不再去捡核桃，因为家里的核桃够我及鸡鸭们吃几年了，但有时就是忍不住。比如有一次，我们去安妮家参加家庭派对，我看到婆婆门前有几棵野核桃树，美丽饱满的核桃果躺在草地上，小脸蛋在朝我笑。我实在抵制不了这样的诱惑，跑进安妮家里，借了一只大盆子，然后拖住菲里普去捡核桃，我们一直捡到安妮打电话来吼：“开饭了！”才抬着一大盆核桃进屋。吃饭时，我请大家品尝新鲜的核桃肉，除了菲里普没第二个人伸手，大家还吃惊地问：“林，这么硬的东西，你怎么弄开来的？”

我听了就吓他们："用拳头砸呀，或者用牙咬！"他们捂住嘴喊："啊？我的上帝啊！"菲里普大笑："哈！你们生活在核桃树下，竟不知道怎么开核桃？"

这时有人说："很久很久以前，印第安人才吃生核桃。"说话的正是菲里普亲爱的老哥杰夫。他把我们比成印第安人还是礼貌的，其实他很想说野猪才生吃核桃。杰夫一向看不起菲里普，因为从小杰夫喜欢看书，而菲里普喜欢劳动；杰夫从小成绩好，菲里普成绩不好，菲里普因此没少挨揍。现在听他这样寒碜我们，我马上回敬："杰夫，我和菲里普就是喜欢生吃核桃，生核桃就是好吃，吃生核桃的人聪明长寿！"言下之意，不吃生核桃愚蠢而短命。这话杰夫听了没反应，安妮却叫了起来："什么！我活七十多了，从来没吃过生核桃！"

饭吃好，婆婆安妮端来了核桃派，这是美国人最喜欢的甜食。当然，派里面的核桃是从超市买的，七块钱一磅。于是，菲里普边吃核桃派，边嘲笑他老妈："妈咪，门前一地是核桃，你可以做无数个派，却开了车去超市花钱买核桃！哈哈哈，笑死我了！"

大家也都觉得很好笑，都在笑。但笑完了，依然无人认为捡核桃是应该做的事。吃的东西不应该从地上捡，应该从商店买，这个观念已死在他们头脑里了，就像他们怕吃活杀的鸡鸭，怕吃有头有皮的鱼。他们认为那都是野蛮人的行为。不是他们假善虚伪，他们真的是这样想的。

所以，和美国佬最难沟通的不是语言，而是文化。

几年核桃捡下来，家里的核桃越堆越多，我开始发愁了，这么多核桃，我和鸡鸭们拼命吃也吃不完，吃不光会烂，那太对不起核桃树了。于是，我对菲里普说，亲爱的，我们把核桃卖掉吧。菲里普说，你这点核桃，收购站的人会收吗？人家农场主都是开着卡车卖核桃。我说，去试试吧，他们要是不收，我白送给他们，总比吃不光浪费好。

于是，菲里普带我去卖核桃，第一次，我只带了二十磅核桃，收购站竟然没嫌少，照样收，每磅收购价是一块，我拿到了二十块钱。第二次，我带了更多的核桃去卖，一称，八十五磅，我拿到了八十五块。第三次，我就把所有核桃都卖了，都换成了钱。

每次卖掉核桃，捏着钱走出收购站，我们夫妻俩好快乐。这些钱都是捡来的，不是说天上不会掉馅饼吗，明明是掉了，还掉了一地，但竟没几个人去捡！

核桃都卖光了，我想吃核桃怎么办呢？再去捡，核桃们，或者说美元们，全在树下面躺着呢。我真的很为那些每天拿着政府救助金，依然还在抱怨的人惭愧，他们宁可坐在家里等饭吃，分享劳动者的血汗，却不愿出去捡核桃自食其力，真是又笨又懒又坏。

一晃八年过去了，我现在不再疯捡核桃了。不是我也变得又笨又懒又坏了，只是不想浪费，核桃树下的核桃捡不光，烂在地里是肥料，比烂在家里长蛆虫有意义。想吃核桃了去捡一小袋，不想吃就不捡，这就是我现在的态度。捡核桃换美元？嗨，实话实说吧，这几年，核桃和石油一样掉价啦，石油比水贱，核桃比草贱，大大小小收购站都关门了！

于是，核桃更没有人捡了。

德州男孩的骄傲

德州男孩子会打棒球、会踢橄榄球、会弹钢琴、会画油画，这些在我们看来，是很值得骄傲的事。事实上，这些事不是他们的骄傲。

德州男孩的骄傲是什么？是我这篇短文的主题。与你分享，不是分析，更不是比较。我最讨厌大人拿孩子比较，特别是拿美国孩子和中国孩子比，然后挖出差距，进行论述。中国孩子，美国孩子，没有差距，只有差异。差距和差异是完全不同的概念。差距是品质的比较，差异是环境的比较。如果你一定要通过比较，挖出孩子之间的差距，那么，那差距不是孩子的差距，是大人的差距。

美国男孩很大的骄傲，是什么呢？

会做蛋糕

会做蛋糕，是美国男孩的一大骄傲！

我到了德州就发现，做蛋糕的事，老男孩、大男孩、小男孩，都会。给谁做蛋糕呢？给女人做。老男孩给妻子做，大男孩给女友做，小男孩给妈妈做。有时妈妈过生日，会收到好几只蛋糕。妈妈心甜，比蛋糕甜。所以，可以看出这只蛋糕的意义了——它很重要，是取悦女人的重要武器。

德州男孩从两岁起，就开始折腾面粉，学做蛋糕，不管他的蛋糕多么惨不忍睹，依然叫蛋糕，插上蜡烛就能唱生日歌，然后被大家瓜分干净。小男孩的骄傲，就从这只蛋糕开始。小男孩长到五六岁时，蛋糕功夫已经炉火纯青，可以去参加蛋糕比赛了。是的，蛋糕比赛，这场比赛，让男孩们骄傲得一堆尾巴翘上天。如果他有一堆尾巴。

我们沃顿小镇，一年一度的蛋糕比赛，均由童子军组织，所有男孩都可报名参加。蛋糕比赛有三件大事，一件是蛋糕展览，一件是蛋糕评奖，一件是蛋糕拍卖。蛋糕展览的事，由小选手完成；评奖的事，由来宾投票完成。当然，大部分来宾是家庭拉拉队，拉拉队的票投给谁呢？不用说，投给自家小选手，胳膊肘不往外拐。拍卖的事，由镇上公证处完成。

我到沃顿头几年，年年参加蛋糕比赛，因为我们家有三个小选手，菲里普妹妹的儿子维斯勒和山姆，我家大女儿伊丽莎白的儿子泰勒。我们的拉拉队，总是以我婆婆安妮为大将军，七大姑八大姨为左将、旁将，浩浩荡荡杀进赛场。

当拉拉队员的事，我很情愿，因为有蛋糕看。我不喜欢吃蛋糕，但喜欢看蛋糕。男孩们做的蛋糕真的很好看，五花八门，五彩纷呈，什么主题都有，什么设计都有，有的像油画，有的像雕塑，那想象力，那创造力，让我敬慕得五体投地。除了看蛋糕，我还很喜欢看那些男孩子们。他们的年纪从三岁到十二岁。大点的男孩一律穿童子军军服，衣服上别着大大小小的徽章，神采奕奕；小点的男孩，还穿着纸尿裤。美国男孩，穿纸尿裤要穿到三五岁，这事有点怪哈。但别小看这些穿纸尿裤的，他们也会做蛋糕了！

比赛开始了，所有小蛋糕师傅们，很神气地站在自己的蛋糕一边，站得笔直，目不斜视，表情庄严。但如果你看一眼蛋糕，他们就咧开大嘴笑，告诉你这只蛋糕的意思。如果不听讲解，有些蛋糕的意思，你猜破脑袋也猜不出来。比如“火星人的DNA”，比如“吃汉堡的火烧云”，比如“苹果吃错药”。你得有点知识，有点科学头脑，有点非凡想象力。

蛋糕展览进行一小时后，开始评奖。亲友们一人一票，绕着蛋糕们走一圈再走一圈，看得很认真，就像选奥斯卡皇后。男孩们当然很紧张，一个个满脸通红。美国男孩脸一红就像红红的苹果，非常漂亮。我家亲友团投票时，总是有点小麻烦，因为一人一票，但我们家有三个选手，得分配公平，这事由安妮摆平，经过她协调，最后三个孩子的得票完全一样。这样，避免了内乱，仨男孩皆大欢喜。

投票结束唱票，结果就出来了，结果更皆大欢喜——人人得奖！

人人得奖，获什么呢？有小铲子，有小锅子，有打蛋器，这样的奖品拿回家，还得学做饭，这叫什么奖呀。

最令人激动的时刻，是蛋糕拍卖。

拍卖开始前，边上报纸记者、电视记者一大堆，镜头都对好了。孩子们捧着蛋糕排好队，叫一个号上一个。开拍前，主持人先问孩子，这个蛋糕的名字是什么呀？为什么呀？孩子会很认真回答。我记得有一年，有个孩子的蛋糕叫“火烧德大”，一堆巧克力“柴禾”，堆得山一样高，奶油做得“火光”熊熊，火光中是一块糖制的“德州大学校徽”。孩子说，他们全家是农工大学派，要和德州大学派抗争，把它烧掉，吃掉！真巧，有一个男孩子是“德大帮”，他针锋相对，他的蛋糕叫“砍伐农工！德大万岁！”他上台时，还当场做了一个牛头手，这是德大的标志性手势，结果引起轰动，“农工派”吹口哨，“德大帮”拍手。主持人没表情，严肃地举起锤子，喊：“开拍！”这阵势和电视上一样，拍古董拍汽车拍房子，就是这把大锤。

每只蛋糕成本价不到五美元，但拍价从五十美元起，以十块为一拍，最差的蛋糕也能拍到一百块以上，高的能到五百块，甚至一千块。拍卖的钱，一部分捐给慈善事业，一部分捐给童子军，当野营、烧烤等活动费用。

拍卖蛋糕时，报数报得火箭一样快。举手竞价的有两批人，一批是家长，一批是沃顿镇上的商家企业。最初举手的都是家长，但很快被财大气粗的商家抢过去。他们为什么要抢呢？因为今晚的电视、明天的报纸，会报道今天的蛋糕拍卖结果，告诉大家，谁拍走了蛋糕，并代表沃顿人民谢谢他们。所以，这是商家表现自己、做公益广告的最好的机会，一年一次，机不可失，谁都不想落后，有的商家，会一次抢好几只蛋糕。

有一年，为了抢一只叫“苹果吃错药”的蛋糕，商家们激战，最后这只蛋糕，被苹果专卖店以两千块高价夺走，他们专门为这只蛋糕做了一只透明冰柜，放在店里展出。苹果吃错药，吃错什么药？为什么吃？做蛋糕的男孩说，别问我，你们好好想想！嗯，好好想想。

不管商家抢蛋糕是什么动机，抢蛋糕的场面还是很感人的。至少，他们让做蛋糕的男孩子很骄傲，他们做的蛋糕挣了很多钱，这些钱，帮助了慈善事业，还帮助了他们自己，他们有钱去野营了。

所以，每次的蛋糕拍卖，都以欢乐胜利的节奏结束。只有一次出了点乱子。乱子出在我家的泰勒身上。那年他刚三岁，还穿着纸尿裤，他做了一只叫“鱼”的蛋糕，一群红红黄黄的“鱼”，在“鱼池”里做游戏。这只蛋糕，是泰勒有生以来做的第一只蛋糕，并在我们亲友团强有力的支持下，泰勒成功获奖，得到了一把烧菜的铲子。蛋糕拍卖开始后，他的“鱼”蛋糕从五十块很快拍到了一百块，镇上的沃尔玛一心一意想拍到这只蛋糕。但就在这时，泰勒突然哇哇大哭，把全场所有人吓了一跳。泰勒一把鼻涕一把眼泪抱着菲里普说：“外公，请你把我的鱼抢下来好吗？求求你了！”

菲里普大吃一惊，还没开口，太外婆安妮拍拍泰勒的小脸，坚定地说：“好，我保证，我和你外公一起把鱼抢下来！”

菲外公说：“不，不能这样宠他！”

泰勒一听，边哭边说：“我不是想吃啊，我是想放在家里，闻闻它的气味啊！”

菲外公马上心软了，说好的好的，我们抢！他悄悄对安妮说：“我们俩说好，把价哄到两百块就不举了，让别人抢，这样才好玩。”安妮听了频频点头。

于是，安妮举起了手，沃尔玛也举起了手，菲里普接着举，三方抢着竞价，就像打仗一样，抢占高地。果然，鱼蛋糕拍到了两百，按菲里普的计划，应该见好就收、退出战场了。但安妮完全忘了约定，她打仗打红眼了，控制不住了，继续举手，沃尔玛也不放手，继续抢。但抢到后来，沃尔玛放弃了，他们不敢抢这只蛋糕了，因为只要他们举手，泰勒就号哭、打滚，嘴里骂：“住手！坏蛋！这是我的蛋糕！枪打死你们！”吓得坏蛋沃尔玛住手了。

三百！锤子敲了下来，泰勒的蛋糕由安妮抢到了，安妮和菲里普各付一百五。

钱付掉了，菲里普心痛肉也痛，这一百五十块，能做多少蛋糕呀！他怪安妮不守约，安妮说不想让孩子失望。菲里普说拍卖是让孩子们感受社会的爱，我们这样做违背了宗旨。安妮说孩子的快乐比什么都重要。菲里普说如果让别人用更高价拍走，相信泰勒更快乐！

泰勒听了外公的话，竟大叫：“不！我不快乐！我不能让别人吃掉我的蛋糕！”说完，竟扑上去，一口咬住蛋糕，脸变成了蛋糕脸。

这次蛋糕拍卖，泰勒这只蛋糕是唯一拍给家人的，其他全部拍给了商家。

从此以后，泰勒义无反顾地爱上了蛋糕事业。第二年开始，他妈妈的生日蛋糕，全由他包了。后来每次参加蛋糕比赛，他总能得奖。当然，抢蛋糕事件再没发生。因为他长大了，他懂了，把自己的蛋糕抢回来，这叫自负盈亏。

会搭帐篷

我刚到美国时，隔壁邻居丽莎的儿子比尔才八岁。有一次我在走路，比尔在开四轮车，他看见我马上停车，并向我喊："你好，林！"

我说："比尔，你好棒，会开车了！"

他说："我还会搭帐篷呢！"口气很骄傲。

我问："为什么要搭帐篷呀？"

他大声说："野营呀，我八岁了，可以野营了！"他很认真地盯着我问："林，你会搭帐篷吗？"

我说："我不会。"

他说："那你一定要学，学会了就可以出去野营了！"

我知道，野营的事，是德州男孩最喜欢的事，他们可以不踢球，可以不游泳，但不可以不野营。菲里普妹妹珊蒂家，有一辆很大的房车，配有厨房、厕所、电视室、卧室。卧室可以住十个人。珊蒂夫妻经常在节假日开上房车，带儿子维斯勒和山姆野营。维斯勒和山姆都是童子军，童子军也是隔三差五组织野营。他们野营的地方，在河滩、在小岛、在野林，在很原生态的地方。

有一次家庭聚会，我问维斯勒和山姆："每周出去野营，你们不烦吗？"十岁的维斯勒说："每天待家里才烦呢！"七岁的山姆说："林，下次我们野营你一起去吧，晚上睡帐篷，可刺激了！"我说："你们不是有房车吗？我睡房车。"山姆大笑："林，野营不可以睡房车，那不叫野营，野营必须睡帐篷！林，我会搭帐篷，我帮你搭！"他的口气，和邻居男孩比尔一样骄傲。

野营的事，帐篷的事，一直没机会实现。直到去年感恩节，安妮突发奇想，她说，今年的感恩节，我们变一变，不在家里烤火吃火鸡，出去野营吧！大家一听都同意，特别是我，我还没野营过呢。菲里普当然也很兴奋，从他的垃圾堆里，拖出多年没用的帐篷、充气床、睡袋。这些东西看上去灰头土脸的，但我依然兴奋得像个小女孩，嘴里不断嚷"要野营喽，要住帐篷喽，要睡睡袋喽！"我以前在书里写到，我身上还藏着个小女孩，那是真正的我，到时候她会跑出来。现在，她跑出来了。

感恩节到了，这天天气很冷，只有七八度，而且没有太阳。但我们的野营计划没有变，卡特家族几路人马，从不同的方向，准时聚集到野营基地。这儿有树林，有湖泊，有小木屋。到了基地后，天色更阴沉了，还下起了毛毛雨。很多人放弃帐篷，选择住小木屋。但除了维斯勒和山姆，还有我和菲里普，我们四人坚决选择住帐篷。维斯勒和山姆选择帐篷，因为童子军有铁的纪律，外出野营必须住帐篷。我和菲里普要住帐篷，是因为我，我第一次野营，很想尝尝帐篷的味道。

维斯勒和山姆搭帐篷时，我和菲里普也动手了，菲里普让我选地址，我选了一个靠近湖的坡地，这儿背靠树林，面朝湖水，风景迷人，很适合一边住帐篷，一边写诗。菲里普当然听我的，教我搭帐篷。搭帐篷得先打桩，再架篷帘。但没想到，我们帐篷的桩子，打一个断一个，多年没用了，骨头脆了。我只好去向维斯勒和山姆求助，他们马上拿来备用桩子，帮我把桩子打好。架帐篷时，又发生问题，撑杆也老化了，断了一半。没撑杆帐篷搭不起来。

这时，热心的山姆又跑过来，但没马上帮助，而是说：“如果你们不介意，我可以帮助。”我连忙说：“好的好的，请！请！”

山姆跑进树林，砍了几根小树，削尖，还砍了一堆青藤，然后用这些材料，帮我们搭帐篷。我一边看他搭，一边奇怪，这小家伙，搭帐篷功夫果然厉害。

山姆把帐篷搭好了，搭得很牢。我推了推，估计八级台风也吹不走。我便崇敬地说：“山姆，我太佩服你了，你帐篷搭得这么好。”山姆说：“这没什么，不过，你选的位置不太好。”我问：“为什么？这儿多美呀，晚上看星星看水！”他眨眨眼，老三老四地说：“好吧，林，你自己体会吧！”

天黑了，维斯勒和山姆捡来树枝，烧了一堆篝火，在火上面架了一只铁锅，煮意大利面，浓浓的奶酪香把所有人引过来了。大家围着篝火吃着面，听两个男孩吹牛。山姆说，有一次野营，淡水用光了，怎么煮面呢？用大家的小便！他这么一说，所有人扔了碗。

篝火熄了，夜深了，我和菲里普钻进了帐篷，开始了第一个帐篷夜。结果，这个“帐篷夜”发生了几件事：第一件事，半夜下雨了，而且是瓢泼大雨；第二件事，帐篷漏水了，不是一个地方漏，是全线崩溃；第三件事，气床漏气了，躺在上面，能感觉下面的石子，还有树根；第四件事，睡袋渗水了，于是我的衣服也渗水了；第五件事，我和菲里普抱在一起，在水里泡了一夜；第六件事，我这一夜，根本没睡觉！

天亮后，我披头散发、眼睛浮肿的样子，赢得了所有人的同情。山姆跑过来送给我一件雨衣，然后检查我们的帐篷，最后发表总结性演讲。他说：“如果是我，我会在用帐篷前，先检查帐篷、气床、睡袋质量，把坏的地方补好！如果是我，这么旧的帐篷，肯定要抹上一层防水油！如果是我，我要带上备用睡袋、备用气床，还有雨衣、雨鞋、雨布！”他最后说：“林，你最大的错误，是没有选好位置，这个地方太斜、太低，雨水都往这里流！还有，这里离水近，万一涨大水，你就得游泳！”

听山姆这么一说，我心里很怪他，真是大马后炮，怎么不早说！不过想想还是很幸运，幸亏没涨大水，涨大水不是游泳的事，是让鳄鱼吃掉，还是让水妖吃掉的问题了。

山姆是个好孩子，他不是光当批评家，接下来，我们的破帐篷由他动手改装。安妮总是说，山姆喜欢动手，是另一个菲里普，这话真的不假。小山姆把我们的帐篷移到高处后，往蓬顶上抹防水油，还加了一层防水布。这天晚上，我们再没挨雨水，但还是睡在硬地上，因为气床依然漏气。对这个问题，山姆的解决办法是“不断打气不断打气”。天啊，不断打气，我还要不要睡了！

我有生以来第一次野营，第一次睡帐篷，如果让我写作文，我肯定这样结尾：“这次野营，真是终生难忘呀！”

不过我懂了一件事，出去野营，帐篷确实是大事，是头等大事！男孩会搭帐篷，真的是件很值得骄傲的事。有这样一个成语，叫“安营扎寨”，你不会搭帐篷，怎么安营，怎么扎寨？帐篷是生存法则第一步！所以，我们不管什么经济活动，都得有个账户，并保证它的安全。你没有安全账户，怎么兜转生活，怎么……

嗯，我是不是偏题了？

会打枪狩猎

会打枪，会狩猎，是德州男孩的骄傲。

我们德州，家家有枪，人人有枪，男女老少都会打枪。听上去很暴力，但这恰恰是反暴力的最好办法。朋友来了有好酒，敌人来了有猎枪。枪保护我们的安全。

所以，男孩子最着急要学的，其实不是做蛋糕，不是搭帐篷，是学打枪。

男孩学打枪，主要教练是父亲，第一课，学法律。什么地方、什么情况，你才可以掏枪。枪杆子永远低于法律，千万不要和法律叫板。第二课，学用枪。怎么握枪，怎么举枪。记住，枪口永远朝上或朝下，枪膛永远不留子弹。已经有过血的教训。在我们小镇的小学门口，有一组男孩的雕塑，五个男孩玩枪走火，误杀了两个同伴，就是这组雕塑的故事。所以，孩子永远不可以私下摸枪。第三课，学射击。射击训练有纸靶、游靶、飞靶；有点射有扫射有卧射有跑扫。不管哪一种，瞄准的时候，保险永远关闭，手永远不在扳机上。手放到扳机上的时候，就是子弹出膛的时候，这时不要犹豫，射！

这些关于打枪的事，我怎么知道的呢？因为我到了美国后，菲里普就把我当成男孩子，从头教，从头训，还给我买了把小步枪。我练习射击时用纸靶，用可乐瓶，一枪一枪很文气。不像邻居小孩比乐，他练习射击时，他父亲让他打鸡，他们家的鸡就是供比尔练枪法的，如果不幸我家的鸡撞上他的枪口，他一样打。比尔打枪时，用的是老猎枪，砰砰砰，很响，一枪出去鸡飞狗跳，我只敢远远听，不敢过去看，怕他万一打偏。有一次我家的鹅过去看，屁股被打了个洞。

像比尔这样练枪，其实属于谋杀，但你不能打911，第一，他是在自家领地打；第二，杀鸡打鹅不法犯。杀人犯法吗？如果你死在他家里，也不犯法。谁叫你侵犯领地。

男孩学会打枪后，父亲会带他参加打枪派对、打枪比赛，让男孩们互相学习，提高技术，增长见识，交一些朋友。这些朋友，是他们长大后的枪友，他们将一起打枪，一起狩猎。这样的派对我也去过，男男女女开着四轮车冲进林中空地，架好发弹器，把飞碟发到空中，用子弹打下来。那些男孩的子弹长眼睛，枪枪命中。我的子弹不长眼，枪枪打不中。

当然，男孩会打枪后，也是他们踏上狩猎征途的开始。美国人很奇怪，谁要是杀鸡杀鸭，会被看成太残忍、太野蛮，简直是罪大恶极。比如，我们的家庭聚会，每家带一份菜，我如果带红烧鸭，开吃前必须声明，这不是我们家的鸭子，是超市的鸭子，美国佬才敢吃。如果说是家养的，他们拒吃。为什么？太残忍，怎么连宠物都吃?！这就怪了，超市里的鸭子，生前不是活的？他们如此仁慈，却带男孩去打猎，他们打兔子、打松鼠、打鹿、打野猪，连天上的野鸭、野鹅也要打。这一前一后，是不是可以写篇新《矛盾论》?

有一次，山姆在野外打到一只公鹿，两百多磅重，很健美，他被山姆打死后还睁着眼睛。山姆双手握枪，脚踏死鹿，一脸骄傲，这张照片被他妈珊蒂晒到了脸书上，所有人都点赞并留言："山姆，我为你骄傲！"我请菲里普打电话去问，我们能不能分一勺鹿肉吃？接电话的正是山姆，他说，老爸只割了点胸脯肉，别的都扔了。菲里普说，为什么扔了，鹿心鹿肝都是好东西呢！山姆惊叫："心也能吃？太可怕了！"

真是无言！这个小小少年，敢打鹿，敢把鹿踩到脚底下，却不敢吃鹿心！

男孩会打枪了，会打猎了，十二岁这年，会得到自己第一把枪。维斯勒的第一把枪，是安妮给的，一把左轮手枪。它参加过第二次世界大战，是安妮的父亲留下来的宝贝，他参加过第二次世界大战的欧洲登陆战。

山姆的第一把枪，是一把老式猎枪，也是安妮给的，是我公公鲍伯的遗物。

这两把古董枪，菲里普从十二岁就开始垂涎，垂涎到五十多岁，还是被两个小屁孩给抢去了。他心疼的感觉，刀割一样啊！

会玩车

德州男孩会玩车，玩各种各样的车，这是他们很骄傲的事。其实中国男孩也喜欢玩车，但中国男孩十八岁之前很少玩车。我们这一时代的男孩是没得玩；我们下一代的男孩是没地方玩，大街上已经堵成麻花了，出车要按单双号了，买车要摇号了，玩车？做梦吧。梦里玩。

但美国地大人少，男孩子玩车不用做梦，特别是现在的小孩。不是有报道吗，街上出现“无人驾驶车”，警察围剿了半天，总算把车捉住了，结果，从车上滚下来一个四岁小屁孩……谁家的孩子不看好啊！

当然，总体上来说，这样的“无人驾驶”，并不是普遍现象，就算偶尔有之，也很少再犯，不然家长死定了，小孩偷驾，大人挨罚！所以家长们会严防死守，不给小男孩偷车的机会。

德州男孩玩车的地方很多，特别像我们这样的乡村，自家院子，门前小路，都能玩。再不过瘾，老爹在树林里开一条车道，让小子玩个够。这事一点没夸张，我们这里，哪怕很穷的人家，都有几十亩空地，如果不养牛、不种草，就让孩子玩车！

当然，男孩玩车，不同年龄段，有不同的玩法。

男孩四岁到六岁：玩Go Cart。

Go Cart长什么样？长得很酷，四轮、敞篷。别看是给小小孩玩的，它和大汽车一样，有正儿八经的方向盘、油表、速度表，还有正儿八经的发动机，五马力，相当于一辆割草机。Go Cart的油泵能装半升汽油，速度能开到每小时三十码。当然，Go Cart很小，一排座位，刚好坐下一对四五岁的小孩。

Go Cart，是德州男孩，也是德州女孩的第一辆车，他们会在过圣诞节，或过生日时，收到这件礼物。有钱的父母送给他们一辆新的，新的Go Cart有收音机、CD盒、导航仪，还有安全带。没钱的父母，只好送二手车。二手车也很酷啊，高龄发动机，开起来轰轰轰的，谁挡路谁倒霉。

按法律，Go Cart只能在社区开，在乡村小路开。我刚到美国时，经常看到门前小路上，四五岁的男孩，头戴钢盔，身穿皮衣，手戴皮套，武装得像个外星人，开着Go Cart呼呼呼跑。他们的父母站在很远的地方看，给他们拍照。Go Cart飞闪而过时，能听见孩子的尖叫声。女孩开车比较斯文，十码的速度，溜小狗一样慢慢溜。但男孩就不同了，总是横冲直撞。我一看到男孩的车就躲到一边，怕他们一不专心撞飞了我。事实上，他们真的很不专心，开得飞快，还东张西望。有一次，一个男孩撞了树，车和人一起滚到沟里，小孩子哇哇大哭。大人过来帮他处理后，他跳上车再开，还是开得横扫千军的样子。男孩从小，就是和女孩不同的动物。

我们家的泰勒快四岁时，看到小朋友开Go Cart，他羡慕得不行。但一辆新的Go Cart要近两千块钱，二手的也要好几百，他妈妈伊丽莎白没这钱。时间一晃，泰勒要过四岁生日了，他的菲外公对我说，他三岁就开Go Cart了，泰勒不能等了，太老了。这话把我吓一大跳，泰勒才四岁，怎么就太老了！说完这话，菲外公就跑工作间，在垃圾堆里翻，翻出一件东西。菲外公说，这是一辆Go Cart，是他三岁时玩过的，修一修给泰勒玩。

这东西也叫Go Cart？没方向盘，也没轮子，上面全是老鼠咬的洞，全是蜘蛛结的网，壳子完全变形了，锈成深褐色。只有一排小椅子还比较完整，可以放两只小屁股。

菲外公又敲又打，哐哐哐哐，当当当当，该修的修，该补的补。不出一周，Go Cart原形回来了，帅帅的Go Cart，车身被漆成了大红色，颜色是我选的，我喜欢红。菲外公还用铁皮敲了块车牌，用油漆写上“泰勒号”，挂在车屁股上。加满油，菲外公宣布，可以试驾了！

试驾这天，菲外公把巨大的屁股用力塞进座位，身子弓成一团，用三十码的速度来来回回开，超龄发动机的轰鸣，吓得孔雀都飞到了树上。菲外公玩过瘾了，让泰勒外婆玩。外婆是谁呀？别找了，就是我啦！我开了几步就不想开了，太震，震得头皮发麻，屁股发麻。原因就一个，车太破、太烂，新车会这样吗？这样的破车，老屁股受不了，嫩屁股受得了？可怜的泰勒！

泰勒四岁生日这天，伊丽莎白把他带到我家，泰勒并不知道会拿到什么礼物，一路在猜。直到外公把布一掀，看到了红色的Go Cart，泰勒才狂欢起来，满地打滚。我家泰勒很可爱的，一激动不是打滚就是上树，这是他表达心情的特有方式。泰勒打好滚爬起来，抱住外公不停地喊："谢谢谢谢，外公我太爱你了！"

伊丽莎白说："泰勒，这辆车，外公小时候开过，妈妈小时候开过，你米雪儿姨妈小时候也开过，现在轮到你了！"泰勒一听，迫不及待上了车。第一圈伊丽莎白带着他跑，第二圈，他就能自己跑了，跑得山呼海啸一般，每次经过我们面前，他就狂喊："我会开车了！我会开车了！"我们大伙也冲着他喊："泰勒！为你骄傲！"

有一次泰勒冲过来停在我面前，大声说："林，上来！我带你玩！"

我说："我不我不，你开得太快了！"

泰勒说："女士，我会像绅士一样的。"他的意思，他会小心呵护女士的。

女士只好上去了，这个小绅士根本不讲信用，"轰"地一下开得飞快。女士不是怕快，是怕震！泰勒却不怕震，他的小屁股一点不怕震！

男孩七岁到九岁：玩四轮车。

四轮车其实是真正的车了，有和车一样大的轮子，一样大的发动机，一样大的方向盘，能坐四个大人。现在加强版的四轮车，用的是摩托车发动机，排量50CC，速度开到六十码以上。当然，这样的车只在泥地上跑，在林子里跑，不许上路。所以很多人把这样的车也叫成狩猎车、野营车。

对于德州男孩来说，开四轮车是他们成长的标志。有了四轮车，他们就不再是小屁孩了，不再玩Go Cart了，谁再玩Go Cart这样的娃娃车，是件很丢人的事。但四轮车不同，四轮车的野性一点不比吉普差，这点让男孩无比兴奋。我不知道其他城镇的情况，反正在我们这里，一到傍晚，这样的四轮车此起彼伏。小男孩玩车时，喜欢把上衣脱了，露出雪白的排骨，他们在太阳下面狂奔，像一群没有驯化的小野人。

有一次我和菲里普去他同事家玩，刚到大门口，同事八岁的儿子杰森，驾着四轮车向我们冲来，两车相遇，一起"嘎"地站住，吓得我心怦怦跳。

我们下来后，菲里普惊讶地说："杰森，祝贺，你有四轮车了！"

杰森骄傲地说："这是我的生日礼物！林，我带你！"

我不敢坐，怕他撞树，这里到处是老当益壮的老树。但我经不住他的热情邀请，还是坐上了车，嘴里叮嘱："杰森，开慢点！开慢点！"杰森哪里听，发动了车就往林子里钻，上坡下坡一气呵成，中间一个逗号都没有，我的头发被树叶刮成了乱麻，披头散发像个女巫。但是说真话，四轮车很爽呢！坐着它在野林里横行霸道，如果穿一身黑袍、背一把扫帚，我就是真正的彪悍女巫了。

"哎，我要是回到你的年纪，我也要一辆四轮车！"下车后，我由衷地对杰森说。我完全忘了，我在他这个年纪哪见过四轮车，只见过小自行车，而且不是我的财产，是幼儿园的共享玩具，一共才两辆，总让男孩抢去骑。他们下手快，也狠，有时我手刚碰到车把，他们就一把抢去。我只好去抱破衣褴衫的布娃娃。

男孩十岁到十二岁：玩工具车。

这时候，男孩已经玩厌了四轮车，他们开始尝试更酷的东西——工具车，比如拖拉机、铲土车、压路机、伐木机，这些大家伙让他们热血沸腾。而且按法律，这类工具车如果在自家农庄开，是没年龄限制的。这么一来，男孩有了强大的理由，他们央求大人：“求求你爹地，我不是玩，我是去修路，是去伐木，我劳动！”

拿菲里普作例子。他是玩Go Cart，玩自行车，玩四轮车，一路玩过来的，玩到十一岁，他想玩工具车了。当时他家里有一个大农庄，有各种各样的农具车，所以只要有机会，菲里普就爬上去“劳动”。后来，父母卖掉了农庄，菲里普就去邻居农庄借他们的工具车“劳动”。邻居们渐渐发现了菲里普的劳动天才，人手不够时，真的会喊他帮助劳动，并付给他报酬。这样一来，菲里普找到了发财之道。暑假时他天天泡农田，帮人开收割机收玉米，工资是每小时二十块，一个暑假能赚很多钱。有时他也去帮草农开铲草机，铲一平方英尺草，并装上卡车，赚五美分。菲里普小小年纪，从早到晚不停干，能赚五十块钱！你算算，这要铲多少平方英尺草？

菲里普经常说起小时候干苦力的事，我听了很心疼，我说你那么小，干这么重的活，你父母不拦你？他说，不拦，他们为我骄傲呢，我会赚钱。我说，要赚钱，你去超市赚呀！他说，超市这种地方，娘娘腔的人才去。我说你不觉得苦？他笑着说：“哎，不苦不苦，可好玩了，可以玩车！你知道吗，压路机的感觉太酷了，还有伐木机，它的牙齿，能把很大的树咬碎，接二连三地咬。”说到这，他一脸骄傲，牙齿咯咯响，好像树是让他咬碎的。

我这才明白了，他干苦力，听上去是赚钱，其实是要玩车，这样的工具车，你不干活是没机会玩的。娘娘腔的人也是没得玩的。

其实菲里普并不特别。美国的乡下男孩，到了这个年纪，英雄气概滋生了，英雄主义滋生了，想当英雄好汉的梦想当然也滋生了。这是个长个子、长气概也长理想的季节，庞大的铲土车、压路机、伐木机，成全了他们的英雄美梦。

再举个例子，还是山姆。在他十岁生日前，珊蒂说，儿子，把你最想要的十件礼物写下来，我会挑一件送给你。很多家长给孩子送礼物，会用这办法。山姆就列了单子，排出想要的十大礼物，排在第一位的，竟是一辆压路机。珊蒂哭笑不得地说：“宝贝，你怎么不想要一辆坦克，或者航空母舰！”

山姆生日这天，邀请了很多小朋友，把我们也邀请了。生日派对开始了，山姆拆礼物，拆到爹妈的礼物时，竟是一把钥匙，这时他爹妈指指院子，院子里有一件庞然大物，被花花绿绿的礼品纸包着。山姆跑出去撕开纸，看到了一辆泥浆满沾的压路机。山姆狂喊一声“我的上帝呀”，连滚带爬上了车。这一天，他和小朋友一起，玩了一天压路机。

这辆压路机，这个巨大的惊喜，是山姆父母租来的。他们半夜偷偷把车弄进院，半夜偷偷包装好。为了包装这件礼物，他们用掉了五十卷礼品纸！

这件礼物虽然是租来的，但山姆这个生日，过得很得意，简直是得意忘形。

真是奇怪的男孩，还有，奇怪的父母！

男孩十三岁到十五岁：玩赛车、玩摩托车。

这个年纪的男孩，绝对不承认自己是小孩了，事实上，他们在生理上也开始变化。他们长高了，声音变了，性格也变了，他们变得很自负。他们在大人眼里成了另一个小孩。这时候的小孩，他们的英雄梦想已经付之于行动，或者说，他们认为，他们已经是英雄了。他们常为自己的想法感动，他们完全认为，要做一个英雄，必须不怕死，必须敢于献身。

所以他们玩赛车，玩摩托车，玩这两样东西，最能告诉大家：我是英雄！

所以，这是男孩最危险的年纪，他们无所畏惧。

我住在沃顿小镇八年，邻居的男孩，朋友的男孩，因为玩赛车、玩摩托车送命的，有五人之多，都是十几岁的青葱少年。他们就像菲里普小时候一样，打工，赚钱，买赛车，买摩托车，然后去玩、去比酷。当然，这种活动很不专业，也没有组织，完全自发，没有得当的保护。有一个十五岁少年，是个黑人，长得高高帅帅，我经常在教堂看到他。

有一次，他用一辆卡车改装的赛车，和他同伴在田野比试，结果翻了车当场断了脖子。他的追悼会在我们教堂举行，他年轻的父母没掉一滴眼泪，只是不断不断地说一句话："去了天堂，去了天堂……"

他们心里的悲痛，他们的心知道。从现在开始，他们天天等着去天堂，见儿子。

这样的悲剧还在继续，但并没能阻止男孩子。他们继续玩，继续向死神挑战。他们这时候，冒险的渴望超过了一切。他们并不关心结果，也不在意大人的感受，他们是宇宙的中心，除了自己旁若无人。

菲里普说，他十四五岁时，就是这样一个少年。为了玩赛车、玩摩托车，他拼上了命，玩得伤痕累累，好几次死神把他捉了去又放回来。他说，他们一群男孩，每个人至少断过三次骨头，他断过十五次。有一次他参加赛车比赛，和别人的车撞成一团，他浑身鲜血被拖出车后，半天说不出话，也听不到声音。他说，他现在耳朵里充满了滋滋滋的金属声，就是那次撞出来的。

唉，你说男孩是怎样一种动物？

男孩子长到十六岁这天，会拿到一样东西，是他这一生最骄傲的东西：驾照！这张驾照，是他被允许跃上高速公路的通行证，也是他开始融入成人世界、角逐人生的起点。从这天开始，他开始脱掉少年的莽撞和自负，昂首挺胸与成人并驾齐驱了。

会追女孩

德州男孩会追女孩，会用情，会表情。对此，他们一点不隐晦，不害羞，他们很以此为荣。男孩子十二岁，你问他有没有女朋友，如果他说没有，说了会脸红；如果他有，他会很大声、很骄傲告诉你：“Yes，I do！”他们一有女朋友，马上广而告之，到处显耀，生怕别人不知道。

确实，对我们中国人来说，这样的男孩很奇怪，这么敏感的事、不可告人的事，怎么可以大声说出来。但这就是德州男孩。或者说，这就是中国男孩和美国男孩有差异的地方，也是中国文化和美国文化有差异的地方。我们有性羞赧。他们没有。

但是，没有性羞赧，不等于性乱伦、性堕落。关于美国男孩性乱交的传说，是添油加醋，是乱扣帽子。据我的观察和了解，美国男孩“好色”，会追女孩，这只是表象，表象的背后，深藏着他们的人格教养、道德底蕴和绅士风度。特别是绅士风度，不是一天两天能伪装出来的，是经过长期的熏陶、教化、积累，最后，约定俗成一般，男孩子成了绅士。

当然，一个很绅士的男孩，不一定成绩优秀，不一定能力强大，不一定理想丰满。但不管他是什么人，他都是一个绅士，这是肯定的。所有男孩都想成为绅士，因为男孩是不是绅士这件事，这对女孩很重要。

那么绅士是怎么教化成的？

绅士的教化，从男孩意识到自己是男孩这一天就开始了。

我和菲里普，经常去教堂幼儿园当义工，和老师一起陪孩子玩，教他们手工。菲里普教他们修玩具，我教他们折纸。大大小小一窝人，总是玩得很开心。他们上课时，我们坐一边听。我很快发现，老师除了教画画，教唱歌，也教“绅士大法”。只要有机会，老师就会说，小男孩要做小绅士，不可以抢女孩玩具，不可以推打女孩，不可以在女孩面前打喷嚏、打饱嗝、打哈欠，更不可以放屁。如果不小心发生了，必须说“对不起”；再犯，还要说对不起。老师还说，洗手要让女孩先洗，吃饭要让女孩先吃，走路要让女孩先走，要说Please，要说Thank you。男孩们，先生们，记住了，你们是绅士！

男孩们听了，个个表情迷惑，也有点不服气，似乎说，凭什么呀！于是老师继续教：“这样，女孩子才会喜欢你，你才会交到女朋友！”男孩这才恍然大悟。男孩天生喜欢女孩，谁都想交到女朋友，于是他们学做绅士，不放屁不打嗝。也有男孩故意打嗝，然后响亮地说：“对不起，女士们！”

小男孩一天天成长，一天天向“绅士大法”靠近，他们学会了拥抱，拥抱老师，也拥抱女孩；还学会了亲吻，亲吻老师，也亲吻女孩。他们还会不停地说“我爱你！我爱你！”女孩如果高兴，会回答：“我也爱你！”亲吻，拥抱，我爱你，是美国男人取悦女人的三件宝。这德性，从幼儿园就开始学了。

有一次幼儿园过情人节，我们也去凑热闹。只见小男人们，把教室用气球、纸花、画片布置漂亮，然后开情人节派对，男孩送女孩情人卡、玫瑰花，女孩回赠巧克力。我看了几张男孩送女孩的情人卡，上面是他们的画，画得热气腾腾，但到底画什么，我这水平根本看不懂。接下来，有一个很考验男孩的活动，评选绅士男孩。方法是，男孩女孩面对面，由女孩去选。被选上的男孩，可以和女孩坐一起吃巧克力，并获得一顶绅士帽——帽子是我做的，其实是一条纸船。没选上的男孩就做了单身汉。他们很落寞，很想戴绅士帽，眼巴巴看着我。于是老师对他们说，如果你们对林说Please，也许会有奇迹发生。于是他们冲过来求我："Please，please…"我就为他们每个人折了条船，他们全戴到了头上。

爱的教育，充满了课堂。

当然，老师教孩子学会爱，也教他们，什么是爱的底线。身体有些部位很重要，不能被人摸，不能被人碰，这就是爱的底线。如果有人破坏了底线，应该拒绝，并报告大人。"那是魔鬼，不要让魔鬼碰你，还要把魔鬼消灭！"老师说。男孩女孩点点头，记住了。

男孩上小学后，接受的"绅士"教育，强度、难度增大了，他们要为女孩开门，为女孩让路，为女孩拿东西。他们对女孩的言行必须彬彬有礼，必须左一个"对不起"，右一个"请"，听年长的女士说话，必须回答"是，女士"。任何派对、活动，必须遵循女士优先规则。如果谁犯规，众目睽睽之下，是件很羞耻的事，传出去这男孩没法在江湖上混了。

这真是有点难的。他们才七八岁，就要打起精神做绅士。

有一次，我去镇中心小学参观。他们的教学楼很有趣，里面的走道是环形的，走道正中，是一条黄线，而且是单行线，去教室、去厕所、去图书馆——总之不管去哪，必须走在这条线上，到了目的地才能离开。如果孩子不专心错过了目的地，就得绕场一周，再回到目的地，不可以逆向行走。这是学校的纪律。孩子要想不犯纪律，走黄线时必须目标明确，必须思想集中。

那天我对这条单行线很有兴趣，站在一边看了好久。我发现，孩子们果然都走在黄线上，没有人逆向行走，而且走路时个个腰板笔直。不直不行，东倒西歪，会歪到线外！我还看到，好几个男孩走路时，如果后面有个女孩，他会马上停住，让到一边，让女孩先过，他才继续走。这件事让我大吃一惊。黄线上给女孩让路并不在纪律中。这么绅士的举动，他们怎么会做到呢？

似乎，男孩们已自然而然、不知何时，变成一个绅士。

我去过好几所小学，所见所闻，最让我吃惊的，是模拟婚礼。

模拟婚礼，是很多小学高年级的保留节目，或者说是传统节目。在这个“婚礼”上，每个小孩子都有一次机会“结婚”，结婚的过程和大人一模一样。礼堂回响着婚礼进行曲，男孩要穿礼服，女孩要穿婚纱，要有伴娘，要有司仪，“新娘新郎”要在“牧师”的引导下交换戒指、接吻，婚礼结束，新人去洞房。

所谓洞房，其实是课堂。在那里，“新人们”集体学习，结婚后会发生什么，怀孕是怎么回事，孩子是怎么生出来的，避孕有哪些方法……男孩子还要学重要的课程：怎么获得女孩子的芳心；怎么做温柔的绅士；并且永远不勉强女孩；永远不对十五岁以下女孩下手，不管她愿意还是不愿意，都算强奸，你都要坐牢，这是一件严重的事。

……

我对模拟婚礼这件事，有赞成，也有反对。我认为，它的好处，是让孩子知道合法婚姻是被祝福的。找一个好人，和他结婚，生个孩子，这是人生最大的幸福。它的坏处呢，也很明显，让青春年少的孩子想入非非，想恋爱，想生孩子，有点过头了，他们还要不要读书了呀？

其实，模拟婚礼还不是最危险的事。最危险的是，当男孩子进入青春期后，他们就开始追女孩子，而且是光天化日之下追，并以追到女孩子为荣，以拥有女朋友为荣。相比之下，追不到女孩子的男生，就会羞愧难当。青春的校园，情窦盛开。

这真是很过分了，我又要问，他们还要不要读书了？

当然，我的想法属于皇帝不急太监急。当事人的家长们并不急，学校也不急，教育专家更不急。他们是这样想的，既然没人能阻止男孩子追女孩子，就大大方方教他们怎么去追，并在他们很小的时候，就把他们培养成懂法、懂礼的绅士。他们认为，这件事才是最重要的事。

写完以上的真实故事，我心里有种怪怪的感觉，你看完了是不是也有怪怪的感觉？总之，这就是德州男孩，怪怪的，不过怪得很可爱，简直是太可爱了，呵呵。

卖古董

卖古董，做古董贩子的事，我在中国别说做，想都不敢想。我没古董，拿什么去贩？

什么叫古董，古董古董，第一要素是“古”，第二要素是“宝”。三百岁的毛坑石头，肯定不是宝。怎么算宝呢？历史深重，文化传承，工艺古朴，其中只要占一样，就是宝。这样的宝贝，我这样一介草民怎么可能占有？

我没有古董，但古董还是看到过的，在一些博物馆。比如故宫，那里面每一块砖都是古董，每一片木都是古董，每一片石都是古董；皇帝坐过的龙椅，皇帝睡过的枕头，皇帝拿过的笔，都是宝贝疙瘩，谁都想摸一摸，特别是皇帝的笔，拿在手上批一行“朕知道了”，或者就写一个“准”，那什么感觉？虽然我写字很差，这事谁都知道，但……做做梦总可以的吧。

所以，古董这东西，在我心里高高在上，高不可攀，是神韵，是神通，是鬼魅。为什么说是鬼魅？鬼和神是分不开的，不是有鬼使神差、鬼斧神工之说？

但高高在上的古董，我却有幸摸过一次，在我大学同学李建平的家里。那天，他请我和菲里普，还有一帮同学，一起去他家吃饭，欢送我远嫁美国。李同学的房子在古老的河坊街，这条街很老，李同学的房子很老，他家里的东西也很老。李同学很大方，家里的东西让我们尽情摸。我摸了窗子摸墙壁，摸了门板摸门栓。摸门栓时，同学们很仗义地说，林，要是菲里普对你不好，我们请他吃门栓杠！吃门栓杠的意思就是拿门栓杠揍人，浙江人的独门武艺，会把人揍扁。我很感谢同学们的关心，也为菲里普担心，那时他身子骨单薄，哪里吃得住门栓杠。不过八年过去了，菲里普争气，没吃过一次门栓杠。

记得那天吃饭，菲里普坐在一张古椅上，这张古椅有五百岁，菲里普坐上后就不肯下来了。他崇拜中国古董，崇拜中国古玩，很想沾点古气回家，哪怕用屁股沾。告别时，同学叮嘱我，到了美国仔细找找，找找八国联军抢去的东西，如果找到了马上抢回来。

我听了不停地点头，心里却想，八国联军抢去的东西，轮得到我这古董盲抢回来？那我真成了神仙了！

但是当我到了美国，我很快发现，同学们很有先见之明。虽然八国联军抢去的东西我还没发现，但美国的确有很多古董。正着说，美国古董遍地；反着说，美国遍地古董。在美国买古董是件轻而易举的事；卖古董，做一个古董贩子，也是件轻描淡写的事。

你会说，你有没搞错，美国历史不到三百年，和中国比只是小萝卜头，古董能像垃圾一样遍地都是？人人能做古董贩子？

我就从菲里普的SHOP说起。

我刚到美国时，菲里普带我看的第一个地方，就是他的SHOP。SHOP的意思，可理解成工作间，也可理解成收藏间。菲里普的SHOP，是工作间兼收藏间。收什么？收古董。他十二岁就开始收古董，到古董店收，到死人家收，也到跳蚤市场收。总之，收来的全是古董！这是他对我的描述。我听了，心跳声咚咚响，想起同学们交给我的任务，冲进SHOP，准备抢几件八国联军抢去的东西。

但一冲进SHOP，我马上捂住了鼻子，这里光线很暗，气味难闻。菲里普摸里摸索，不知从哪摸到了开关，灯亮了，我看到了一个垃圾屋，桌子、椅子、笼子、柜子……破的破，烂的烂，歪的歪，斜的斜，灰蒙蒙，黑溜溜，挤得满满当当，我刚走一步就差点被绊倒。这都是什么呀？菲里普说，这些都是古董呀，如果拿出去卖，很值钱呢！

菲里普看我表情惊愕，便这里推一把，那里推一把，推出一点空隙，"呼"，这里吹吹，那里吹吹，空气中弥漫了可疑的气味，我剧烈地咳嗽起来。他拖我过去，隆重介绍：这些椅子桌子，都是五十年代大学生的课桌，已经没人生产了，是古董；这只马桶，那只剃头椅，是六十年代的产物，世上没几只了，能进博物馆；这些收音机、电视机、电脑、游戏机、唱片机、电话机、微波炉……都能进古董店；这些可乐瓶、电灯泡、鸟笼子、旧轮胎、煤油灯……五十多岁呢，古董店一进去就会被抢光；对了，你知道这是什么吗？七十年代看露天电影，这东西往汽车上一挂，就能边看边听了，这东西，古董店向我要过好几次了，我就是不卖！

我越听越奇怪，我要是古董店，倒贴我钱，也不要这些垃圾！正想着呢，菲里普推开一个小门，里面黑沉沉。等我眼睛适应一点了，看到角落里站了一个女人，一米多高，光着脚，衣服破成了条，乱蓬蓬的头发后面露出半只白眼睛，说它是白的，因为没眼珠，她一只手向前伸，只有三根手指，好像要摸我的脸。

我这一看，尖叫一声“鬼啊”，向外逃，却让菲里普一把捉住，他说：“哪有鬼！”他把那女人牵过来，衣服拉拉，头发拉拉，露出了俏脸蛋、白皮肤、青嘴唇。还说没鬼，这不聂小倩吗！菲里普把聂小倩往我怀里一塞，认真地说：“她也是古董，年纪比你大多了，洗洗干净，晚上抱着睡觉吧，你不是喜欢布娃娃吗？”菲里普这样说，是因为我和他说过好几次，我小时候喜欢抱布娃娃，我妈就用小毯子卷了一个让我抱，我每天抱着睡觉，抱了三年，谁和我抢，我和他拼命。这是我这一辈子，唯一拥有过的布娃娃。当时菲里普听得眼泪都出来了，世界上还有这么可怜的小女孩，小毯子卷卷当布娃娃抱，所以，他必须送我这个……聂小倩。

我把聂小倩洗干净后，给她穿上了我的睡裙，并在白眼睛上画上黑眼珠，但不敢抱着睡，也不敢放卧室。抱来抱去，最后抱到院子里，让她站到鸡笼上面，用来吓鹰、吓狼。她很尽职的，披头散发的样子吓得狼不敢来，也吓得我不敢出门。

总之，看了菲里普的古董，对他的所有古董，我的鉴定是：垃圾。

信不信，丢到杭州街上，扑过来捡的是环卫工人，他们还会边捡边骂：“谁呀，垃圾不扔垃圾箱，缺德不！”骂好了，送垃圾中转站。当然，这种话我没和菲里普讲，会伤他的心。但我和同学们讲了，听了我的鉴定，看了我的照片，他们一起安慰我：“林，停电时，那只煤油灯还是可以用用的！”

不过，在菲里普的“古董”群，我看到一样东西非常喜欢，一张乒乓桌。这是一张真正的乒乓桌，但它很可怜，身上驼满了“古董”，身下挤满了“古董”，四只脚被压残了，三只瘸，一只断。但不管怎么说，这是一张乒乓桌，修修还能用。

于是我兴奋地对菲里普说：“亲爱的亲爱的，我要打乒乓，我们把乒乓桌理出来！”

菲里普有点伤心，带我看古董，我最感兴趣的竟是乒乓桌，乒乓桌根本不是古董。但他很理解我，知道我爱打乒乓，他还认为我打得和王楠一样好。于是他说，好吧，亲爱的，我把桌子理出来……可是，这么多古董怎么办呢？我想说“烧掉吧”，但出口时变成：“卖掉吧，卖给古董店。”

菲里普一听我要卖古董，心情悲痛，但脸上在笑，笑得比哭还难看，他说：“好的，亲爱的，我听你的！”

这样，我就有了第一次卖古董、当古董贩子的经历。

那天，菲里普光着膀子，开仓大清理。那些沉睡了几十年，发了几十年霉的东西，比如睡袋、挂毯、秋千，都一把火烧了。烧不下手的，都装上了卡车，被我们运到镇上，找古董店出售。

沃顿镇上，那些挂着"Antique"牌子的，都是古董店。这样的"Antique"牌子不是随便乱挂的，是政府核准后发放的。所以，进古董店前，我心里一直在嘀咕，我们这一车破烂古董店会收？但一走进古董店，我大吃一惊，古董店的古董，原来和菲里普的"古董"如出一辙，全是破烂，连破旧的锄头铁耙榔头斧头，也庄严地挂在墙上、吊在空中，当庄严的古董卖。另外，我还看到了粪桶，就是我们的早期厕所，上面扎了一束花，也是古董，一百五十美元一对。

这些是古董？这样的店也叫古董店？同学们哪，八国联军时的八国，到底有没有美国。

不过很快发生了一件事，完全颠覆了我的想法：我们运来的一卡车"古董"，全部被古董店收下，可乐瓶六十五块一只，电话机一百块一只，游戏机八百块一只……我的天呀，垃圾全变钱了！钱到手后，菲里普交给我，全是十块二十块的，沉甸甸一叠，我激动得振臂高呼："亲爱的，太好了，我们还有一房子古董呢！"

菲里普也很激动："怎么，你不喊它们是垃圾了？"

我说："当然不是！是钱！是古董！"

菲里普没想到，我觉悟提高得这么快，卖完古董后，他带我逛古董店，我数了数，小小沃顿，竟有七家古董店。菲里普大方地说："亲爱的，你喜欢什么就买什么，我们有钱，还有卡车，买一卡车回去。"

我一听，一边捍卫着手上的钱，一边拉着他往外就走。买一车回去？往哪放？我要打乒乓！

但卖过一次古董、做过一次古董贩子后，我尝出甜头了。别小看这些破东西，在中国是垃圾，在这里真的是宝贝，都能换美金。而这样的宝贝，菲里普有一房子，如果都拿出去卖，我们富成啥样？我数学差，算不出来，但有一点肯定，我再不用卖鸡蛋了，一打鸡蛋三四块钱，算钱吗？一只八十年代的可乐瓶值六十五块！亲爱的，我们把一房子古董都卖了吧！

但不管我怎么动员，怎么唠叨，菲里普昂着头，闭着嘴，坚韧的眼光告诉我，头可断，血可流，古董不可卖！为什么呢？他说，上次卖古董，是为了你能打乒乓，是没办法，是逼良为娼。其实把古董卖掉太笨了，笨惨了，再放一百年、两百年，才能发大财，发大大财！听了他的话，我很感动，也很疑惑，人到底能活到几百岁？

我认为活一百岁还是活两百岁，那都是猜想，人不能活在猜想里，要只争朝夕，要改善眼前的生活。比如，我们卧室那只马桶，快三十岁了，污垢积得铜钱一样厚，样子狰狞，害得我做噩梦，总是在梦里洗马桶。一只新马桶一两百块钱，卖掉几只可乐瓶就有了。

所以，我一直找机会，卖古董，换马桶！

第二次卖古董的机会来了。

事情是这样，沃顿镇要搞集体院卖，英文叫“Yard Sale”或“Garage Sale”，就是在自家院子里、车库里卖东西。集体院卖的好处，是全镇人民同时行动，属于集体活动，不需要交税，不需要办手续。卖的东西呢，都是家里不要、多出来的东西。搬家后、老人去世后，都可以搞院卖。院卖的东西很便宜，一本书只要一毛，一件衣服只要三块，一双球鞋只要五块，一只沙发只要二十块，一张床只要三十块。当然，如果大家抢一件东西，主人可以当场拍卖，一般这种情况发生在古董身上，人人喜欢古董。

所以，院卖对卖主来说，目的是处理东西，不是赚钱。但对正好有需要的人来说，是捡宝的机会，特别是古董爱好者。菲里普很多“古董”，就是院卖时淘来的。

说实话，听到集体院卖的消息，我很高兴，我也要摆地摊，卖“古董”。我家院子大，菲里普一房子破东西全摆上了，也只占一个角，东西卖光了，SHOP空间大了，打乒乓舒畅了，新马桶也换上了。

听了我的计划，菲里普假惺惺地说，我很想卖呀，可惜全镇院卖是指镇上，不包括郊外，我家在郊外怎么办呢？

怎么办呢？正失望，女儿伊丽莎白打来电话。她说，她要参加院卖，你们有东西要卖吗？搬我家院子来，我帮你们一起卖。

伊丽莎白住在镇中心。

我马上对菲里普说，快搬，把多出来的古董，全搬到女儿家，她卖了，我们只要一只马桶钱，别的都捐给她。菲里普对卖古董、换马桶的事一直很抵触，但听我这么一说，觉得也有道理。女儿没工作，要养小泰勒，她很需要钱，而我们的马桶也确实应该退休。于是他哭丧着脸，和我一起从SHOP搬东西，旧电视机、旧割草机、旧课桌椅、旧消防柱，又装了一卡车。我把用来吓鹰的“聂小倩”也搬上了车，因为鹰啊狼啊很快不怕她了，一直怕她的是我——她那双被我画上去的眼珠，经过风吹雨打只剩下半只了！

院卖开始了，那天我亲自坐阵，和伊丽莎白一起当院叫卖。伊丽莎白的房子地段很好，坐落在大路边。叫卖的第一天，我们的一车破烂就被古董爱好者抢购一空，我的“聂小倩”竟被一个漂亮小女孩抢走了。至于那只五十年代的消防柱，斑驳得看不出是鬼还是神，居然遭到哄抢，我和伊丽莎白当场搞拍卖，从三十块，拍到了三百块，最后被一个八十岁的老消防队员抱走。他抱走时的表情，像抱走了金娃。菲里普看在眼里，痛在心里，嘴里念：“哎，早知道，这件宝贝不拿出来了！”

一卡车“古董”卖掉了，所有钱我一个子都没留，全给了伊丽莎白，她经济困难，正好有机会帮她一把。我们换马桶的事可以靠后。所以我心里很高兴，帮了女儿，菲里普的SHOP也减负了。但没想到，我们的古董刚卖掉，菲里普跑来跑去，又淘了一卡车“古董”！其中有一台旧式测量仪，七十年代的，是社区商学院淘汰掉的教学用具，像铁塔那么一座，四个男人一起，哼哼哈哈才抬上卡车。这座铁塔往SHOP一放，刚减负的SHOP又满了。我呀，白费心机，打乒乓，撞到铁塔上更痛。

后来，镇上又搞院卖，我又要搬东西去女儿家，菲里普却打死也不干了，他说不是心痛古董，是不能宠女儿，女儿需要帮助，就给她帮助，她什么时候强大起来？我说，需要我们帮助，说明我们还有用，等我们挂在墙上了，想帮也帮不了，别这么小气！他说，他不是小气！我说我知道你不是小气，你每个月捐给教堂五百块，这钱真不如捐给女儿，她是你女儿呀！他胡子翘翘不听。关于要不要帮子女，怎么帮子女的事，我和他一直分歧很大。

第三次做古董贩子，是卖钢琴。

事情是这样的，我妈和姐要来美国了，我们要为她们准备羊肉、鹿肉、野猪肉，但家里冰箱不够用，菲里普立即买了只新冰箱。但冰箱进门后，却没地方放，我俩看来看去，看到了一架破钢琴。我家有两架钢琴，一台好，一台破。破的这台，外表看着是好琴，掀开盖子看是烂琴，牙齿掉了，舌头断了，喉咙哑了，敲个音像鬼叫。但钢琴的位置很好，正好摆一台新冰箱。

于是我们决定，把破钢琴搬开放冰箱。

新冰箱安营扎寨了，破钢琴怎么办？它横在过道上像一座山，我们走路得翻山越岭。菲里普牙一咬，说："卖！五百块卖掉！"

菲里普说要卖，我有点不舍得了，我说，要不卖掉几台缝纫机吧，正好放一架钢琴。菲里普说，钢琴不如缝纫机珍贵，卖钢琴吧。他态度很干脆。我好惊讶，在我心目中，钢琴是最高等的乐器，最高雅的乐器。这架钢琴，虽然老不中用，但却是家里最像古董的古董，没想到菲里普宁愿卖钢琴，不愿卖缝纫机。缝纫机算啥呀，我妈阳台上就放了一台，我妈天天说要扔掉。

但菲里普很固执，说要卖就卖旧钢琴。于是，我们向古董店跑，兜售我们的钢琴。没想到，跑一家失败一家。古董店的店主们一听卖钢琴，都频频摇头，他们说好多人都想卖旧钢琴，但钢琴太大了没地方放，就算有地方放也卖不掉。事实也是如此，这些古董店，被乱七八糟的古董塞满了，空中也吊满了，哪有钢琴的位置。我们的钢琴，价格从五百降到两百五，还是没人要。

跑到最后一家古董店时，店主是个高大的男人，他一听我们要卖钢琴，也摆出苦瓜脸，领我们走到一架钢琴前，很郁闷地说："这架钢琴卖五十块，卖了四年没人要。"菲里普听了，牙一咬说："这样吧，我们的钢琴不要钱，送给你吧，你帮我运走就行。"那店主瞪大眼睛说："运费就要八十块呢，要不，这台我免费送给你，帮帮忙你运走！"他这话一出口，菲里普拉上我就跑。

我真是没想到，美丽高雅的钢琴白送都没人要，肮脏的消防柱却被大家抢。

怎么办呢，钢琴还堵在家里，卖不掉也送不掉，我妈和姐快要驾到了，菲里普只好把钢琴挂到网上，讲清楚是白送的。但"送"了好几天无人问津。我灵机一动，说挂一百块吧，白送没人要，挂一百块可能有人要呢？果然，本神仙的办法很灵，不到三天，有人打电话来了，名字叫杰西。杰西说，他想要这架钢琴，不过他没钱，能不能用相当于一百块的古董换？古董是一只旧电锯。菲里普听了很高兴，当下答应了，他很高兴，钢琴有人要了，他还多了一件古董。

那天，杰西来拿钢琴了，他一到就开始拆钢琴。菲里普很奇怪，问他为什么把钢琴拆了？杰西说，整个钢琴对他来说是没有用的，他要的是钢琴零件，零件越旧越好。比如这架吧，1900年的钢琴，木头很考究，拆下来加工成刀砧板，卖一百块一只非常抢手，这台钢琴的木板，至少能做十块刀砧板。琴键也是好东西，镶在表面的是象牙，取下来可以做首饰，比如项链、手链、耳环，钢琴的钢丝，正好是穿象牙的最好材料，这么多象牙，能做一大盒首饰，三百块一串随便卖卖。杰西乐滋滋地说：“现在呀，这样的真象牙首饰上哪去找？市场上的象牙首饰都是假牙！”

我一听，想起一句话：除了假牙是真的，所有东西都是假的！我弱弱地问了句：“杰西，你怎么知道这是真牙呢？”

他神气活现地说：“1900年以前的钢琴，全是真牙，之后的就难说了。我只收1900年前的钢琴！”

菲里普也弱弱地问了句：“杰西，你怎么知道这是1900年的？”

杰西说，琴后面的隔板后面的挡板后面，烙着“1900”字样，看不见，得用手摸。这是老钢琴的特性，也是懂行人的秘密。菲里普不信，打着手电看，果然看到了，杰西说的那个地方，清清楚楚烙着“1900”。

杰西果然是拆钢琴老手，能摸烙字！

杰西开心地说：“这样的钢琴，十来年没拆到过了！谢谢你们！”

杰西继续拆，拆得神采飞扬，菲里普边看边哭——当然没哭出来，我知道他心里在哭。别说他，连我的肠子也悔青了，早知道木头这么好，我们自己做几块刀砧板用用。还有象牙，天啊，我怎么知道破破烂烂的琴键，贴的竟是真的象牙！早知道，怎么也得咬几块下来啊！

但，后悔已来不及，钢琴已让杰西分尸了。

不过杰西还算爽快，临走前送了我们一条带象牙的琴键，他对菲里普说：“给你老婆做个项链吧。”当然，他没忘记他的承诺，把一只破电锯送给了菲里普，然后开着一车珍贵的碎片走了。菲里普抱着电锯子，呆了很长时间，咬牙切齿地说："林，我们去古董店，把那架放了四年的钢琴买回来！"

我们最终还是没去古董店，因为我们想通了，我们要那么多刀砧板和象牙首饰干吗呀？它们又不能吃！卖掉？我们要那么多钱干吗，死了带不走，省省力吧！想通了。

我第四次卖古董，是因为杰妮。

杰妮在镇上开了一家咖啡店、一家古董店，我和杰妮是在画展上认识的，谁的画展呢，当然是我的画展。杰妮看过我的画展后，见到我就说："林，中国画太美了，我想跟你学！"杰妮是富有的女人，但生活很不顺，前几年她丈夫癌症刚去世，她马上查出了乳腺癌，割了双乳才保住性命。杰妮没有孩子，一个人孤独地经营咖啡店和古董店。但杰妮多才多艺，会油画、壁画、室内装饰，镇上很多店都是她装饰的，喜欢她的人很多，人缘很好。

有一天，杰妮打电话来，她说，林，我想在我的古董店卖你的画，卖掉一张，你付我百分之十租金就行了。菲里普听了，开心得跳起来，他说："我早就知道，我老婆是个大艺术家！"我呢，我这个大艺术家当然也高兴，天哪，我要卖画啦，不是做梦吧？

但我奇怪的是，为什么杰妮要把我的画挂古董店卖，不挂咖啡店卖？菲里普是这样推理的，古董店只卖古董，中国是个古国，中国画就是古画，古画放在古董店卖，没有比这更顺理成章、天经地义的了。

我不知道杰妮是不是这样推理的，但我觉得菲里普的推理很有道理，古董店卖中国画，就是卖古董，那么我的画就是古董。这是一件很严肃的事，一不小心，我成了炮制古董的人，这事我的李同学他们知道了会怎么想？他们对古董很有研究并寻寻觅觅，却活活错过了一个会炮制古董的同学！

好，卖古董！说干就干，我们夫妻一起把画装进筐，运到杰妮的古董店。杰妮见了我，抱了又抱，亲了又亲，连声说："谢谢谢谢，最近古董店生意不太好，你的中国画一定会帮我带来好运。"我听了受宠若惊，没想到沃顿镇的古董业，要靠我的"古董画"推动。我马上积极主动，和菲里普一起，把我的"古董画"一幅幅上吊，吊到墙上。

我的画中，有花鸟鱼虫，也有古代美女。说实话，我没学过仕女图，我画的美女，全是自己看书学、上网学，瞎胡闹学来的，所以画出来三分像人，七分像鬼，应该叫"鬼美人"。反正我的房间是不敢挂的，我全送给了菲里普，他拿去挂进了办公室。他喜欢鬼美人，喜欢得一塌糊涂，喜欢得让我微微吃鬼美人的醋。

画挂进古董店后没几天，杰妮打电话来了，说画卖掉了两张，每张一百五，共三百，快来拿钱！我和菲里普冲进杰妮的古董店，瞪眼一看，卖掉的是两张鬼美人。

这个故事，我在《嫁给美国》这本书中也写了，但那本书的编辑，把古董店改成了艺术店。可能编辑不相信，古董店怎么可能卖中国画。现在我再证实一下，再重申一下，我的画，就是在沃顿古董店卖掉的，希望这本书的编辑不要改……

仔细想想，古董店卖中国画很奇怪，我的画能被卖掉很奇怪，买我画的人也很奇怪，我挂了那么多画，他咋就愣喜欢鬼美人？但奇怪的事就是发生了。还有更奇怪的事呢，后来我把画挂到咖啡店、理发店、汉堡店，都没失手过，都卖掉一张或两张，而且卖掉的，一律是鬼美人。

哎哟，我认真涂出来的荷叶，再怎么着，也是拜师学过的，是我“涂鸦”中涂得最好看的，怎么就没人买呢？菲里普是这样安慰我的：“亲爱的，我认为你的画，都画得很好！当然，如果你在墨团上面，多加点红红绿绿蓝蓝，一定全卖掉了……”他喊我的水墨画是墨团！

但我终于明白了，美国鬼子喜欢红红绿绿蓝蓝，我画的鬼美人全是红红绿绿蓝蓝的。难怪我的水墨画，不，我的墨团没人喜欢，谁花钱来买墨团呀。关键是，中国画中的美女都是古代美女，古代美女就是古董，人家是冲着古董来的。

我画古董，还贩古董，我这个古董贩子，牛吧?!

开车英雄

开车英雄是谁呢？当然是我了。美国是个奇怪的地方，我这个最不像英雄的人，到了美国就当了英雄，而且是开车英雄！

其实我不是喜欢开车的人。我在杭州时就不喜欢。我在杭州学车是没办法，开车也是没办法，要上下班，要接儿子，要跑超市，要去父母家蹭饭，开车毕竟又快又便利。但如果可以不开车，我就不开车，一下班就宅在家里，双休日也宅在家里。朋友们呼来喊去，呼我出去喝茶吃饭，我都一句话回复："不想开车哎。"好几次，气急败坏的朋友们冲到我家，把我绑架出去喝茶。

到了美国，我住在了乡下，门前的路叫狼道，狼道四周全是野林，林子里静静悄悄，很适合我的性情。而开车的事，也基本轮不到我了，需要往外跑的事，比如买菜买米，全由菲里普包了，我宅在家把鸡鸭管好就行了。只有到了菲里普的三休日——他一周休息三天，我想宅也宅不住了，他会拖我出去跑。东奔西跑，都是他开车。每次上车，他抢着帮我开门，下车，也帮着我开门。

有人开车门，有人开车，看上去事情很小，但后果严重，后果就是，我对开车的事彻底没兴趣了。我不想开车了。

那么，我怎么和“开车英雄”这一荣誉挂上钩的呢？

事情发生在我“夜奔狼道”之后。

夜奔狼道的故事，发生在我住进狼道第四个月。那天半夜，菲里普突然喊肚子痛，然后抱着肚子打滚，和他一起睡觉的三只猫，吓得一起跳床逃跑。我扑过去想抱住他，但哪里抱得住，他痛得来回滚，然后“咚”一下，滚到了地板上。

我吓坏了，摸电话，抖着手要打911，让他们派车救命。但菲里普还很清醒，他阻止了我，他说，别别，亲爱的，急救车一来就是两百块。我说，那给爸妈打电话吧，或者给女儿打，请他们帮忙送你去医院。他还是不肯，说这事不能麻烦他们，半夜了，忍忍吧，忍到天亮再说。说完，只管自己继续打滚，高高大大的人，滚成一团。

他这个样子了，还要忍，我却不能忍了。我蹬上鞋子，对他大吼：“我开车！我开车！”我想好了，如果他拒绝我开车，我就打911，什么时候了，还心痛两百块钱！

他满头是汗，牙缝里挤出三个字：“你行吗？”

我说：“行！我开车！”

他说：“你到了美国，还没开过高速……又是半夜……”

我打断他：“我不怕！我开车！告诉我去哪！”

他摸出一张医生名片，上面有医院地址，有医生电话。我夺过名片，马上扶他下楼，下楼时我们差点一起滚下去，他比我重得多，我哪里扶得住。上车后，我开着车“呼”地上了狼道。此时正是午夜，狼道上黑黑糊糊，我们的车轮辗醒了树林，也惊动了孔雀，它们一起尖声狂叫起来。那叫声让人毛骨悚然。

菲里普上车后情况更严重了，弓成一团，痛苦得大声呻吟，样子实在很可怕，吓得我泪如雨下，不顾一切踩油门，狂奔向前。

还没奔出狼道，困难就向我袭来了，第一，这辆本田是手动挡，我很久没开手动挡了，踩离合器、换挡，再踩离合器……动作僵硬，手忙脚乱，好几次面临熄火。有一次空踩油门，车子发出惊天动地的轰鸣，把我身边的病人吓了一大跳。第二，我没在美国开过夜车，而这里是偏僻野林，没有路灯，没有人家，只有草场，漆黑一团，在这样的黑暗中狂奔，我有种跳深崖自杀的感觉。第三，就算我不怕黑暗、不怕开手动挡，糟糕的是，我对路一点也不熟，医院在一个叫Sugar land的地方，医生叫Stanley，可是Sugar land在哪？ Stanley在哪？我心里的迷茫如同深渊。第四，那时我们还没有智能手机，开车认路靠导航仪，但偏偏前两天导航仪坏了，菲里普还没修好，没有导航仪帮忙，我往哪开？

我心急如焚，唯一能依靠的，只有身边的病人。好在这病人没完全昏迷，他抱着肚子，歪着脑袋，闭着眼睛，关键时刻，会睁一下眼，指一下路，左转，再右转，再左转，再右转，我们上了59号公路。菲里普说，一直往前开，看到99号路标，下去，进入99号路，左转，医院就到了。他话没说完，呕吐起来。我赶紧停车，塞给他一条毛巾，帮他拍背。呕吐完，菲里普气若游丝地说："对不起，亲爱的，我太恶心了。"

上车后，我脚踩油门继续狂奔，奔了四十分钟，看到了加油站、商店、居民区，还有温馨的路灯。这里是Sugar land了，和沃顿比，算是很大的城市。终于，我看到了99号路标，马上移出去，开了一段后便左转进入了99号路，但跑了一会，左看右看没看到医院。扭头看菲里普，他已痛得快昏迷了，根本不可能为我指路。我只好停车，下来东张西望，哪有医院的影子，我迷路了。怎么办，我眼泪哗哗，我生怕把菲里普耽误了，把他杀了。

急中生智，摸手机，打911。

正在这时，过来一辆卡车，"嘎"地停下，蹦下来一个庞然大物，标准的德州大叔。德州大叔喊："怎么了？要帮忙吗？"我张口结舌，没说出话，交给他医生的名片。德州大叔伸头看了一眼菲里普，大喊"跟我走"。我就跟着他，跟了不到两分钟，车进了一个停车场，我们的车一停，有一堆护士推着车跑过来，风风火火把菲里普接走了。

黑暗中冒出来的护士，是德州大叔打电话叫的，他看见菲里普被抬走，就悄悄离开了。他的脸我没看清，更没时间说声谢谢，借此写书的机会，叩谢德州大叔，虽然他不知道，但上帝知道，上帝会保佑他。

菲里普一进医院，他的主治医生Stanley驾着直升机降落了。

Stanley和护士们处理菲里普时，我被安排在休息室，这里有沙发有杂志有电视，还有饼干饮料，但我哪里坐得住，不停原地踏步、转圈。护士很好，隔五分钟进来报告一次，报告菲里普的情况。有一次她进来对我说，别担心，菲里普是急性肠梗阻，现在用了药已经缓解了，没事了，天亮就能回家。我听了，这才软倒在沙发上，开始喝水吃东西。

护士最后一次进来，天已大亮。她拉起我的手，陪我走进抢救室，菲里普正在打吊瓶，精神果然好多了。他对护士说："我妻子，林，她是英雄，今天要不是她开车送我，我一定死了！"就这样，我落下了"开车英雄"的美名。

没多久，菲里普的爸爸妈妈、妹妹妹夫、女儿女婿，都闻讯赶来了。菲里普再次描述，把我描述成大英雄，如何夜奔狼道，如何夜奔Sugar land，如何……他话没讲光，讨来骂声，当然不是骂开车英雄，是骂菲里普，他们说，你怎么这么傻，让林做这么危险的事，她出事怎么办？你出事怎么办？你们都出事怎么办？下次给我们电话，我们送！

我听了很高兴，下次有这样的事，有帮手了！我这样想，也是这样做。后来，菲里普的肠炎又发作了几次，又去过几次急诊室，不管他怎么坚持、怎么死撑，我都是一个电话，堂而皇之，不是把婆婆招来、妹夫招来，就是把女儿招来。他们当车夫，我当护士，事情变得很顺利，菲里普很安全，我也再没当过"开车英雄"。

但天有不测风云，有一次，我一不小心，又当了一回"开车英雄"。

那天，菲里普去医院动手术割鼻子，当然不是整个割掉，是割一小块。他鼻翼上长了个小瘤。这是个门诊小手术，医生说不用住院。但没想到，我们到了医院后，那护士说，这个手术很小，但也要全麻的，因为缝的时候必须小心，以保不会破相。菲里普一听，同意全麻，他很爱当帅哥的，鼻子太重要了，鼻子要是破相，怎么帅得起来？

菲里普进去了，我在空荡荡的休息室看电视。美国医院这点好，人很少，少得不像医院，休息室很舒服，有免费的咖啡和点心。等了两小时，护士出来了，她告诉我手术很成功，病人可以回家了。五分钟后，菲里普出来了，我一看大吃一惊，这老兄活蹦乱跳进去的，现在却坐着轮椅出来，鼻子上捂着白纱布，歪着脑袋半梦半醒的样子。护士说，他是全麻的，醒是醒了，但不能开车。菲里普听了，晃着车钥匙，含糊不清地嚷："她不行，我开我开！"我一把夺过车钥匙，和护士一起，把他塞进车，盖上毯子，我就发动了车。

我怎么这么勇敢呢？就这么简单：这个时候没选择，他开不如我开，他如果开车，会把我们一起开进玉米田里，或开进科拉罗多河。科拉罗多河，是我们这一带最大最深的河。再说，Sugar land我来过多次了，回沃顿的路我熟了，沿着59号路，不用动脑子，一直向南开就是。我半夜都开过车，白天更好开。还有，导航仪也修好了，真的迷路，导航吧，一点没问题。我一边开，一边这样鼓励自己。

其实呢，不怕你笑，我心里头还是有点怕的。我毕竟很少开车，手生啊！还有，该死的手动挡！我们家的车，全是手动挡，菲里普说，开手动挡那才叫开车，那才叫酷，自动挡算什么？算娘娘腔。

菲里普上车后，不管三七二十一，借着麻药的劲，管自己呼呼大睡。我一路很顺利，眼看离沃顿越来越近了，手感越来越好了，心情越来越放松了，特别是看到沃顿的路标，可高兴了，快到家了！

就在这时，出事了。从国道出去，要转入省道，路口有个STOP标志，相当于红灯。我马上停下，回头看，没看到有车过来，就“呼”一下转进去，就在这一瞬间，后面“叭”一声巨响上来一辆车，真不知道从哪冒出来的，眼看就要撞上，我下意识往左打，左边是沟，很深，掉进去肯定完蛋。我只好急刹车，车刹住了，后面的车“刷”地擦肩而过，菲里普的脸“砰”一下撞向车窗，他转过头，惊愕地看着我，不知道发生了什么。这时，一条鲜血，蚯蚓一样，穿过纱布，从他鼻子上爬了下来。天呀，我把他刚缝好的鼻子撞破了！

血滴到菲里普手背上，他看到了血，惊弓之鸟般往车下跑，我也跟着往下跑。他脸上的血不停地流，流到脖子上，流到鞋子上，一滴滴血溅马路，非常可怕，好像刚有人捅了他几刀。我伸出双手想帮他止血，就在这时，冲过来两个人，一个拦住我，一个扶住菲里普，他们同时问菲里普：“你怎么了？要不要报警？”他们看我的目光很凶，他们认为我在打菲里普。

菲里普摇摇血脸，摆摆血手，语无伦次地说：“没事没事，不是不是，我老婆我老婆！”他们这才放开我，我连忙过去，用毛巾捂住他鼻子。

回到家后，血是止住了，菲里普还是半梦半醒，衣服也不脱，倒头就睡，一直睡到天黑。他醒了，他看到衣服上有血，便吃惊地问：

“林，发生什么了，怎么有血！”

天，他竟忘了路上的事！我很诚实地说：“亲爱的，对不起，我差点撞车，紧急刹车，撞破了你的鼻子，路人还以为我打你呢，差点报警。”

菲里普一听，冲进卫生间照镜子，一看鼻子及纱布都是血，嚎叫道：“我的上帝！你还说没打我，鼻子都打歪了！你杀死了我的鼻子！”说完，倒头又睡，麻药还没完全醒。

后来，菲里普的鼻子恢复得很好，没歪掉，没扁掉，还是很直，很高，很帅，他放心了，我也放心了，我总算没杀死他的鼻子。菲里普还逢人就夸，夸我是开车英雄，横扫一切的开车英雄！但是家人听说了这事，我这“开车英雄”的支持率“哗”地下降。我婆婆语重心长地对我说：“林，养鸡的事，你比我强；开车的事，我比你强。以后别客气，遇到这样的事，我开！我开！”我听了很感动，也很难为情，我算什么媳妇，老公上医院，得婆婆代驾。上帝保佑菲里普，别再生病了！

但菲里普偏生病。没多久，他的肠被查出是严重肠炎，有一段已经坏死，Stanley医生说必须手术割掉一段肠，此事刻不容缓！于是，菲里普又进了医院。

割肠是大手术，去医院时，爸爸妈妈、妹妹妹夫，还有菲里普俩女儿，大家组团浩浩荡荡送菲里普。车当然是我婆婆开的，那时我公公也病重，我婆婆是主劳力。医院还是在Sugar land。医生Stanley亲自为菲里普开刀，手术很成功，但要住三天院。

这三天，我天天开车往医院跑，跑得路很熟了，车也开得很溜了，差不多回到了杭州开车的感觉，换挡不用动脑筋了。第四天，我再去医院时，看到菲里普穿戴好了，坐在轮椅上，怀里抱了一个枕头。护士对我说：“祝贺！菲里普马上出院，请把车移到大门口等我们。”

我惊讶地问：“啊？才三天哪，真的就出院？亲爱的，你行吗？”

菲里普说：“我行，我要回家！这里不好！”

我说：“你伤口还痛呀，人也很虚弱，再多住几天。”

菲里普摇着头说：“不好不好，这里天天打针，不好！”

我一听差点笑出声，顶天立地的菲里普，天不怕地不怕，就是怕打针。这时护士对我说：“林，你放心吧，他没事了，过一周来拆线吧。”

我只好去移车，移到住院部门口，三个护士把菲里普推过来，合力把他推上车。她们推一下，他哼一下，抱紧枕头不放手。护士本来要收走枕头的，见他这样，就把枕头送给他了。

车动了，我开得很小心，绕着坑走，哪怕芝麻大的坑。尽管这样，每个小小的震动，都害菲里普哼哼，他哼一下，我心抖一下。事先，安妮再三和我交代，菲里普出院由她来接。她是被“鼻子事件”吓坏了，怕我这个媳妇哪天要了她儿子的命。所以今天，我必须好好表现，把菲里普安安全全接到家，像个真正的开车英雄。

但是，开着开着，到家的路还有一半时，我觉得不对了，方向盘在剧烈颤抖，开始我以为是路不平，但很快发现，路越平它越抖，连车身也抖起来，哐哐哐像得了抖抖病。我握方向盘的手很吃力，得用很大力气，不然，车会扭秧歌。这是什么状况？这时，菲里普吃力地抬起头，虚弱地说：“亲爱的，停车，左前轮破了……”我连忙停车，下车一看，果然是左前轮破了，露出了可怜的钢圈。我上车后，向他露出哭相，这可怎么办？他教过我怎么换轮胎，但车上根本没有备用胎，就算有，我也早忘记怎么换了。

菲里普说：“没关系，开吧，慢慢开。”

我说：“还是给安妮打电话吧，我怕震破你肚皮。”

菲里普说：“算了，她过来得一小时。再说，这车总不能扔在半路。继续开吧，亲爱的，我能忍！”

他的话有道理，现在咬咬牙把车开到家，是上策。

我继续开，开得很慢，差不多就像走路，用钢圈走路，走一步哐当一下，菲里普就哼一下，哼得我心惊肉跳。这样走呀走，走了一个世纪，我们总算走到了家。

到家后，轮胎完全报销了，轮上方的挡板也掉下来了。我看着赤身裸体的钢圈，恍然大悟，对菲里普说：“这几天开车，我是感到方向盘在抖，原来是轮胎问题！真对不起！”

菲里普说：“没关系，亲爱的，等我好了，我马上修车！”

我扶他进屋，让他躺下，还在想一个问题，轮胎有问题了，方向盘为什么会抖呢？菲里普解释说，因为方向盘带动前轮。我还是不懂，我说，方向盘在上面，轮胎在下面，它们之间没关系啊！菲里普听了，哭笑不得的表情，但说出来的话还是很温存。他说：“亲爱的，这事怪我，怪我没教你。”

我说：“对不起，今天让你吃苦了，但愿你的肚皮没事。”

他一听，马上掀开衣服，露出肚皮上的铁钉子，看上去就像一排钉书钉。他看了又看，舒口气说："没事没事，拉链正常！"

"轮胎"事件后，家人对我这"开车英雄"的支持率，是不是跌到零？不，相反，支持率直线上升！因为大家认为，我在如此艰难的情况下，在孤军奋战的情况下，还是把车开回了家，伤病员没流血，肚皮上的拉链完好，林是真正的开车英雄！我婆婆还对我说："林，你现在强大了，我不担心了，菲里普就交给你了！"这话听得我心里一阵发怵，就是说，开车的事，她从此撒手不管了。

上帝保佑，菲里普不要再生病，我可不要当这样的英雄！

但天有不测风云，哪壶不开提哪壶，我当英雄的机会又来了。

那天，菲里普造车库时搬木柱，每根木柱两百磅重，他背到第七根，不幸闪了腰，当下趴倒不会动弹。我把冰袋压到他身上，然后去找伤痛药，找遍药箱没找到。菲里普只好给他的家庭医生打电话，家庭医生给药店打电话。很快，CVS，就是药店，给菲里普打电话了，说医生的药方到了，请来拿药。

菲里普的样子，坐都坐不起来，怎么去拿药，这事必须由我出马。我说，亲爱的，你等在家里，我去取药。菲里普神情担心，他担心我开车的事。但我态度坚决，我说，我们家离药店才十五分钟，这十五分钟还能出什么事？放心吧，我快去快回。

于是我驾上车直奔CVS。拿了药，在返回的路上，我想到菲里普爱吃汉堡，今天他光荣受伤，我应该慰劳他一下，我便向汉堡店开。去汉堡店，要从一条小街绕过去，这条小街我很熟，就呼一下开进去了。但开着开着，感觉很怪，对面的车向我冲过来，我竟没地方让，眼看要撞车，吓得我只好刹车。那些要撞过来的车，好像很不高兴，滴滴叭叭绕过我走了。我心有余悸，心里骂：死美国佬，怎么开车！

这时迎面来了一辆警车，下来一个警察，是墨西哥人。他指指我。我一看到警察，马上手脚冰凉。这病是在杭州落下的，杭州人天不怕地不怕，就怕娘舅。娘舅就是警察。

我第一个动作是找驾照，这也是杭州经验，警察找上你，肯定要看驾照。第二个动作是开门，第三个动作是跳下车，第四个动作是走向警察，我结结巴巴地说："先生，我犯错了吗？"那警察惊讶地看着我，不说话。我马上意识到了，怎么能这样问警察，坦白从宽！我堆着笑容说："对不起，我知道我错了。"

警察一听笑眯眯问："错在哪了？"

我实在不知道错在哪，就说："不知道。"

他没生气，还是问："想想，错在哪了？"

我说："不知道呀，我开着开着，他们都朝我开过来了……"

警察打断我："真不知道？"

我心想，妈呀，这叫诱供，他不说，要我说。我东张西望了一下，满脸愧疚地说："闯红灯？"话一出口，又知道错了，这儿根本没红灯！

警察见诱供失败，只好哭笑不得地说："你逆行啦！逆行知道吗？"

我瞪大眼睛:“什么?!”

我的意思,是不相信我会犯这个错误。这条路菲里普带我开过N次了,不是单行道啊,我怎么会逆行!

警察说:“你不知道什么是逆行?从单行道,逆向行驶,就叫逆行。”

我说:“不可能呀,这条路怎么是单行道?”

他说:“不可能?这条路单行五十年了!”

妈呀,我汗下,这事,我真不知道我怎么会不知道!

警察并不恼,指着马路,很耐心地给我上课。他说:“马路口有个禁行标志,有这个标志就不能逆行,逆行很危险,会出车祸,知道吗?”我连连点头,心里却想,我老司机了,怎么不知道逆行很危险。

警察给我上完课,才看我驾照、保险单,还往掌上机输信息,然后笑着说:“你是第一次犯规,没有不良纪录,而且是外国人,这次只警告,不罚款,也不留纪录。”

我一听,高兴得咧开嘴巴笑:“谢谢,下次我一定不逆行!”

警察说:“没下次哦,走吧!”

我连忙上车,发动了车,那个警察叔叔帮我指挥交通,让我原地调了个头,离开了这个是非之地。逆行?我怎么会逆行?这条路明明是双向的啊!我一边开,一边苦苦思考。

回到家,菲里普撑着老病腰,站在大门口等我。我车一停,他就一瘸一拐扑过来,急声问:“怎么了?去了这么久?”

我就说事，把事说完，菲里普挠了挠头皮，没批评我，却趁机拍马屁："他是看你漂亮，才不罚你，换了我，罚三百块是轻的，说不定坐牢，逆行呀！哎，漂亮就是运气！"我一听，低头看自己，今天出门很匆忙，穿了条旧牛仔裤，一双破套鞋，头发也是乱蓬蓬，这也能妖惑警察？下次出门必须更漂亮，原来德州警察难过美人关呢。

"不过，"菲里普说到正题上，"亲爱的，太奇怪了，你怎么会犯这个低级错误？"

我也十分奇怪地说："就是呀，那条路怎么变单行了？"

菲里普又挠头皮："那条路，单行五十年啦！"

他说的和警察一模一样！

接着，菲里普给我分析，他说："亲爱的，你没看路口的禁行标志，是你第一错，逆行是你第二错，停车后你摸驾照是第三错，然后开门下车是第四错！"

我疑惑地问："摸驾照怎么了？下车怎么了？"

他说："警察会以为你摸了枪，然后下车请他吃子弹，这叫袭警！"

天哪，我想起来了，是有这样的报道，很多好人、老实人，因为急着摸驾照，结果被警察枪毙掉了！正确的做法是，警察让你停车，你就停车，手放在方向盘上，不要乱动，听警察指挥。因为这是在德州，人人有枪，坏人脸上不贴标志，警察叔叔当然怕死！

想想是很后怕。

唉，我这开车英雄怎么搞的，一开车就出事，不是迷路，就是让菲里普流血，或者把轮胎搞破，今天还逆向行驶，还差点构成袭警！下回是什么呢？我怎么这么倒霉啊！

上帝保佑，菲里普不要再有事了。我每次开车当英雄，都因为他有事，我必须给他吃好，伺候好，保证他健健康康地当我的车夫。那么，我就永远不用开车了。

几年过去了，菲里普果然争气，没再生过病。他不生病，我就不用开车；我不开车，当然他开车。不管我去哪里，哪怕去洗牙，去打酱油，甚至妇女朋友活动，他都护送、陪同。“保驾护航”这个词，用在他身上最恰当了。有朋友说，林，你的菲里普真是爱你，真是粘你！朋友的话一点没错，他真是爱我。但朋友不知道，他这么粘我，也是因为我不敢开车，其实是我粘他。

有一次，我和菲里普探讨开车的事。我说，镇上八九十岁的女人，快一百岁的女人，她们还在开车呢，我比她们小一半，我却不敢开车，我是不是太差了？万一哪天你又生病，我可怎么办？婆婆老了，子女都远走高飞了，我没有援手了。

菲里普抱抱我、亲亲我，温柔地说：“亲爱的，放心吧，我保证不再生病，我保证当你一辈子车夫，我保证照顾你一辈子。不过呢，你想练车我也不反对。我们这儿以前叫熊窝，有很多大棕熊，它们吃牛，也吃人。听说，最近又有熊出没，亲爱的，万一哪天我不在家里，熊来了，你必须开上车逃跑。

菲里普说这番话，是一副波澜不惊的样子。我听了，心头惊起狂风巨澜。妈呀，熊出没？熊来了？不是说全打死了吗？菲里普的样子不像骗人啊！

总之，听了菲里普这番话后，我开始练车了。

开车英雄，不能让熊吃了。

鸡妈妈南希

很早以前，看过一个美国电影叫《小鸡快跑》，讲的是小鸡们团结一致逃脱人类的屠杀。当时看这电影，是当童话故事看。咯咯鸡嘛，在我们心中是低等动物、生蛋机器、美味佳肴，就这样而已。

到了美国后我很快发现，美国人对鸡的宠爱是正儿八经的，鸡在他们心目中，是宠物，不是肉。超市里的无头无脚无皮无骨的鸡，那不是鸡，是肉。

他们为宠物鸡生产喝水瓶、吃饭碗，还有不同的食物。毛毛鸡有婴儿米糊，成年鸡有营养套餐，生蛋鸡有补钙套餐，孵蛋鸡有妈妈套餐……除此之外，他们还有鸡报纸、鸡杂志，专门有一帮鸡专家写文章教人们怎样造鸡房子，怎么造鸡秋千，怎么铺鸡床，甚至还教你怎么做鸡的尿裤，怎么做鸡的背包，这样你就能给鸡穿上尿裤，背在身上，就像女人背毛毛头一样，背出去参加派对。

所以鸡在美国家庭，和猫狗一样，是家庭成员，是小朋友。你去他们家做客，千万不能冒犯这些小朋友。如果你在他们家中，发现鸡装饰品处处可见，你一点也不用奇怪，鸡和青蛙，是他们家中最常见的装饰品。我家的窗帘、烛台、台灯、壁挂，甚至电灯开关，都是鸡图案。

了解了这个大背景，鸡妈妈南希的故事，就不会令你太为惊讶了。

南希是菲里普的中学同学，她家里有四只宠物母鸡、一只宠物公鸭。南希一家人视它们如宝，奉为掌上明珠，从小抱到大，睡觉也一起睡的。有一年圣诞节，他们全家的合家欢，就是每人抱着一只鸡或鸭，他们出去参加圣诞派对时，也是人人背一只鸡或鸭。

但是随着鸡鸭的茁壮成长，它们度过了快乐的童年，进入了情思萌动的青春期，有了青春的烦恼。于是南希也有了烦恼，她嫌自己家的院子不够大，鸡鸭们得不到充分的户外运动，而且它们太孤独，鸡没有男朋友，鸭没有女朋友，心情不好会影响发育的。

于是南希打算为它们找个新家，这个家要有大片林子，要有大量鸡鸭，能让她的宝贝们完成男婚女嫁的终身大事。但这样的家庭很难找，有的人家有大林子但没鸡鸭，有的人家有鸡鸭但环境不够美，有的人家有林子也有鸡鸭，但没有公鸡和母鸭。南希经过海选，最后选中了我家，我家的林子够大，我家有很多英俊的鸡boy和美丽的鸭girl。而且，我家菲里普是她中学同学，彼此了解，可以放心。

这天，南希打来了电话，是菲里普接的。他接完电话，神情很兴奋地对我说:“南希问我们，愿不愿意当她鸡鸭的父母。”我问:“南希？就是你的梦中情人南希？”

少女时代的南希，粉红色皮肤，金黄色头发，秀丽的五官，大胸细腰肥臀，一米七八的个子，穿上高跟鞋比菲里普还高一截，是男生眼里的辣妹子、梦中情人，她的追求者无数，菲里普也是其中一个。但众男生没想到的是，他们其实全部都是失败者，南希高中一毕业就嫁了人。这个赢得南希芳心的男人，比南希足足大二十一岁，既不英俊，个子还比南希矮一个头。但他有钱，很有钱，聪明的南希，不需要做任何打拼，就过上了好日子。这件事，让乳臭未干并且穷酸寒碜的男生们深受刺激。

去年，我和菲里普一起参加他的同学会，看到了传说中的南希，岁月已风干了她的皮肤，蹂躏了她的身材，但依然能找到她往日的妩媚。她的性格显然是开放式、快乐型的，而且她人气十足，所有人，当然主要是老男生，都跑过去找她说话，就听见她时不时爆发出开怀大笑。南希看到我和菲里普，给了我们大大的拥抱。她对我说，早就听说菲里普讨了个中国老婆，很想见见呢，果然是个中国甜心，菲里普好幸运。

同学会聊天时，菲里普提起当年，男生们如何仰慕南希，南希听了哈哈一笑，拍拍菲里普肩膀说:“其实我喜欢你的！”“真的？”菲里普激动得脸憋得通红，对我说:“林，你听见了吗？原来她是喜欢我的！”

我有点醋意地说:“那又怎么样呢？太晚了啊！”

很快，菲里普不但觉得太晚了，也是白高兴了，因为就听见南希大声和一个胖胖的老男生说："哈哈，你不知道，当初我最喜欢的人是你啊！"

不管怎么说，我喜欢南希的性格，她是那种热情洋溢并让你一见如故的人。所以，她说要我们当宠物鸡鸭的父母，不，应该是继父母，我立马答应下来。这件事必须我答应才行，因为菲里普早出晚归，继父母的光荣使命，最终要落实到我身上。

几天后，住在奥斯汀的南希，开着大卡车把她的鸡鸭宝贝们送来了，我和菲里普跑出去迎接，南希把宝贝一一抱给我们，抱一个介绍一个，这个叫什么那个叫什么，全是难缠的英文名字，我半个也没记住。

南希环顾我们的院子，大声赞美："哇，多好的地方，我的宝贝得到了幸福生活！"

当然，南希不知道菲里普已经学会吃活鸡活鸭的事，也不知道我是吃活鸡鸭长大的，更不知道我养鸡鸭不光是为了玩，有时也为了改善餐桌质量、提高餐桌水平，推广中国的美食文化，而且已经有了案底——就在这个院子里，谋杀过三只公鸡，把它们炖成汤吞进了肚子。她要是知道这些事，还敢请我们当继父母吗？

这天，南希在我家院子待了一个多小时，她的宝贝们和我家鸡鸭们混在一起，卿卿我我，男欢女爱，很快把南希妈妈忘记了。南希妈妈又高兴又妒忌，跟着宝贝们走这走那，拍了很多照片，她说要把宝贝们照片给家人看，让他们放心。

天下没有不散的筵席，终于到了和宝贝们说再见的时候了，南希妈妈眼睛红红的。临走前一个个抱，一个个亲，泪光点点地说“原谅妈咪，妈咪会来看你们的”，我都差点让她说哭了，我向她保证：“南希，你不要哭，我会对它们好的。”这话给力吧，出自鲁迅名著呢。

从此，南希两天一个电话，三天一条短信，打听宝贝们是否开心，是否有了男女朋友，还要我拍照片传给她看，忙得我团团转，拿着相机，像个间谍似的跟踪它们。我心里想，她这么紧张，是不是听说了什么，担心我这中国婆娘把她的宝贝吃了？不过这担心也不是多余的，她的鸡鸭如果不听话，我会处罚的，把它们放进冰箱。我只处罚不听话的鸡鸭。

有一天南希开着卡车，送来了一百五十磅营养玉米、十盆海棠花。我把海棠花捧在手上，还没来得及说“来了就来了，还带什么礼物啊”，南希先开口了：“玉米是请所有鸡鸭吃的，海棠花是给Mariana的礼物，她最喜欢吃海棠的叶子和花了。”Mariana是谁呢？是一只小宠物鸡。难怪南希如此偏爱，这只小母鸡确实可爱，长得只有鸽子这么点大，很喜欢我抱着散步。我嗑瓜子时，她坐到我腿上，我嗑一粒她吃一粒。碰到男孩强行做爱但她没有心情时，她会往我肩上飞，有一次情急之下往菲里普身上飞，竟一把拽住了他的胡子，安全着陆。这Mariana，智商比其他鸡高很多。

南希每个月都要来一次，每次又是送玉米又是送海棠花。我心里知道，南希送吃的只是借口，目的是探望她的宝贝，确定它们是不是真的安全，有没有受到后妈的虐待。有一次她临走时，抱着

Mariana不肯放手，我说，南希，你要是不放心，你把Mariana抱回去吧，鸭也可以抱回去。她一听马上放手了，道理她懂得，孩子送人了，就别这么惦记，这是对后母的不尊敬。

后来，Mariana当了妈妈，有了一窝儿女，菲里普连忙给南希发短信："祝贺妈妈，你升级做外婆了！"南希欢天喜地回复："请林多拍些婴儿们的照片，并代我多买几盆海棠花和最好的婴儿食品，给Mariana及婴儿们吃，下次我还钱给你们。"

我把照片传给她了，但海棠花我是不会去买的。她每次带来的海棠花，我都一棵不少全部贪污下来，种到了花园里。给鸡吃海棠花？吃李清照笔下的"绿肥红瘦"？不过，我种到花园的海棠花，几天后就被鸡鸭吃光了。南希果然专业，知道什么花最能赢得鸡鸭的欢心。

这两年，因为鸡鸭的关系，南希和我们一直保持热线联系。有时她也带着儿女过来玩，南希五十多岁了，儿女却很小，女儿十六岁，儿子八岁，都长得天使般好看。见了我都很有礼貌，先抱抱鸡，再抱抱我。她老公做生意忙，从没来过我家。

但我有一次在派对上见到了南希的老公，他是一个矮矮胖胖的男人，不喜欢和人说话，南希忙着和宾客应酬，他只是默默站在一边。但他却和我说了一句话，他说："你好林，谢谢你照顾我家的鸡鸭。"南希也跑过来说："林，我们真的很感激，你做得好极了。"听了他们的表扬，我受宠若惊，连声说不客气不客气。

我心里却想，都两年了，这些鸡鸭早就是我的了，没你们事了吧，你们应该放手了吧。弄得我感觉像个鸡保姆，责任重大，还总是心情紧张，怕万一它们有个闪失，被你们骂死。

我紧张，菲里普更紧张，哪天我要是告诉他，有只鸡死了，他问的第一句话就是："不是南希的孩子吧？"这就叫爱屋及乌，他喜欢南希，连她的鸡都喜欢。但不幸的事还是发生了，南希的一只母鸡死了，巧的是，这天报纸上登出南希妈妈去世的消息。菲里普担心地对我说："死了娘，又死了鸡，南希知道了，怎么受得了双重打击！"

我的担心和菲里普不一样。我不是担心她受不了，我是担心她怀疑鸡是我吃掉的，那我就跳进黄河，不，跳进密西西比河也洗不清了。

但她真要这么想，我也没办法，我也爱鸡，但不是像她那样无原则地爱，我是有原则的。哪些鸡应该留下，哪些鸡应该吃掉，我明察秋毫，执法公正。不过，我还是能理解南希的，中国人美国人，就像一只鸡一只鸭，很多事无法沟通。这不叫代沟，叫人沟。

当然，有件事我一直没告诉她。她的宝贝们名字太复杂，太难叫，我早就为它们改了名。比如Mariana，她现在的名字叫爱丽丝，那只黄毛鸡叫黄瘌痢，那只宠物鸭叫木佗。我们杭州人都管鸭子叫鸭木佗的，这样好叫多了，顺口多了，名字取得俗点，也好养多了，对吧？

三蛋元勋的烦恼

关于鸡啊鸭的文章，写很多了，但今天憋不住又想写。

我娘娘，就是我奶奶，绍兴叫娘娘，我娘娘住在桐庐分水。我们小时候，娘娘每次从分水来杭州看我们，她都想多住几天，但往往是只住了一天，就嚷着要回家，说她的鸡要饿死了。我们都笑她，我们说，娘娘，鸡这么要紧吗？比和我们一起玩还要紧吗？她不和我们辩，就一句话："鸡要饿死了，我要回家！"

所以娘娘每次都是匆匆而来，匆匆而归。

举这个例子是想说明，我现在的状态和我娘娘一样，我的鸡鸭鹅把我绑架了。现在我要是出去一天，哪怕半天，人在外面，心拴在鸡鸭鹅身上，担心它们饿了、渴了，被豹和狼攻击了……现在我很理解我娘娘了，要么不养鸡，养了就有无尽的担心和烦恼。

最近呢，我又添了一个烦恼，蛋的烦恼。

我家有“三军”——鸡鸭鹅，所以就有了“三蛋”——鸡蛋鸭蛋鹅蛋。“三蛋”的个头和颜色并不一样，鹅蛋最大，像只大鸭梨，洁白无瑕；鸭蛋比鹅蛋小一半，淡雅的花青色；鸡蛋最小，颜色也最多，黑毛鸡的蛋是深沉的棕色，棕毛鸡的蛋是纯净的青色；芦花鸡的蛋是浪漫的蓝色，黄毛鸡的蛋是快乐的柠檬色……最可爱的是麻婆鸡的蛋，是温柔的粉色，放在手心，它像一枚巨大的珍珠。“三蛋”各有各的漂亮，“三蛋”各有各的味道，鹅蛋味糯，有股奶酪香；鸭蛋味清，有股芳草香；鸡蛋味醇，有股果蜜香。

我吃“三蛋”喜欢带壳煮，煮半熟后关火焖，焖熟了剥出来切成片，蛋白嫩滑如玉，蛋黄金灿如辉，什么调料都不要，放一片在嘴里，顿时香满唇齿。一只蛋吃下去，胃暖暖心平平，感叹：人生在世，有一枚好蛋足矣！

我的“三蛋”如此多娇，我经常放到微信上显摆。我的亲友们看得到吃不到，很妒嫉，也很佩服。佩服我这娇滴滴的城里人，到了美国乡下，竟一下子转型成根深叶茂的农妇、颇有成果的“三蛋元勋”。

是的，我的“三蛋元勋”的美称，就是这样来的，亲友们赠的。

做“三蛋元勋”，是件很光荣的事，很快乐的事。但事情往往是这样，快乐和烦恼总是并蒂莲，一起生长一起开花。“三蛋元勋”的烦恼是，“三军”指战员们每天生蛋忙，本元勋每天捡蛋忙，一天至少捡十几只，多时捡二十几只。这样问题就出来了，生的蛋多，吃蛋的人少，比例严重失调，蛋越积越多，塞满了冰箱。为了贮蛋，我们又去买了只冰箱，很快又放满了。怎么办？只好把瓶瓶罐罐都用起来。你到我家来可要小心，糖罐里是蛋，饼干盒里是蛋，花瓶里是蛋，说不定沙发、椅子上也有蛋，菲里普的大屁股就坐破过好几只蛋。

浪费蛋真的很不好，鸡鸭鹅生一只蛋并不容易，要吃很多草、很多虫。她们生蛋的样子我见过，半蹲着，向下憋气，小脸通红，嗓子“咔咔”出声。她们不会喊痛，其实一定痛。我家鹅姑娘虽然三天生一个蛋，但每只蛋半磅重，很不容易。

每个蛋都是劳动，都是精华，都是血汗，怎么可以浪费？但眼下形势是蛋吃不光，怎么办？“三蛋元勋”灵机一动，号召全家吃“爱家蛋”。

结果，吃“爱家蛋”号召只招来了添——我家儿子，他“鬼子进村”，大扫荡，也只扫了冰箱一角。我呢，吃准他了，每次他从学校回家，我就一句话：“吃蛋！”他就像吃蛋将军，冲锋陷阵，拼命吃。吃到后来，吃蛋将军投降了，一进家门就举白旗：“妈，什么都要，就不要蛋！”

总之，吃蛋将军吃趴下了，怎么办呢？只好就地解决，鸭蛋做咸蛋，鸡蛋做泡蛋，一日三餐变着花样吃“三蛋”，白煮蛋、茶叶蛋、油煎蛋、水蒸蛋、蛋炒饭、蛋炒面、蛋炒土豆、蛋炒通心粉、蛋炒西红柿、蛋炒青椒、蛋炒黄花菜……

变着法吃“爱家蛋”，很快黔驴技穷变不出花样了，我只好创新。“三蛋元勋”最天才的地方就是善于创新，眼睛巴眨几下，创新菜出来了，绝对天下无双，冠名“炒三蛋”。不难，可以教你一下：就是鸭蛋炒鸡蛋炒鹅蛋。

近阶段，菲里普每天带去的饭盒，里面都是“炒三蛋”，吃得他一脸蛋色，消化不良，上班频频跑厕所。我呢，当然也是餐餐“炒三蛋”，这叫以身作责，吃蛋在先，谁叫我是“三蛋元勋”呢。

很快，我们都得了吃蛋忧郁症，看见蛋就犯恶心。我小时候听过一个故事，有个恶媳妇想害死傻老公，一次给他吃一大堆蛋，没多久，傻老公真的吃蛋吃死了。原因是，蛋黄有丰富的维生素A，傻老公是维A中毒。这个故事说给菲老公后，每次吃蛋，他看我的眼神就有点不对。

于是我意识到，拼命喂自己吃蛋，是自杀行为；拼命喂儿子吃蛋，是毒害青少年；拼命喂老公吃蛋，有谋杀亲夫嫌疑。

怎么办？光傻吃不行。送吧，送蛋，搞春风行动，把美丽的蛋，送给美国亲戚。

蛋的春风行动，一石下去，别说千重浪，半重浪也没激起。美国亲戚，比如我婆婆、我小姑，等等，对春风行动瞪瞪眼，歪歪嘴，原地不动，他们只吃超市的蛋，怕吃土鸡蛋。怕什么呢？怕土鸡蛋受过精，吃出一只活鸡来……鸭蛋呢，更不敢吃，因为没吃过，没吃过的东西，谁知道里面是不是有妖精。至于吃鹅蛋，简直是疯了，鹅蛋能吃吗？!

我觉得，他们的想法很笨，很好笑，但也很正常。想想，如果让你吃蛋，吃出一只活蹦乱跳的小鸡，你会怎么样？或吃出一只妖精，你会怎么样？

所以我很耐心地进行宣传教育工作，我告诉他们，公鸡母鸡生活在一起，是一定会恋爱的，蛋呢一定是爱的结晶，但爱的结晶，要变成爱的小孩，必须经过三十九度的高温孵化，经过三七二十一天的转动，才会实现。所以放进冰箱的蛋，永远不可能蹦出一只小鸡。还有，龙生龙，鸡生鸡，老鼠生崽会打洞，鸡蛋里绝对跑不出鸭子，更跑不出妖精，请绝对放心！我用人头担保！

除了用人头担保，我也主动出击送蛋上门，请亲友们品尝。有一句话很哲学，要知道梨子的滋味，亲口尝一下。我相信，他们尝了我的蛋，一定再也不要吃超市蛋了。

品尝的事，先从婆婆下手。有一天，我给她送去三打鸡蛋、三打鸭蛋，并当着她的面，敲开一只鸡蛋、一只鸭蛋。我婆婆瞪着眼睛仔细看，没看到小鸡小鸭，更没有妖精，蛋就是蛋，她总算点了点头，高兴地说："谢谢林，明天我就用它们做早餐，请珊蒂一家一起品尝。"珊蒂是她女儿，她们住在一个林子里。

安妮收下了蛋，我很高兴，我的蛋总算有出路了。但没想到，第二天中午安妮慌慌张张开车冲到了我家，把我的蛋如数奉还。我问："怎么了？"她说："林，千万不要再送蛋了，吃了你的蛋，珊蒂出事了！"我一听吓得小心脏怦怦乱跳，我的蛋怎么了？

原来，安妮用我的蛋做早餐，请女儿一家四口吃，吃到一半，大家都夸，今天的蛋特别好看，也特别好吃，从来没吃过这么香的蛋。安妮就多了一句嘴，她说："你们得谢谢林，是她的鸡蛋、鸭蛋。"

蛋当然不是我的，是鸡鸭的，不过这已没必要纠正，结果都一样，所有人一起推开碗，大叫"我的上帝啊"，珊蒂冲到卫生间，翻江倒海般吐，眼睛翻白差点死过去，吓得她老公一个电话把家庭医生招来了。珊蒂活过来后，有气无力地说了一句："我很感谢林的好意，但我不能再吃这样的蛋了，会杀了我。"

珊蒂对蛋的反应很大，为什么？因为她从小到大没见过土鸡土鸭蛋，更没吃过土鸡土鸭蛋，在她心目中，这样的鸡蛋鸭蛋，不但可怕，还恶心。

你别奇怪，我说的句句真实。不信，你可以拎一篮土鸡土鸭蛋去拜访珊蒂，看她怎么把你和你的蛋轰出去。呵呵，开玩笑，珊蒂没这么凶，但她肯定会说："No, thank you！"

于是乎，"爱家蛋"行动，美丽的春风行动，在我婆家遭到重创。

菲里普当然很生气，一边骂妹妹笨，一边安慰我。他说，别介意，珊蒂是不识货，这样吧，我们给女儿伊丽莎白送蛋！我听了他的话，耸耸肩膀。伊丽莎白会要我的蛋？她连我做的饭都怕的，她每次带儿子回家，到了做饭时间，我一个灶，做中餐；她一个灶，做西餐。吃饭时，我做的鸡汤、炒蛋，她不吃，也不让儿子吃，还给我们"chicken look"，就是斗鸡眼。她很反感我们吃家里的鸡和蛋，她认为这是残虐动物，毒害儿童。真是奇怪，超市里的冰鸡，冰前不是活的？

伊丽莎白的老公安伦，是一个威武的警察，一米八，两百磅重，追捕犯人不要命不怕死，就像演美国大片。但他一不怕坏蛋二不怕死，却怕土鸡蛋，你要是当他面咬一口土鸡蛋，他会毛骨悚然，眼神充满恐惧。

所以我认为，如果给伊丽莎白一家送蛋，我不被蛋砸死才怪。

但菲里普坚持要送，他说我们要做有责任心的家长，要用健康的饮食观影响他们，用科学的营养学教育他们。这话说得很对，我同意，我们真的有这责任。第二天，我和菲里普一起，给伊丽莎白送蛋上门，菲里普一见到女儿，就开始宣讲土鸡蛋的功能。我呢，等着听伊丽莎白说“No, thank you”，但没想到，小祖宗接了蛋，飞快地藏进了冰箱，和超市蛋混在一起，然后喜上眉梢地说：“林，我网上查过了，土鸡蛋的营养，比超市蛋好几倍。你的蛋我要让老公和儿子吃，但不能让他们知道，你们要保密哦！”

菲里普马上教育女儿：“你要带头吃！”

小祖宗听了捂住嘴叫：“对不起啊爹地！”我一看就明白了，这蛋她准备用来暗算儿子和老公，她自己是不会碰的。

不过，我们还是很高兴，伊丽莎白有了巨大进步。慢慢来，教育得讲究方法，循序渐进，不急于求成，但绝不言放弃。

后来，每次给伊丽莎白送蛋，我们都是晚上摸黑去，悄悄进村，打枪的不要。伊丽莎白把蛋藏好，偷偷做给两个男人吃，上面撒奶酪和胡椒面，味道当然好，他们都吃得heart flower angry open（注：心花怒放）。后来，伊丽莎白也学会了吃土鸡蛋，我也heart flower angry open，我的蛋，总算找到了蛋知音。

但没想到的事发生了。有一天，伊丽莎白和安伦突然离婚，伊丽莎白带着儿子离开了沃顿，远走高飞去了亚特兰大。我们的蛋知音就这样飞走了。

于是我们把目光转向小女儿米雪儿，她住的城市离我们一个半小时车程。我打电话给她，要她来拿蛋，米雪儿在电话里说：“不，谢谢林，我不太喜欢吃蛋。”我对她说，怎么可以不喜欢吃蛋，蛋营养好呢，一只蛋有一个人需要的最重要的营养，再说，我的蛋特别好，你一定会喜欢，快来拿，要多少有多少。她听了，没说要，也没说不要，只是一个劲说，你太好了，你太好了！

米雪儿心很甜，人很善，但听得出，她不想要蛋，但不好意思拒绝。于是我们两个好家长，不管三七二十一，开上车亲自把蛋送过去。结果，她当着我们的面，把蛋放到爱死嘴巴里。爱死是谁？是她的狗，名字叫爱死。

给米雪儿的送蛋计划，因为爱死的大嘴巴被取消了。我们的“爱家蛋”行动再次失败。三蛋元勋烦恼呀，家里的蛋怎么打发呢！

我为蛋愁，愁白了头，菲里普看在眼里很不忍心，他主动打电话，问这个问那个，问朋友的朋友的朋友：“要不要蛋？”结果只有一个人要，同事杰米，就是那个角角落落都有枪，整天担心灾难发生的同事，他很认真地对菲里普说：“你都给我吧，我藏地窖里！”他的地窖里，已经藏了大量食品，十年都吃不完。杰米还补充了一句：“如果灾难发生了，你们没饭吃，欢迎过来吃蛋！”

杰米的话是靠不住的，真的到了世界末日，你敢上他家吃饭？他家不但机关重重，有无数弹药，还有地雷，不小心踩上了，吃不了兜着走。

“三蛋”一天天在增加，“三蛋元勋”的烦忧一天天在增加。

“三蛋元勋”开始动邻居的脑子。

右路的芳邻叫丽莎，和我是好朋友，她每天按时跑步。有一天，我在她跑步时，捧了两打鸭蛋过去："丽莎，你要不要鸭蛋？"她家有一大群鸡，每天生好多蛋，肯定不会要鸡蛋。

丽莎一边原地跳一边说："林，你真好，我代我家的牛和狗谢谢你，它们喜欢吃生鸡蛋，肯定也喜欢吃生鸭蛋！"原来她家的鸡蛋都是喂牛喂狗的！

我到了美国，学会直话直说了，便说："我是给你们人吃的，给牛和狗吃，我就不送了，太浪费。"我特别强调了"浪费"。

她笑笑说："啊哈，人是不吃这样的蛋的，不管怎么样，谢谢你！"跑开了。照她这么说，我不是人了？丽莎家很穷，没洗衣机，洗了衣服都挂在院子里。但这样的穷人也不稀罕我的蛋，也许，她认为是我们穷疯了，连宠物的蛋都吃。

我捧着鸭蛋到对面黛比家，向她推荐我的鸭蛋。我记得有一次她问过我，鸭蛋什么味道。

黛比是个动物爱好者，家有十来只狗，十来只孔雀，十来只火鸡，十来只猫。黛比很喜欢我的，每次见到我都喊我甜心，必须抱抱我。所以她先抱了抱我，然后盯着鸭蛋看，叫道："哇，真漂亮！林，谢谢你，我见过孔雀蛋、火鸡蛋、鸡蛋，就是没见过鸭蛋！"说完，挑了一只鸭蛋。

我说："一只怎么够呢？都拿去吧。你要是喜欢，我每周送你一打。"难得碰到有人看得起我的蛋，我变得兴高采烈。看来，美国人笨，不是人人笨哦。

黛比却说："一个够了，一个够了，这样吧，我也送你一只火鸡蛋。”她说着搬开一只胖火鸡，它肚皮下有一窝蛋。黛比拿了一只送给了我。火鸡蛋比鸭蛋大，也比鸭蛋漂亮，上面有点点雀斑。

我捧住火鸡蛋，高高兴兴回家了。菲里普惊讶地问：“亲爱的，你准备拿火鸡蛋怎么办？”我说：“吃了呀！”他更惊讶了：“火鸡蛋能吃吗？”我眼睛白白他，他这话的错误，犯得和他妹妹珊蒂一样了，蛋就是蛋，什么蛋不能吃？我立马把火鸡蛋煮熟了，剥掉皮，切成片，蘸着李锦记五香卤水汁，吃得美滋滋。菲里普的优点是善于学习，是好好学习天天向上的好学生，于是他也跟着吃，边吃边说：“哇，好吃的，味道就像鸡蛋！”

火鸡蛋吃掉后，我跑去谢黛比：“黛比，谢谢你，你的火鸡蛋太好吃了！”谢她的目的，想再讨一只吃。

黛比一听脸色大变：“啊？你把它吃啦？你真的把它吃啦？”

我被她吓住了，怎么，火鸡蛋不能吃？有毒？

她带着哭音说：“我以为你拿去孵火鸡宝宝了！”黛比说，火鸡每次生了蛋，她都要测一下这个蛋有没有怀孕，怀孕就放到火鸡肚皮下面去，没怀孕就喂猫吃，因为男火鸡女火鸡太胖，很少做爱，生一个怀孕的蛋很不容易。林，你吃掉了一只怀孕的蛋啊。她很幽怨地说。

我张口结舌说不出话。我犯了很大的罪，把她怀孕的蛋给吃掉了……做了这等坏事，当然没脸再讨蛋了。当然，我的蛋也不肯给她了，她把我的鸭蛋喂了猫！

那时，镇上有个小本家叫盛曼，北京人，和我很要好的，我们经常在电话里聊天。有一天我问盛曼，美国人不吃土鸡蛋，你们家吃吗？她说，土鸡蛋是好东西，我当然吃了，我老公不吃。我马上给她送蛋，她回赠我水果，并和我坐在一起骂美国人是大笨蛋。我告诉她，我家蛋吃不光，你能不能帮我问问，有没有人要蛋？

盛曼很够朋友，马上去问，并很快给我打来了电话。她说："姐啊，我老公有个朋友，住在沃顿，要我问问蛋的事儿。"

我一听高兴了，连忙说："他要蛋？叫他来拿！"

盛曼说："不是这个事儿，这个朋友想问你，要不要鹌鹑蛋？他是养鹌鹑的，鹌鹑蛋吃不光！"天呀，我的蛋已经多得成灾，竟有人要送我蛋！

我说："我告您哈，盛曼，您甭提要我吃蛋的事儿，我跟您急信不信！我吃蛋快吃嗝儿屁了您信不信！"嗝儿屁是北京方言，就是翘辫子的意思。

我的半调子京腔，都是从盛曼这学来的。盛曼听了哈哈笑，说："姐，这个朋友的鹌鹑蛋也是堆积成山，送不掉也卖不掉，更吃不掉。他说，你要大批量买也行，成本价，就挣点饲料钱。"

我说："你和他说哈，我把鸭蛋鸡蛋卖给他，他把鹌鹑蛋卖给我，我们交换，都挣点儿饲料钱儿！"

我天生就是不会做生意的料，会计专业的盛曼一听就说："那不等于谁都没赚吗？你还是自个儿去卖吧！"

没多久，盛曼也搬走了，搬得很远，开车得开六小时，我又少了一个蛋知音。但是，盛曼关于卖蛋的话一直搁在我心里。蛋送不出去，不等于卖不出去，有时候，宝贝越送越低贱，越卖越高贵。不信你试试，你捡块石头当玉送人，谁要？但放在金丝绒上，拍个照挂到网上，说不定遭到哄抢。

当下决定：卖蛋！

在一个阳光明媚的早上，我做了一件事，写了一张广告："卖蛋。鸡蛋鸭蛋五块一打，鹅蛋两块一只。"并写上了电话号码。广告写好了，贴在路边信箱上，经过的人都会看到。在美国，这叫"Yard Sale"，任何人都可以把东西放在自家地上卖。

广告打出去了，卖蛋女一趟趟往路口跑，看有没人来买蛋。

直到菲里普下班，我还没做成一票生意。菲里普看到了广告，大声点赞，他说："虽然经过我家门前的，只有两家邻居，但口口相传，也许会传到沃顿镇，传到休斯顿，传到奥斯汀，传到旧金山，传到纽约……说不定大家抢着要蛋，我们生蛋都来不及生！"

什么我们生蛋，是鸡生蛋，你说，他是不是在说胡话？我们的蛋传到纽约？不过，仔细想想也有可能。我的好友英姿、蔚蔚，她们就住在纽约，如果传到她们耳朵里，她们肯定会买。

好吧，继续卖。一周后，蛋还是无人问津，那张广告纸让风吹得四分五裂，我用胶带补了好几次。菲里普看不下去了，这才说了大实话："亲爱的，你的鸭蛋肯定卖不出去的，很多人别说吃，看都没看到过，哪敢买啊！你的鸡蛋也卖不出去的，五块一打太贵了，超市的蛋一两块一打，还都消过毒的，有人还嫌贵！你的鹅蛋呢更卖不出去，这么大，这么怪，人家会以为是妖蛋呢！"

总之，按他的说法，我的蛋没人要。

他继续说，人家“Yard Sale”，一件衣服卖五毛，一篮番茄卖两块。真的想把蛋卖掉，降价吧，一块钱一打。说不定哪个穷人吃不起超市的蛋，只好来买你的蛋。

我反驳他的言论，第一，这不是我的蛋；第二，超市的蛋算是蛋吗？第三，美国佬都是超级大笨蛋！

他说，美国佬是大笨蛋，但再笨也不会来买你的蛋，五块啊！五块啊！哪有这么贵的蛋！

他的话也有道理，五块、十块、二十块、一百块，在中国不是钱，但在美国都是大钱，五块能买一磅牛肉，两只鸡，三磅猪肉，四磅鸡蛋，五磅苹果，十只甜甜圈。所以五块是大钱。一百块就是大大钱，一千块就是巨款了，会把人吓死。

菲里普说：“这样吧，亲爱的，沃顿每周六有农民集市，我们去那卖蛋吧！”

我不解地问：“什么叫农民集市？”

他说：“菜农卖菜，瓜农卖瓜，蜂农卖蜂。”

我问：“那我算什么农呀？”

他说：“亲爱的，你是蛋农呀。”

我一听高兴了，对呀，我不但是蛋农，还是“三蛋元勋”！

说干就干，先把信箱上的广告撕了，其实也只剩半只角了。然后，洗蛋、装盒，周六一到，我们开上卡车把二十打鸡蛋、二十打鸭蛋和一大堆鹅蛋，轰轰烈烈地运到了农民集市。农民集市的位置，在社区商学院的停车场，我们到时，已经有二十多户菜农、瓜农、蜂农摆开了战场，我一看可高兴了，卖什么的都有，就没人卖蛋，我的蛋没有竞争对手。

于是摆冰柜，摆桌子，摆样品，摆广告——鸡蛋三块一打，鸭蛋两块一打，鹅蛋一块一个。没办法，大减价，这样的跳楼价是菲里普核定的，他说这么热的天，蛋必须卖得快，要是蛋没卖出先热臭了，那我们亏大了，所以必须减价。从经济理论角度，他的想法有道理，这叫薄利多销，叫合理亏损，目标是收回成本。我只好同意，遵守经济规律，贱卖三蛋。可怜天下蛋贩心啊。

刚落下脚准备叫卖，过来了一个城管，要收场租费十五块，菲里普赶快掏钱。我心里骂："他奶奶的城管，五打蛋没了！"难怪没人喜欢城管，他们能干什么，就知道收钱，欺负小贩。

没多久，顾客们来了，而且源源不断，我心情马上好了，因为看到了大批熟人，有教堂的老朋友，有狼道的老邻居，还有很多我婆婆安妮的女朋友，我和她们一起吃过饭，她们很喜欢我的，喊我中国娃娃。这下好了，这么多熟人，这么多朋友，一人买一盒，也许两盒，说不定三盒，我的蛋就销干净了，好回家吹空调了。天好热，今天四十度！

果然，这些熟人和朋友看到我都很亲热，一个个过来喊我宝贝，一个个过来抱我，然后看我的蛋，夸鸡蛋漂亮，夸鸭蛋帅气，夸鹅蛋生猛，然后问"鸭蛋什么味、鹅蛋什么味道"之类幼稚问题。菲里普很巴结，帮我答记者问，边答边笑，笑得嘴巴都歪了。他肯定和我想法一样，我们可以回家吹空调了。

但事实是，我被亲了被抱了，却没蛋的事，他们看完蛋摸完蛋，扔下一句“但我只吃超市的蛋”，飘走了。看着他们的背影，我不敢相信自己的眼睛。

一群飘过去，又一群飘过来，朋友满天，熟人满地，我像棵迎客松，伸长很贱的脖子，堆满很贱的笑，手里拿着很贱的蛋。他们呢都一样，抱了亲了摸了不买走一只蛋。这些朋友还是朋友吗？终于，我忍不住对菲里普发火：“他们还说喜欢我，其实根本不喜欢我！假心假意！美国人都这样！”

菲里普说：“他们当然喜欢你，很喜欢你，只是不喜欢蛋！今天我好嫉妒，我发现，这个镇上，你朋友比我多！”

我不知道应该哭还是笑，是呀，我朋友多，我人气旺，但没人买我的蛋。

你说说，美国人奇不奇怪，爱你爱得要死，一盒蛋的面子也不给，看着我太阳下面晒人干，心肠还那么硬，这叫朋友吗！要是在杭州，我的朋友们看见我站在太阳下卖蛋……算了，还是不提杭州了，更不要提朋友了，一提我立马生相思病！

不过，我很快发现，其实我的美国朋友们真的很爱我，他们虽然没买我的蛋，但也没骂我的蛋，更没有骂我。有一些陌生人，不但不买蛋，还叽哩咕噜，说我的蛋吃不得，说我的蛋不安全。有一个人竟对着我的脸说：“哈，你们中国人，是不是什么都吃？”我真想冲着他的美国脸，请他吃一个中国大巴掌！当然，只是想想而已。我一般都是思想的巨人行动的矮子，特别是吵架打架这件事，能矮就矮。我小时候不是这样的，我小时候很勇敢，别人如果欺负我，我会动手打。后来变成大人后变胆小了，变虚伪了，想打不敢打，还脸上带假笑，就像现在，悲惨啊，人怎么会越长越猥琐。

菲里普看出我的愤怒，马上挺身而出。当然，你别以为他帮我吵架，他更没吵架的胆。他跑到超市，买来一大堆冰棍，请我吃，也请看蛋的人吃。他就这本事，美国阿Q。人家吃了阿Q的冰棍，嘴吃软了，但心不软，蛋坚决不买。

我只好眼睁睁，看着我的蛋像一堆垃圾，没人理没人爱。

站在太阳下，流着汗，此时此刻，我品尝到了小贩的狼狈和沮丧。作为一个小贩，我在做一件简单的事：把蛋卖掉，早点回家。我的目光和所有小贩一样，在求人、在乞讨。

中午了，很多小贩卖光了东西纷纷收摊；没卖光的纷纷打折，大家都晒得受不了，想早点回家。我也晒成咸鱼了，能闻到身上的咸鱼香。但蛋没少下去。没办法，只好在菲里普的建议下，再次大降价，鸡蛋一块一打，鸭蛋一块一打。买两打白送一只大鹅蛋。

我这一打折，果然有效，马上来了买主。他们很聪明，早就在等这个结果，所以一起冒泡，跑来买我的蛋。原因很简单，不是我的蛋好，是因为我的蛋已经比超市的便宜，他们吃不起超市的蛋。他们穷。有钱人吃超市的洋鸡蛋，没钱人吃家养的土鸡蛋，哭啊，什么逻辑，什么世道！

最后的成果是，我的鸡蛋卖掉了八打，我的鸭蛋卖掉了两打，鹅蛋一只也没卖掉，白送也没人要。这些穷人，人穷志不穷，打死也不吃鹅蛋。只有一个老人对鹅蛋有兴趣，拿在手上看了又看，然后丢给我一块钱，他说他的三个孙子没见过鹅蛋，拿回去给他们看看。

十二点一过，城管又来了，说十五块管半天，想再卖，再付十五。我们一听连忙收摊。

总之，去过一次农民集市，我再也不去了，做的是亏本生意、要命生意，我没这么笨。关键是，当小贩太辛苦，有体力折磨，也有精神折磨。每个小贩，做点小买卖都不容易，比讨饭的人还不容易，以后我见到小贩，一定要善对他们。如果你当一次小贩，一定会同意我的想法。当然，要善对一个人，比如善对小贩，不一定要大献慈悲，只要看见他们时，稍稍低低头，给他们点尊重。稍稍低低头，你看到的情景，和你趾高气扬时，完全不一样。

话说回来，说我的蛋。家里的蛋越来越多，我这“三蛋元勋”日子难过。我怕蛋坏了，浪费了，这是对鸡鸭鹅的犯罪。菲老公见我急，他也急，并开动脑筋想办法。有一天下班，他激动地对我说：“亲爱的，我把你的蛋挂到网上卖了！”

我连忙问：“多少一打？”

他说：“鸡蛋两块一打，鸭蛋两块一打，鹅蛋五毛一只。”

这个价格很不符合我的要求，特别是鹅蛋，这么稀罕的蛋才卖五毛。但菲里普赤膊上阵，勇卖三蛋，我很感谢，当场亲吻了他，以示奖赏。重赏之下必有勇夫，菲老公从此屁颠颠，整天吊在网上叫卖，卖蛋哟卖蛋哟，谁要买蛋哟。

蛋挂到网上一周后，有一天菲里普上班时，发短信报喜：“亲爱的，蛋卖掉了！”

我连忙回复：“哇！卖掉几打？”

他回我：“所有！”

我不信：“真的？”

他问：“你有多少蛋？”

我扔下手机，清点三蛋，点出三十五打鸡蛋、二十五打鸭蛋、二十只鹅蛋，马上告诉菲里普，菲里普很快回我：“那人说，全要！三蛋全要！”

贵人啊！我遇到贵人了！我回了他一条写满“XO”的短信。XO的国际通用意思，就是热烈拥抱和热烈亲吻。

菲里普下班后，我很好奇地问：“亲爱的，买蛋的人是谁呀？”

他说：“他姓李，应该是中国人吧。”

我估计也是中国人，这世界上，还有谁比中国人聪明、有气魄，敢把我的“三蛋”一口气买下来。

在一个周六的上午，我们把“三蛋”装车，直奔休斯顿中国超市，在那儿见到了李，李果然黑头发黄皮肤。我上前热烈握手，热烈问好，但“你好你好”了几声他没反应，反倒用英语问我：“女士，你是中国人？”我说是啊，你呢？他说他是半个泰国人半个越南人，在休斯顿开了家“鸡蛋面馆”。

菲里普一听就笑了：“李，你买了我们三种蛋，就能卖鸡蛋面鸭蛋面鹅蛋面了，生意一定好，要发财了。”

李哈哈一笑说:“不!不!餐厅的鸡蛋面我只用超市的差蛋!你们的蛋,我们自己吃!上哪去买这么好的蛋!我找遍全休斯顿了,就你们家有鸭蛋鹅蛋!以后,你们的蛋我全包了!”

菲里普开心得和李拥抱,他知道,我们愁苦愁难愁蛋的日子结束了。拥抱完,菲里普和李开聊,说美国人就是傻,天天吃垃圾食品还幸福得要命;亚洲人就是聪明,知道吃好东西,你是聪明人。李说,美国人笨才好呢,他们都聪明,好东西不就没了?还轮得到我?笨点好!

听了他的话,我知道碰上了真正的知音。我就是这么想的,别骂美国佬笨,野生甲鱼满地跑都不知道吃,其实他们不能聪明,聪明了我们怎么办?

李兴高采烈地把一盒盒蛋装到自己车上,然后丢给菲里普一把零钱,菲里普马上把钱交给我。我捏着这把钱,突然有心痛的感觉,这些蛋都是我的鸡鸭鹅用生命送给我的礼物,却让我贱卖给了一个陌生人。

眼睛湿了。我这人,这点很不好,黛玉情绪说上来就上来。真的,我如果和林黛玉住一起,肯定每天跟着她葬葬花、写写诗、哭哭鼻子。

所以当李说“能不能每个月供应三十打”时,我抢在菲里普前面说:“不能不能,你别等我的蛋!”

回家的路上菲里普问我:“亲爱的,你怎么了,为什么不答应?难得的客户啊!”

我转移话题，我说：“亲爱的，你挂的网是什么网啊，真好，蛋一挂上去就卖光。”

他说：“这个网叫Craigslist(注：著名网站克雷格列表)，美国最价廉物美的网站，你的蛋挂在农产品专卖区。亲爱的，我还准备到这个网买一车牛粪，放到我们菜园去。”

菲里普在打牛粪的主意，我也有了新的主意，既然这个网这么好，还免费，把我的画挂上去卖，说不定很快卖掉？虽然和牛粪一起卖不好看，但赚来的钱是一样的。菲里普听了摇头说，不行，这是农产品网，不是艺术网，画卖不掉的。我听了，又生一个主意，那我画蛋吧，画鹅蛋壳，画好了卖二十块一个，比卖蛋能挣钱，生意做大了，还能画鸡蛋壳，画鸭蛋壳，来不及画就雇人画，成立画蛋工作室、画蛋有限公司……说不定哪天能登上世界百强榜！

菲里普听了，很感动地说：“林，亲爱的，你太聪明了！”

人在蛋在梦在，就这么定了，我要画蛋。

一晃八年过去了，我的画蛋梦，或者说百强梦，还是梦。蛋少的时候，就没有梦，蛋多的时候，梦就来了。后来，认识了一帮杭州老乡，他们都爱吃土鸡蛋，他们来我家时抢着要买蛋，不管我有多少蛋，都被他们一次性哄抢光。我去他们家吃饭，就捧一锅茶叶蛋。老乡们很珍惜我的蛋。他们说，我的蛋，是世界上最漂亮的蛋，最好吃的蛋。

高山流水，知音难求，杭州老乡才是我最铁的蛋知音！有了这样的蛋知音,“三蛋元勋”的烦恼总算没有了,“三蛋元勋”总算开心了,开心得想写诗,题目就叫《蛋知音》。

想听我念诗?先帮我吃一只爱家蛋,这几天,蛋又多了!

茉莉她爹

茉莉是条小狗，她爹，就是菲里普。

故事要从老狗Rose开始说。有一天，我家二十岁的老狗Rose死了，伤心过后，我对菲里普说，我想要条新狗。

菲里普当然同意，他很喜欢狗。要一条什么狗？我们有了争议。菲里普说，为了保护家园，养一条健壮、勇敢的成年狗吧。但我不同意。我要小狗不要大狗，理由是，小狗和小孩一样，从小养亲。老狗Rose是菲里普路边捡来的，捡来时她已经是豆蔻少女，很快让邻居的男狗拐跑，并认邻居当爹妈，白天两边蹭饭吃，夜晚基本上帮邻居保家卫院，除非娘家有很大动静才跑回来看一下。总之，男狗在哪她去哪，有了老公忘了爹。爹就是菲里普了，他一直为这事伤心。现在，这没良心的Rose死也死在邻居院里，她死亡的信息是邻居丽莎告诉我们的。

所以，要养一条爱心不变、忠心耿耿、海枯石烂的狗，必须从小养。

菲里普觉得我的话有道理，他辛辛苦苦把Rose养大，她根本不认他这个爹。历史不能重复，好，同意，养条小狗！

在我们这，想要养狗有三条路：一是买，宠物店、网上都能买，想买什么有什么，只要有钱；二是收容，网络、电台、报纸、电视都有收容栏目，他们提供有病或有残疾的狗，你想要一个电话就行了；三是收养，收养和收容差一个字，但意义完全不一样，收容是你去选狗，收养是狗选你，说准确点，是狗爹妈选你。什么意思呢，就是狗爹妈有多余的狗宝宝，想给宝宝找后爹后妈，他们就在报纸或网络上登招聘启示，招聘后爹后妈。你想应聘，要先报名再面试，面试成功狗孩子就是你的了。

这三条路，我们选最后一条路。这条路拿到的狗孩子家庭背景好，宝宝的身体也好，而且免费，白拿白养太划算了。

目标一明确，菲里普就上网看狗爹妈的招聘广告，招聘广告很多，但你得动作快，因为一出来就有人按鼠标。菲里普那几天木工活干得多，手指关节肿，按鼠标总比别人慢半拍，没捞到面试机会。

总算有一天，他按得比别人快，狗爹妈说了声“OK”，让他进入面试程序。说是面试，其实是打电话，向你提问，经济情况、住宿情况、人员情况、养狗经验，问得很细。菲里普一项一项过，但最后还是失败了，因为那狗妈妈，一听菲里普老婆是中国人，马上说：“听说中国人杀狗吃肉？”没等菲里普回答，电话搁掉了。

我真是冤枉，我哪杀过狗啦？我只吃过狗肉！

再次面试，菲里普小心了，对方问到他老婆时，他马上说，老婆是中国人，吃过狗肉，但没杀过狗。话音一落，对方把电话挂了。菲里普真是太老实，吃狗和杀狗有什么不一样？但那狗妈妈也太难弄了，吃狗肉得看历史背景，我吃狗肉时是六十年代，我才三岁，那时中国人饭吃不饱，当然吃狗肉。生存法则第一条，吃饱肚子！

看来，面试很难，政审很严。菲里普是老实人，不会说假话，我吃过狗肉的案底，成为我们当狗爹狗妈的严重障碍。

但有一天，菲里普下班回家看见我就大声说："亲爱的，有同事在公司网上赠送小狗，是牧牛狗，有三条，我要了一条！"

我问："狗妈妈没面试你？没问你老婆的事？"

他说："问什么呀，都是同事！"

他把照片给我看，上面有三条小狗，都规规矩矩坐在草地上。最前面那条，黄白相间，右眼有半个黑圈，眼睛非常秀气，不像狗眼像羊眼，粉红的小舌头伸在外面。我马上指着它说："这个好，漂亮、文气、可爱，要这个！"

菲里普哈哈一笑："我想要的正是这条，这是个女孩，三个月大，刚断奶。"

我一听有点担心地说："女孩？男孩更好吧？"我绝对不是重男轻女，但我想要的狗，一要保卫我，二要保卫鸡，三要保卫菜园，必须勇敢善战，女孩行吗？

菲里普说："放心，这是牧牛狗！女孩男孩都一样！"这话我听多了，中国计划生育的宣传语。想想也是，牧羊狗已够厉害了，连狼都怕三分，牧牛狗就更厉害了。于是我开心地说："好，就要她！"

菲里普亲亲我说："亲爱的，我们有小宝宝了！"什么话，不是我们有了小宝宝，是我们有了狗宝宝。呸，这话好像更不对。

第二天，我们和狗妈妈约好，在HEB门口见面。狗妈妈是一个胖女士，叫艾，艾看见我们就是一个大大的拥抱，差点把我压翻。然后她说，她家牧场很大，有几百条牛，全靠牧牛狗管理，她有十几只牧牛狗，五代纯种，别的农场需要牧牛狗，都从她家配种。但是没想到有个女孩交友不当，和野狗生下了三个宝宝，她很难为情，想快些把宝宝送掉，但要选个好人家。

听她这么一说，我知道了，她没对菲里普进行面试、政审，不光因为是同事，是心虚！她管教不严，家里出了失足少女，还生下了狗杂种。这件事，比我吃过狗肉性质更恶劣！

菲里普说："正好我们想要条小狗，你就放心交给我们吧。"

艾点点头，再三叮嘱："菲里普，求求你，千万不要和别人说，这条狗是从我们家来的！"话说完，她突然看着我，问菲里普："你老婆听得懂英文吗？"菲里普还没说话，我马上开口："听不懂听不懂！"

艾愣了一下，知道我听懂了，马上讨好我："哇，你真漂亮！我看出来了，你又漂亮又温柔，我家宝宝交给你我太放心了！"菲里普得意地说："那当然，林是很好的鸡妈妈鸭妈妈，一定是最好的狗妈妈！"

于是艾带我们看狗，那条被我们相中的小狗，正趴在一只铁笼里，小屁股翘在外面，脸却埋在腿里，不管妈妈怎么叫，死活不肯出来。艾说："可怜的小宝宝，一上车就发抖，以为要被杀掉了。"

菲里普只好去拖，拖出来放到我怀里。小狗的脸和照片一模一样，秀气温柔，她一下就把头靠在我胸前，还抱紧了我。菲里普惊讶地说："哇，林，她认你当妈妈了！这小狗很好，害羞，没野性！"

艾和我们分手时，在小狗脸上亲了又亲，眼泪吧哒吧哒的。害得我和菲里普，一个劲向她保证，我们会对她好的，把她养得胖胖的，不信，过些天你来看宝宝！

回家的路上，小狗趴在我身上，耷着脑袋一动不动。我们越看越喜欢，开始给她取名。这么文静漂亮的小狗，应该取个文静漂亮的名字。名字这件事很重要，叫什么像什么的。像我们家吧，我哥叫为民，他这一辈子都为人民服务；大姐叫为平，杭州话听上去像"胃病"，她从小胃就不好；二姐叫丽丽，所有邻居都说她是三个女孩中最漂亮的。而我叫林，听上去像"灵"，所以我成了最灵光的孩子，家里有好吃的东西，藏得再好也会被我翻出来吃光。所以，小狗的名字不能马虎，不能乱取。

菲里普说，叫她Lotus吧，Lotus意思是睡莲。我说不好不好，她要保护家园，不能老睡觉。我说叫Amaryllis吧，朱顶红。菲里普说不好不好，字节太多，她会听不懂。他说叫Lily吧，Lily的意思是百合，简单好听，但我说不好不好，这名字听上去像叫我二姐丽丽。

俩人讨论来讨论去，快到家了，我们一起想到了一个名字：

Jasmine，中文意思是茉莉花，又香又白又文静的茉莉花。于是我们冲着小狗叫："Hi ！ Jasmine ！ Jasmine ！"叫了几声，我们都觉得不太舒服，听上去有点像"Gentleman"，就是"先生们"。男狗也就罢了，可她是女孩。于是菲里普问我："中文Jasmine怎么说？"我说中文叫茉莉。他一拍大腿说："就叫茉莉！"

就这样定了，小狗叫茉莉。茉莉她爹菲里普对这名字喜欢得要命，虽然他喊茉莉时，听上去像"魔莉"，但这没关系，好歹他又学了一个中文。

小茉莉到家两天后，一直一个姿式：屁股朝外、脸朝里，躲在阳台角落，不吃不喝不叫不动，连眼皮都不抬一下。我们在阳台上放了牛骨、牛耳、饼干、牛奶，还有一大堆玩具，她看都不看一眼。

那几天，正好我家小帅添放春假，他喜欢茉莉，想和她玩，又是扔小皮球，又是扔布青蛙，茉莉趴在那死了一样不动弹。添疑惑地说："茉莉会不会是条傻狗啊？"

我也担心，傻点不要紧，不要是有病的狗啊。

茉莉她爹菲里普安慰我们："别担心，茉莉刚换了个环境，紧张，害羞，说明她聪明。聪明的孩子害羞，因为她在思考，过几天就活泼了。"

几天后，这条害羞、文静的，叫茉莉的小狗，很快变成了"魔莉"！

发现这一点，是那天早上，我们一家想出门，都出不了门了。因为摆在门口的鞋子都不见了，找了半天，在露台底下找到了，茉莉正抱着鞋子啃。菲老爹趴在地上，好不容易把鞋子和茉莉一起拖出来，她马上扑上去咬住老爹的衣服。老爹不介意，呵呵笑，和她玩，她来劲了，一下子咬住老爹的山羊胡子，死命拽，拽得老爹哇哇叫，我用鞋子打她屁股，她一个转身咬住我的裤子。我继续打她屁股，她才转移了目标，向添跑去。添正在打篮球，刚起跳，她扑上去咬住他的裤头，差点让他当院走光。

从此，茉莉见什么咬什么，我只要一开步走路，她会突然从后面扑上来，咬住我的脚脖子。她才三个月大，要是三年大，我肯定让她咬成残疾了！她乱咬时，我就拿着小木棒打她屁股，菲老爹看见了，就会上来拦，边拦边说："她是个小宝宝啊，打她也没用的啊。想想，添三个月大时，乱咬，打他有用吗？"我气哼哼地说："添三个月，还没牙齿呢！"

宠子不发，子不教父之过，这道理我懂得，孩子不能放任自由，得管教！于是，我制定了一套管教课程。

第一课，教她捡东西，并把东西交到我手上。这样，以后她捕了野味，野兔啊野鸡啊什么的，就会拿回来孝敬老妈。

上课了，我把球扔出去，茉莉扑过去咬住了，我伸出双手喊："茉莉，给我！"她却一个转身，冲到树林里去了，出来时，球没了。没办法，我只好到树林里捡那只球，还没捡到手，茉莉扑上来叼上就跑，一直跑进密林。等她再出来时，满身都是蜘蛛网。球呢，没了。

几堂课下来，皮球都是有去无回，我还得给她冲澡，她身上不但有蜘蛛网，还有牛粪！

第二课，教她坐得住。坐得住很重要，那些坐不住的孩子，功课都不好。

上课了，我手里举着饼干，喊一声中文“坐”。茉莉跳起来想咬饼干，但我不给，按她的屁股，并严厉地说：“坐！”几次后，茉莉知道瞎跳没得吃，终于坐下了，吃一块饼干坐一次，茉莉她爹一边看呆了，弱弱地问：“林，你说什么呢？”我说：“坐。”他羡慕地说：“哇，茉莉好聪明啊，会中文了，我都不会！”

第三课，教她好好走路，女孩子疯疯颠颠像什么样子。

上课了，我在她脖子上套狗圈，牵着她走路，走在我左边，我手上捏着饼干。这一招很灵，茉莉很淑女地走路，走几步，坐一下，吃块饼干。但是饼干吃完后，我的学生开始对抗，她拽着绳子跑，一会逆时针，一会顺时针，很快让我晕了头，乱了手脚，扑嗵一声，被绳子绊倒在地。我一倒地，茉莉哈哈笑着——如果她会笑——围着我转圈疯跑，有时一下子扑到我身上，吓得我大叫救命。茉莉她爹跑过来，我想他是来救我了，却听他说：“嗨，茉莉，好女孩，你在练杀敌本领？来来来，爹地陪你练！”老爹说着，倒地打滚，茉莉也倒地打滚，俩人很快滚到了一起。

哪有这么宠孩子的！

见我不高兴，菲老爹说：“亲爱的，她才三个月，是玩的年纪，添添三个月你会逼他学习吗？一岁后训练才有效果！”他的话也对，添添三个月只会吃和撒。

上课的事不了了之，茉莉却一天比一天难对付。每天菲里普下班，我就向他告状：亲爱的，今天茉莉咬断了三棵花；亲爱的，今天茉莉刨了五个洞，其中一个通向菜园；亲爱的，今天茉莉打破了你最喜欢的花盆，还弄破了工具箱；亲爱的，烧烤机上的罩子要五十美元吧？得买新的了，茉莉把它撕烂了；亲爱的，你知道拖把、扫帚到哪里去了吗？你闺女全拖到树林里去了；亲爱的，我家多了好多鞋，你挨家问问，鞋是谁家的好吗？

菲老爹听了，抱起茉莉，又吹胡子又瞪眼睛："啊？全是你干的吗？你这么小，怎么这么能干！来，和爹地打一架！"说完和茉莉滚到一起。

还说美国家长不宠孩子，宠起来没样子！

在菲老爹的纵容下，茉莉越变越坏。有一天我去路边信箱拿报纸，屁股后面跟着茉莉。她是跟屁虫，我到哪都跟，甩都甩不掉。这时，邻居丽莎在跑步，看见我便慢下步子，向我也向茉莉打招呼："你好，林！你好，小宝贝！"

丽莎话音刚落，我家的小宝贝就冲过去，绕着她疯转，一会逆时针，一会顺时针，吓得丽莎跑步也一会逆时针，一会顺时针。接着茉莉突然袭击，一口咬住丽莎的裤子，拖着丽莎后退。我拿起树枝打她，她就逃，我还没追上，她呼地一回头，跑到我后方，又绕着丽莎疯转。正在这时，丽莎家的大黑狗过来了，他一条腿是瘸的，脖子是歪的，样子很滑稽，茉莉这才停止对丽莎的骚扰，一口咬住了大黑狗的尾巴。大黑狗呼地跳了起来。我在一边冷笑，希望大黑狗替我教训一下茉莉。没想到，那没出息的大黑狗，朝天呜呜呜哭了起来。

我只好对丽莎说："真对不起，茉莉不懂事！"

丽莎说："没关系，小宝贝都这样！"

我说："丽莎，你等会！"

我跑回家抱来一大堆鞋子，让她认认，是不是她家的。她看了就笑，说："哈哈，我说我家的鞋子怎么没了，原来全让茉莉拿走了！"

丽莎话音刚落，茉莉跳上来，咬住一只鞋子就跑，我一路追，追得差点断气，也没追上她。

夏天到了，是油漆房子的好季节，油漆干得快。我们的房子是本色，这次要漆成红色，因为我喜欢红。菲里普用高压水枪把房子洗干净，然后动手油漆。我一起帮忙，他漆高处，我漆低处。我们汗流浃背地干活时，茉莉跑来了，她眼睛眨巴一下，有了坏主意。她撅起屁股，往我们刚刷好的油漆上蹭，几下子就把自己蹭成红狗。我挥着刷子去赶她，但哪里赶得走，她颠着四蹄，绕着房子跑，边跑边蹭房子，你说她小？她狡猾呢！

菲里普正站在梯子上，见此情景大声呵斥："茉莉！"茉莉听到了，冲过去抱住梯子就咬，我生怕她把梯子拖倒，那就惨了，她老爹非摔断骨头不可，便冲上去拖她，她在我怀里打了个滚，一口咬住我手上的刷子飞奔而去。红狗跑了，刷子没了，我变成红人了。

这还得了，简直反了！我和菲里普一起追，把红狗追回来，洗干净关进家，茉莉在房间里呜呜呜哭，我们就是不理她，只管自己在外面干活。等房子全部漆好，我们进屋一看，差点背过气，屋里一片狼藉，花瓶、报纸、鞋子、衣服、帽子，凡是不长脚的，全摔在地上，茉莉大人呢？好像是累了，正在一堆碎纸上睡觉。那堆碎纸，是我心爱的一本书，林语堂的《京华烟云》！

我跑过去，想大脚把她踢出门外。菲里普动作比我快，一把抱起茉莉，一边往外走，一边念："坏孩子，早知道你喜欢书，我有一书架百科全书，全给你……"

还说美国家长不宠孩子，宠起来没样子！

总之，茉莉的名字取错了。茉莉，就是魔莉，小恶魔一个，做她的家长苦头有得吃了。当初还怕女孩太文气，想要个男孩，要是真来个男孩，我这条老命可能早没了！

菲里普听了我的抱怨，都是赔笑，他说："林，她还小呢，小东西都调皮的，原谅她吧，添……"没等他把添搬出来，我向他吼："添三四个月大时从来不咬人，不疯跑！"这是真的，添六个月才长牙，十一个月才学走路。

好吧，茉莉小，所有事都可以原谅，她要咬东西，大不了我把值钱的东西都收起来；她要咬我的脚，大不了我一天到晚穿牛仔裤穿套鞋。但有一件事我实在无法原谅，她竟开始追杀我的鸡！

我有一群大鸡，也有一群小鸡。茉莉追大鸡时，大鸡撒开脚丫跑得快、飞得高，飞到树上茉莉就没辙了。但小鸡就不同了，跑不快也飞不高，茉莉吃准这点，就盯着小鸡追。她在前面追小鸡，我在后面追她，我手里举着小棒子，好不容易追上了，她一回头就把我的棒子夺过去，闪电一样跑掉了，气得我拼命追，追上了就踢屁股，才踢了一下，菲老爹就跑过来，护着茉莉求情："林，别踢别踢，要踢踢我吧。"

我恨恨地说："我要狗是要她保护鸡鸭的，不是欺负鸡鸭的！"茉莉她爹头点得像鸡吃米，连声说："我知道我知道我知道，不过，茉莉还小啊，她是和鸡闹着玩，不会伤害它们的。"话刚说完，茉莉向一只小鸡扑过去，小鸡逃脱了，却落下了好几根毛，这下，人证物证齐全，菲老爹觉得要主持公道了，凶巴巴跑过去，摁住茉莉，"啪"就是一巴掌，打在他自己的毛腿上，打得很响，把茉莉吓住了。

还说美国家长不宠孩子，宠起来没样子！

有一天我们出门办事，傍晚才回来，茉莉看见我们时，没像往常那样又蹦又跳，躺在地上懒懒地不动，我走过去说："哈，茉莉，今天做好孩子啦。"话刚说完，看见她面前有一堆鸡毛，我一眼认出，是小鸡的毛。难怪她懒洋洋，肚子撑饱了！

我把鸡毛放到菲老爹眼皮底下，一字一顿地说："亲爱的，你亲爱的闺女，吃了我一只小鸡。"

菲老爹不信："不会吧，是小鸡换毛吧？茉莉不会吃小鸡的。茉莉对吧？"茉莉听了老爹的话，一点也不争气，钻到露台下面，出来时，嘴里叼着一条带血的小鸡腿。

这下，我眼泪冒出来了，指着茉莉对菲里普说："看见了吧？为了保护小鸡，我辛辛苦苦，花时间，花精力，防鹰吃，防蛇吃，防狼吃，现在却让茉莉吃了！"

菲里普脸色也变了，他同样喜欢鸡的，每次有鸡意外死亡，他都会掉眼泪的。

就见他一个转身，在地上找棒子，地上有竹棒木棒甚至铁棒，他却找了一根草棒，还是晒干的那种，气呼呼地抽茉莉屁股，茉莉一点不怕，扑过来抢草秆，她以为老爹和她玩游戏呢。

还说美国家长不宠孩子，宠起来没样子，让我这中国虎妈来做做样子！我拿起地上一只千疮百孔的破鞋，“啪”一声打在她屁股上，她呜呜呜哭喊起来，钻到露台下面躲好了。

“滚回老家去！”中国虎妈恶狠狠地说。

菲老爹露出很心疼的表情，却不敢有异议。教育孩子时大人要统一，这个道理他还是懂的。

茉莉吃掉了我一只小鸡，就会吃第二只第三只，她是还小，会不断犯错误，等她一年？一年能吃我多少鸡？总不能让我的鸡变成她快乐童年的玩具吧？听我说完这番话，菲里普呆了好久，低着头对我说：“林，真对不起，真对不起。请给她一次机会吧，长大点就懂事了。”

看他低三下四的样子，我一下子有了怜悯，不是怜悯茉莉，是怜悯菲里普。

之后，我们一出门就把茉莉拴在树边，她十分不情愿，在地上打滚，仰天发出小狼一样的嚎叫，不知道的人，会以为我们在杀狗。这样过了几天，茉莉似乎知道了，不应该吃小鸡，吃小鸡爹地妈咪会很生气，她看见小鸡不再追了，有时忘记了刚想追，一看见我握着木棒凶狠狠的样子，她马上站住了。看来，菲里普的话是对的，茉莉长大了，懂事了。

但事实证明，茉莉是阳奉阴违。有天傍晚，鸡进笼时我数来数去少了一只，菲里普正在林子边烧垃圾，我跑过去告诉他少了一只鸡。

他惊讶地说:“真的？豹猫又来过了？”

我说:“会不会又是茉莉干的？”

菲里普说:“不会吧,她现在很乖了……”

话音没落,我们看见林子里影子一闪,定睛一看,是茉莉,她嘴里叼着一团东西,不是别的,正是我可怜的鸡！她知道做了坏事,和我保持距离,警惕地盯着我,随时准备逃跑。

“我不要你了,滚回老家去！”我指着茉莉喊。手上要是有把枪,真会一枪开过去,打断她的狗腿！菲老爹也恼了,随手摸了一根树枝,蹲下身轻轻说:“茉莉,过来。”茉莉怕妈不怕爹,就屁颠颠跑向爹。菲老爹一把揪住了茉莉,夺下死鸡,在她屁股上狠狠打了两棒。这两棒是真枪实弹,茉莉发出震天动地的嚎叫,估计十里之外都听得见。

菲老爹打完茉莉,眼睛红红的,我知道他的感受,打在孩子身上,痛在爹心头。

我说:“亲爱的,茉莉是条牧牛狗,是用来对付牛的,应该和牛住在一起。把她还给主人吧,我不要了,我要她干吗啊？请她吃鸡吗？”

菲里普抱住我,拍着我头说:“别生气别生气,是我不好,是我不好,我明天就让她滚回家,好吗？”

我们一起伤心地把死鸡埋进了土,它的一生逃过了鹰逃过了蛇逃过了狼逃过了豹猫,却没逃过茉莉。

埋了鸡,菲里普陪我散步,并又开始为茉莉求情:“亲爱的,狗是人最好的朋友,他们想做的一切就是想让人高兴。茉莉长大后,一定会是很好的朋友，热爱你，保护你，永远不离不弃。能不能再给她一次机会？就一次？”

我还没回答，就看见茉莉飞奔而过，嘴里叼着那只刚被我们下葬的鸡，她竟把它从土里刨了出来！我们俩一起追过去，她跑得更快，冲进林子死活不出来了。说她小？她记痛的呢！

昨天给朋友珊打电话聊天，聊起茉莉的事，她听完，哼了下鼻子说：“林，我家小狗刚来时，为了小狗的事，我和老公每天吵架，我气得差点跑回中国去！相信我一句话：老美爱小狗比爱老婆还厉害，认命吧！”

我听了这句话，想想菲里普的表现，越想越有道理，越想越有危机感。这还得了，以前我是第一，现在茉莉第一，认命？我可不认这个命，非得让茉莉滚回老家去！

于是，我把珊的话告诉了菲里普：“珊说，老美对狗比对老婆好。”

他竟一点也听不出我在影射谁，瞪着眼睛说：“有这种事？她老公怎么这样！林，你放心，我们家，你第一，猫第二！狗第三！鸡鸭鹅第四！我第五！”

总之，不管我怎么恨茉莉，茉莉只管自己一天天在长大，奔跑能力越来越大，奔跑范围越来越大，威慑面积越来越大，连邻居的鸡、邻居的孔雀都怕她，她还没接近就飞到天上去了。我每天睡觉，一闭上眼睛，就是茉莉飞奔的身影。做噩梦，也是茉莉飞奔的身影。

不过，茉莉也有倒霉的时候，倒霉得让我解恨。比如她到处乱拱，结果拱破了蚂蚁窝，被蚂蚁咬得满地打滚。她还到处乱咬，结果咬到了毒藤，当下哇哇呕吐，三天不要吃东西。她还去惹我家的蜂箱，结果被蜂蜇得一路嚎叫，翻着跟斗逃出来。还有两次刨洞，小魔王不幸刨到了毒蛇，一次被蛇咬在眼皮上，眼睛肿成一条缝，当了独眼狗；一次被咬在腮帮上，脸肿得像面包，鼻子也堵住了，像猪一样呼吸；还有一次被咬在屁股上，屁股和腿肿得像大皮球，别说走路，坐都不能坐，只能歪着身子躺在那，哼了好几天。茉莉被蛇咬，她爹心疼得要哭，抱着她说："茉莉，小茉莉，你一定很痛，爹也被蛇咬过，痛了两个星期，胡子都不敢刮，从此养了胡子……"

最让我解恨的是，茉莉企图追赶刚出世的小鸭，却没想到小鸭是有爹地的，爹地不是别人，正是我家最凶的大公鹅！大公鹅对谁都凶，只对小鸭子温柔，虽然不是亲生的，却一样宠爱。于是，它对准茉莉的鼻子死命一口。狗鼻子是最不能碰的，茉莉从此看见大公鹅就捂起鼻子逃。哈哈，大公鹅帮我教训了小魔王，让她知道，她不是天下第一，她有对手的。

当然茉莉也有可爱的时候，每当我坐在秋千上，她就会挤上来，坐在我腿上，随着秋千的摆动，很享受地闭上眼睛。茉莉也有安静的时候，就是她睡觉的时候。茉莉睡觉时，整个院子都放松了，鸡在放松地散步，鸭在放松地走路，小鸟在放松地唱歌，连花草蔬菜也伸直了腰板，吐出一口长气。我呢也趁机放松地take a nap，就是小睡一会。等小魔王醒了，院子里有了鸡飞狗跳的声音，我得马上跑出去解决纠纷。

有一天，茉莉让我尝到了当她妈的甜头。那天我正在电脑上写字，听到茉莉在叫，叫得很紧急很愤怒，我想，不会有狼来了吧？我马上冲出去，看见树林边茉莉正和一只野兔对峙着，那只兔子很肥、很大，但显然吓坏了，跳都跳不动了。我向茉莉发命令：“Go！ Get it！”茉莉一个起跳一口咬住了兔子。

这天菲里普下班，看见桌上有一碗红烧兔肉，他很惊讶，我说：“你闺女弄来的。”

菲老爹笑得嘴巴都歪了：“你看你看，我说茉莉会对你好的！兔头呢？我最喜欢吃兔头了！”

我说：“头啊，你闺女抢走了！”

茉莉吃过兔头后，知道什么肉好吃了，开始学习打猎。带回来好几只兔子，但只有血淋淋的头，没身子，身子呢？她怕我们和她抢，先吃掉或者埋掉了。还说她会对我好，这没良心的！

昨天菲里普说，过些天，他要出差，我要是怕寂寞，可以请婆婆安妮过来陪我。我听了很快回答他：“不用不用，有茉莉在，我还怕寂寞？”

菲里普大惊小怪地说：“还好还好，你没说让茉莉滚回老家！”

我翻翻眼睛说：“你不在家，茉莉暂时不能滚回老家！”

我这话是很有根据的，有茉莉这小魔王在，大鬼小鬼谁敢上门？就是阎王上门，她都会把他胡子给拔了！

几年过去了，茉莉四岁了，完全是好孩子了，一不咬鞋子二不咬裤子三不咬小鸡，更不在我们面前疯跑，为什么呢？因为我们根本见不到她了！能见到她的时候，一般是两种情况，一种是我们做烧烤，她闻香而来，吃完就走；还有种情况，豹猫来了，鸡和鸭惨叫了，茉莉就到了，冲进林子追豹猫。

除此以外，我们想见她，简直比见泰勒还难，泰勒是菲里普最崇拜的女歌星。

那么大明星茉莉去哪了呢？去了邻居家，和丽莎那条男黑狗住在一起。

最伤心的人当然是茉莉她爹了，历史的悲剧重演，女大不中留啊！

菲里普当官

菲里普每天下班，总是欢天喜地的样子。看到妻，抱一下，吻一下，开始说公司的事，高兴的事，不高兴的事，滑稽的事，好笑的事，样样说。

但有一天，菲里普回家不说话，脸上愁云密布，连接吻戏也忘了，管自己坐那发呆。我觉得不对，马上问："怎么了亲爱的，发生什么了？"

他呆呆地说："林，我的Boss雷克，要我竞争当副Boss。"

原来是这事，有机会当官了！

菲里普的部门只有一个正Boss，没有副Boss。如果正Boss雷克有事，他休假或病假，他就让手下员工当临时副Boss，每当一天的好处，是每小时增加五毛钱Boss费，一天十小时是五块钱，刚好买一只汉堡。和加班一样，临时的副Boss，第一人选是菲里普，他不想当，第二人选是杰沃，以此类推。杰沃就是我在《菲里普的同事三杰》中写到的，要钱不要命的杰沃。他从不拒绝当临时Boss，别说五块钱，就是五分钱，他也要的。

我便对菲里普说："亲爱的，副Boss是临时的，想当就当，不想当让杰沃当。发啥愁呢？"

听了我的话，菲里普还是愁眉苦脸："雷克说，他要我竞争的，不是临时的副Boss，是正式的副Boss。"这话绕口令一般，什么叫正式的副Boss？菲里普向我解释，正式的副Boss，是有上岗证的，要竞选上岗，而且不管正Boss在还是不在，副Boss每天每小时增加三块钱副Boss费。

我听了做算术，我算术不好，也算出来了。一小时三块，十小时就是三十块，一个月三十天，就是九百块，五块钱一只汉堡，这样就是一百八十只汉堡。天哪，这一百八十只汉堡，完全是从天上掉下来的。我马上说："这个正式的副Boss，你应该去竞选。"

菲里普说："当正式的副Boss，手机天天要开……会要天天开，太麻烦了！"

这就是菲里普愁眉苦脸的原因了。他一向不要当Boss的，以前有好几次上面推荐他去某部门当Boss，他都光了脚逃。他的理论是：当Boss有啥好？不自由，钱也不比工程师多，不要当！这种自由散漫，不知上进的同学，我见多了。我家哥哥姐姐们都这德性，最好清清静静不要有事，如果有事，特别是当官的事，脚底抹油，逃得比兔子还快。现在，嫁了个美国老公，也一样德性。我得帮助他进步，这进一步，就是一百八十只汉堡。我的鸡，吭哧吭哧生一打蛋，才卖几块钱，还没人要。

于是，我做他思想工作："亲爱的，正式的副Boss，你不当，就是杰沃当，你高兴吗？"

菲里普一听，脖子一昂："不高兴，他要钱不要命。当了Boss，他会把所有加班机会都抢去！"

"重要的是，他当，你不当，同事们高兴吗？"我进一步诱导。

"不高兴，他和谁都吵架，没人会听他指挥！"他眼睛瞪圆了。

"同事不高兴，雷克不高兴，都会怪你，是你不要当，弄得大家不高兴！"我把因果关系给他指了出来，"你到底希望大家高兴，还是不高兴？"

"哦？"他有点听进去了。

"所以么，要高兴，要自在，要同事团结，你一定要当这个副Boss！雷克为什么要你去竞争？就是因为如果你当副Boss人人高兴。"

菲里普茅塞顿开，惊讶地说："林，你真聪明，你怎么懂这么多呢？你说得太对了，杰沃当，不如我当，雷克最恨杰沃了！"

雷克恨杰沃，不光因为杰沃太爱钱，还因为他太刺，见谁就刺，雷克也刺。杰沃是墨西哥人，少数民族，属于被保护人群。杰沃仗着这点与雷克对阵，只要雷克批评他，他就说雷克歧视他、排挤他，跑到人力资源部告状。人力资源部知道杰沃不是省油的灯，但还是怕他，怕戴上种族歧视的帽子。所以雷克和杰沃一有纠纷，人力资源部先把雷克臭骂一顿，然后不了了之。杰沃认为人力资源部阳奉阴违，就跑到老总这，把雷克和人力资源部一起告。老总秘书就把雷克叫去，一起喝咖啡，求他对杰沃好点，说如果杰沃告到政府，核电站会有麻烦，种族歧视可不是小事，咱就忍着点吧。

但雷克脾气很爆，也不是省油的灯，杰沃越告，他越恨。杰沃想把他拉下马，他也想把杰沃赶出去，一有机会就往外踹。当然，十来年了，雷克没法把杰沃踹出去，为什么呢？因为人力资源部调查过了，没有一个部门愿意笑纳杰沃。既然如此，雷克，你就憋住吧，憋到退休。

所以，菲里普的话一点没错，这个副Boss如果让杰沃当，雷克会把杰沃活活掐死。

深思熟虑后，菲里普想通了，上班后就向雷克表示，他愿意竞争副Boss。雷克一听，高兴得差点把菲里普举起来。雷克是个大个子、大胖子。

但雷克知道，选副Boss这事不能暗箱操作，不能把杰沃激怒，弄得鸡飞蛋打、鱼死网破。于是，他向全体人员宣布：现有副Boss职位一名，每小时获三块钱Boss费，人人可竞争！

最后，竞争这个职位的，只有两人，一个是菲里普，一个是杰沃。这两个人，菲里普在人气上占尽天时地利人合，比杰沃火；资格上，菲里普是第一代核电人，比杰沃老；业务上，菲里普是电气专家，杰沃是机械专家，打成平手。所以，菲里普的胜算大大超过杰沃。但雷克和同事们还是很紧张，因为杰沃是墨西哥人，少数民族，有他独特的优势。万一公司要搞平衡，要向政府献媚，把这个位子送给杰沃，也是很有可能的事。于是同事们对菲里普说："兄弟，你加油，不能输给杰沃，我们力挺你！"这话是在办公室，当着杰沃说的，杰沃听了，眼睛翻一下，鼻子哼一下，没发作，只是刺刺地说："我战斗到底！"

菲里普回家把杰沃的话学给我听，我听了哈哈大笑。杰沃可恨，但也可爱，或者说美国人可爱。他们不知道含沙射影，不知道背后打枪，不知道桌下踢脚，有话面对面说，而且直说，想拐弯也没地方拐。

接下来，菲里普进入竞选程序。

竞选第一关，网上填表，属于政审程序。

网上的政审单位不是核电站，不是市政府，是FBI，美国情报局，逮间谍的地方。所以，菲里普不但要回答一大堆敏感问题，还要交代七大姑八大姨的情况。菲里普的家人情况很简单，共和党，基督教，老百姓。但一问到"妻子是哪国人"时，情况就复杂了。因为菲里普一回答"妻子是中国人"，就跳出了更多问题：

问：妻子成长在中国？

答：是。

问：妻子参加过任何政党吗？

答：共产党。

问：妻子之前在哪工作？

答：共产党市委机关报。

问：妻子是基督教吗？

答：不是。

问：妻子回过中国吗？

答：回，每年回。

问：妻子有中国朋友吗？

答：有，有很多。

问：妻子直系亲属是共产党员吗？

答：父亲是。母亲不是。

政审表格填好，递交前，我和菲里普面面相觑，我家的历史记录，从FBI的角度，只有我妈是清白的，政审能通过吗？但菲里普没迟疑，一个回车，递交了。

我抱歉地对菲里普说："对不起，我的简历帮不了你的忙。"

他说："有什么呀，走过场的事。FBI早就知道，中国人人都是共产党员！FBI也知道，现在的共产党，不是以前的共产党，不用怕！"

我听了很吃惊："什么意思？什么以前的共产党、现在的共产党？共产党就是共产党。"

他表情天真地说："以前的共产党是穷人，现在的共产党是富人，他们怎么会搞共产？他们怕别人共他们产呢！不可怕！不可怕！"

我呆了一下，突然哈哈笑，我的老公，想法很独特，很有才！不过有这想法的美国人蛮多的，他们的土地、房子是私有的，最怕共产，最怕"以前的"共产党。

政审表格递交后一周，雷克告诉菲里普和杰沃，他们政审都通过了，下一步，先面试，再笔试。听到政审通过，我吊在空中的心才放下来，我倒不是那么迫切要菲里普当官，我是实在不希望，他当不上官的障碍，是因为我这块中国绊脚石。

竞选第二关，面试。

面试官是公司一号Boss曼克雷，这个曼克雷平时难得见到，是个神秘人物。他要给菲里普面试，菲里普当然很紧张。但杰沃却不紧张，他说："哈哈，天助我也，老曼是把我招进来的人！"同事们一听，对他怒目而视。杰沃说："哭吧哭吧！"耳机塞耳朵，听音乐。

就在这时，人力资源部来通知，全公司所有将要面试的人，一起进行面试培训。这事很新鲜，竞选前还有培训。总之，菲里普马上去了，杰沃没去，他冲着菲里普背影喊："你还当真？培训有个屁用！"他的骄傲，再一次激怒同事，同事们一起说："杰沃，想把你拖到厕所打一顿！"

面试培训的主要内容，告诉大家Boss曼克雷是何许人，内容很细，曼克雷今年干了什么，看了什么，听了什么，玩了什么……都要求大家记下来，背下来，这叫"知己知彼百战不殆"，见了曼克雷有话题。菲里普觉得这个培训太好了，回到家后用功，大声背曼克雷简历，大声背曼克雷的爱好和特长。曼克雷喜欢沙滩浴，曼克雷喜欢冲浪，曼克雷喜欢摩托车……连我都知道了。

面试这天到了，杰沃先上，他一进门，就对大Boss曼克雷说："哈哈，老曼，时间真快，当年你把我招进来，一晃十五年了！"曼克雷盯着他看，看了半天，摊摊手说："是吗？我不记得你……"杰沃大惊：

“怎么会不记得？我是墨西哥人！”曼克雷说：“墨西哥人可多了，我怎么都记得住！”杰沃一向认为墨西哥人很特别，人人应该记在心头，曼克雷竟把他忘记了，当下就生气，一生气就把面试搞砸了。曼克雷当场就对杰沃说：“对不起，你的面试失败了。”

杰沃回到办公室，大骂曼克雷，骂他老年痴呆、死胖子。同事们笑逐颜开，白开水碰杯庆祝他失败。杰沃下马了，菲里普有望了！

这时，曼克雷的秘书通知菲里普去办公室。菲里普一路汗奔，他到核电站二十多年了，这是第一次去大Boss办公室。曼克雷看到菲里普，第一句话就是：“哦？是你啊？原来是你啊！我记得你！”曼克雷点着菲里普的鼻子，咬牙切齿地说：“你这家伙，就是你这家伙，把我撞倒，还把你的女孩压到我的女孩身上！”

这番话把菲里普吓出一身冷汗，他想起来了。很多年前，有一次在停车场，他下摩托车时没站稳，连人带车倒向另一辆摩托车。糟糕的是，那辆摩托上的骑手还没下车，正在脱头盔，一下子被菲里普撞倒在地。那个骑手爬起来后，先扶菲里普，再扶自己的车，然后急吼吼问：“你的女孩没事吧？”菲里普说：“没事，你的女孩没事吧？”那骑手说：“我女孩要有事，我找你算账！”

女孩是谁？摩托车，美国佬把摩托车喊成女孩。那位骑手是谁？就是曼克雷！菲里普当年冲撞的人，不是别人，竟是公司一号Boss曼克雷！这事菲里普早忘记了，没想到曼克雷记得这么牢，菲里普心想，完了，今天的面试黄了，还是走人吧。

这时，曼克雷哈哈一笑，握住菲里普的手说：“兄弟，还骑摩托车吗？”

菲里普说：“骑！骑！每天上下班骑！”

曼克雷说：“还是那辆破雅马哈？”

菲里普说：“是呀，等有钱了，想换MOTOGZ。”

曼克雷说：“MOTOGZ？意大利车，太酷了！”

菲里普说：“是呀，买了新车，我还准备带老婆去骑阿尔卑斯山！”

曼克雷说：“这计划太好了，去的时候叫我一下，我也去！”

菲里普说：“好！”

曼克雷不再说话，哗哗哗，在面试文件上签字，菲里普面试成功，进入笔试。

那天菲里普回家，春风得意马蹄轻。我一看就知道面试通过了，问他是怎么通过的，他得意洋洋地说：“我的女孩，压过他的女孩，他记住了，他喜欢摩托车！要跟我们去骑山！就这么简单！”

没想到，当年菲里普压了一下曼克雷，竟成全了今天面试！用中国话说，这叫“猿粪”。“猿粪”这件事，也不是那么容易产生的，要有正确的地点，正确的时间，正确的气候，正确的人。什么叫正确的人，有共同爱好！这些元素凑到一起，彩虹般的“猿粪”就出现了。

就这样，菲里普轻松过了面试关。第二天，菲里普带上一大盒甜甜圈，与同事们一起庆祝。大家把甜甜圈吃得一个不留，吃得最多的是杰沃，他说他失败了，需要安慰，得多吃点。其实，不管什么情况下，他都只吃同事的东西，想吃他的东西，得等太阳从西边出。

竞选第三关，心理测试，测试官来自CIA，联邦调查局。

为什么一个屁大职位，又惊动FBI，又惊动CIA？因为核这东西太有威力，太可怕，与核共舞的人，必须身体好。身体好，包括精神好、心态好。想想，核电站如果有个精神病，或什么病，而且是个Boss，会发生什么？所以核电站每个员工，从大Boss到小工人，每两年接受一次CIA心理测试，测他们的精神状况、忠诚程度、交际能力、心理素质，通不过的不能上岗，直到通过为止。多次通不过就清退回家。

核电站并不喜欢这样的测试，这样的测试，会让他们损兵折将。很多通不过的人，不是心理有病，是太紧张，一紧张就失常。菲里普就是这样，老甲鱼了，每次参加这样的测试，前一晚就开始紧张，紧张得睡不着，本来三分钟就能入睡，这天一定失眠三十分钟。

好，话说回来，菲里普去参加CIA的心理测试。

心理测试的地方，是一个很小的房间，灯雪亮，很安静，掉一根汗毛都能听见。气氛压抑。在这样的环境测试心理，本身就是一个测试，看你是不是临危不惧，是不是淡定自如。这点对核工作人员很重要，当危机发生时，沉着冷静才能处理情况。

提问开始了，专家捧着电脑，一刻不停地问，一刻不停地记，一口气问了几百个问题，有的问题非常无聊，却反复问。比如问昨晚吃了什么、今早吃了什么、中午吃了什么。

测试进行了整整一天，菲里普回家后，头上还在冒汗。他说："我差点要发疯了，那个专家，问我今天的大便颜色，问了二十遍！"

我很奇怪："为什么问二十遍？"

他说："看我前后有没说错。"

我更奇怪了："说错又怎么了？"

他说："他们认为，一个人如果对自己的大便颜色不关心，是没责任心；大便颜色前后说错，是没忠诚心；问了二十遍不耐烦，是没意志力。这样的人，不能当Boss。"

我倒抽一口气，天啊，原来大便没小事！幸亏菲里普事先进行了培训，没有被问毙。换了我，一定因为大便败下阵来。

总之，菲里普通过了心理测试，进入第四关，也是最后一关，实战培训。实战培训，其实也是测试，先培训，再测试，测试目标只有一个：你是不是好Boss。

培训是脱产的，一共两周时间。人员来自各个部门，每个人拿到了厚厚的三本书，一本是《怎么当Boss》，一本是《好Boss案例》，一本是《Boss原则大全》。菲里普很不愿意参加培训，他最怕坐下来听课、看书、考试，他宁愿去干活。但同事们拎着他耳朵叫："菲里普，最后一关了！加油！GO！"我没拎他耳朵，只是在他枕头边，吹温柔的枕头风："亲爱的，你去上学，妻在家做好东西给你吃……"

菲里普背着书包上学堂了。

菲里普参加培训的第一天，晚饭我做清蒸鱼、红烧鸡腿、油爆大虾，准备好好慰劳一下读书郎。没想到，读书郎回到家后，看上去一不辛苦二不饿，还摸着肚子嚷："不吃了不吃了，减肥了！"说完，摸出一只汉堡请我吃。他说读书管饭。

接下来的日子，他天天这样过：每天七点出门，八点半上课；下午三点半就下课，四点半就到家。每天再也不用四点半起床，还能提前回家，而且有免费早饭、午饭，还有免费点心、咖啡、茶。培训为什么有吃有喝呢？因为一起受训的，除了像菲里普这样，准备竞选副Boss的“准Boss”，还有公司的各级Boss。他们每年都要参加“是不是好Boss”的培训，通不过的淘汰。这就是为什么有免费伙食，Boss的特权。看来，不管在哪，当官总有点特权。

所以，那几天菲里普觉得自己掉进了蜜缸。他进核电站二十几年了，从来没有过这样的待遇，不用起早，不用摸黑，不用干活，还免费吃喝，当Boss真好。

当然，让菲里普感觉最好的，不光是吃喝，还因为这些大Boss平时都看不到的，现在却坐在一起，老老实实听老师训话，接受提问，没一点娇骄之气。公司找来的女老师，又年轻、又漂亮、又性感，Boss们都乖得像小男孩，菲里普也乖得像小男孩，回到家就看书，嘴巴动不动就说，老师说的……老师说的……弄得我有点嫉妒，我教他学中文时，他一会上厕所一会跑菜地，哪里这样认真过，所以学到今天只会数一二三。

当然，嫉妒归嫉妒，我还是很高兴。我知道老师太重要了，学生如果不喜欢老师，永远学不好这门课。事实上，菲同学在美女老师的手下，学习效果很好，天天受表扬！

有一天，美女老师进行模拟考试，让同学们轮流扮员工和Boss，员工吵架，让Boss平息事端。大家表演得非常投入。没想到，太投入了，有一个“员工”和“Boss”，从假吵，发生到真吵，差点打了起来。美女老师当场打分，给扮“Boss”的打不及格。老师说：“你没有平息同事的愤怒，却让自己愤怒起来，这是最坏的Boss！”然后她点菲里普的名，“菲里普，你来，你来平息他们的争吵！”

面对这两个弄假真争、吵成一团的人，菲里普摸了摸头袋，大声说：“嗨嗨，吵什么呢，是不是汉堡吃厌了？明天中午我请你们吃饭！”那俩人一起问：“吃什么？”菲同学说：“我老婆做的中国菜！”那俩人马上不吵了。说到吃，吵不起来了。

菲里普解决纠纷的方法，叫转移法。老师很高兴，给了菲里普一百分，但第二天又改成六十分。为什么呢？因为第二天菲里普根本没请大家吃中国菜，他忘了。老师说，当Boss的说话要算数，说话不算数的人不是好Boss。于是，这天晚上我赶紧补做，做了一大盆红烧鸡爪子，正宗杭州菜。第二天菲里普抱着鸡爪子去培训班，结果，同学和美女老师一看见鸡爪子，哄一下全体逃走。

还有一次，老师给同学们一个回家作业，题目是和家人们一起体验管理学。菲里普觉得这个作业很难完成，家里就他和老婆两个，怎么体验管理学？我对他说：“别担心，亲爱的Boss。现在，我就是你的员工，你想怎么体验就怎么体验！”

菲里普想了想，带员工一起去围鸡院，用铁网围一圈，因为我们的鸡老是被动物吃掉，得把鸡院围起来。他告诉我，我的任务是帮他扶凳子。开始了，Boss抱着一大卷铁网爬上凳子，Boss一百八十多磅，铁网一百多磅，凳子马上吃不消了，左右乱晃，他的员工还不到一百磅，拼命扶也扶不住，于是凳子瞬间倒地，Boss和铁网一起摔了个倒栽葱，员工也被带倒在地。

围鸡院行动失败。Boss很沮丧地说：“唉，我不是好Boss。”

员工说：“不怪你，怪我，我力气太小，我不是好员工。”

Boss非常认真地说：“老师说的，好的Boss，应该知道他有什么样的员工！”

说实话，菲里普培训课的内容很可爱也很可笑，像小孩子玩家家，这叫什么Boss培训？他们真的应该来我家，先在鸡鸭鹅身上体验管理学，公鸡和鹅打群架，怎么管？公鸡强奸公鸭，怎么管？公鹅见人就咬，怎么管？管理我的鸡鸭鹅，比他们的培训课难多了。

两周后，菲里普以优秀成绩拿到毕业证书，这张毕业证书，就是副Boss证书。这天他一进办公室，就被同事们抬了起来，往天花板方向扔，扔得他晕头转向。杰沃坐在那冷冷地说：“我们有副Boss了，雷克好退休了！”“砰”一声，墙壁被人打了一拳，隔壁坐的，就是雷克。

拿到副Boss证第三天，雷克就放松了，马上病假四天。菲里普走马上任，履行副Boss职责。他当副Boss的第一天，他一回到家后我就问：“怎么样，今天当Boss当得好吗？”他神采飞扬地回答：“好极了，不需要到室外干活，待在空调室里指挥，每小时还有三块钱Boss费，当Boss真幸福！”

第二天他回来，我又问：“怎么样，今天顺利吗？”

他笑眯眯地说：“一切顺利！”

第三天他回来，进门时脸色很不好，我吓了一跳，连忙问：“怎么了？今天不好？”

他说：“今天大Boss曼克雷，差点开除我这个副Boss！”

事情是这样的：今天是菲里普当副Boss第三天，他在办公室窝两天了，窝烦了，他想出去干活。但按规定，Boss只能窝在办公室指挥，不许动用工具，不许到现场干活。菲里普是喜欢干活的人，一天不干没事，两天不干忍忍，三天不干忍不住了，浑身骨头痒。所以今天上班后，他就穿上防化衣，和同事一起去核反应楼，修一个重要电脑。结果，最爱打小报告的杰沃，马上向Boss曼克雷报告：“老曼，有情况，我们的副Boss出去劳动了，还用了工具！”曼克雷亲自赶到现场，活捉了菲里普，并对他说：“Boss先生，你不应该在这里出现！”

菲里普只好回办公室，还没坐下，就接到顶头Boss雷克的电话，他说：“菲里普，大Boss很生气，他说了，今天警告你一次，再犯就开除你的职务！”

我听了这个故事，马上对他说：“亲爱的，前面路破了，要修；后面草高了，要割。还有鸡院，要抓紧围，今天又少了一只鸡……”我这样给他布置任务，是想让他在家里多干活，干过瘾，到了公司就不会哭着喊着要出去干活了。

还有一次，菲里普生病，医生开了三天病假。病假的第二天，同事杰米给菲里普打电话，说雷克上班时突然晕倒了，去了医院，现在群龙无首，怎么办？菲里普一听，说了声“我来”，马上换衣服，我拦着他说：“不行不行，你还在发烧呢！”他说：“行行，我行！”开上车奔公司。

菲里普走后，我一直担心，他发着烧，和雷克一样晕倒怎么办？没想到，两小时后菲里普回家了，嘟着嘴巴不高兴。他说，他一到办公室，杰沃就给上面打电话，说菲里普带病上班。人力资源部马上来了个人，向菲里普要医生的上班证明，他拿不出，那人命令他马上滚回家休息。不然，开除Boss职务。

我很奇怪："什么？上班要医生的上班证？"

他说："病假提前上班，必须有医生证明！"

我笑了："好啊好啊，这说明，你们领导好，关心员工！"

他瞪眼睛："哪里是关心员工，是关心他们自己！员工带病上班，要是出了事，他们要被罚款，而且保险费马上升上去！"

我也瞪眼睛："你知道有这规定，干吗还跑去上班呢?!"

他说："我一急忘记了，都怪杰沃这张嘴！"

我说："啊呀，亲爱的，你得长点记性，你当Boss才几天啊，差点被开除两次！"

我嘴巴上批评老公，心里觉得很奇怪。在我们中国，Boss如果下基层，和员工一起干活，或者带病上班，一定会传为佳话，并号召人人学习。尽管很多Boss很不愿意与员工同工，更不想抱病上班，但假装也要"亲自"同工一下，"抱病"一下，这种苦肉计很有用的。述职时这些事就是味精，升官时这些事就是筹码。在美国却相反，你这样做，要处罚你，开除你，这也太奇怪了！

总之，自从菲里普当上副Boss后，雷克三天两头请假，菲里普只好忙着当官。有一天，雷克对菲里普说："我快七十了，想退休了，你做好准备，竞选正Boss。”

那天回家，菲里普脸上又是愁云密布，我问他怎么了，他说，雷克要退休了，他要我竞选他的位置。我一听马上问：“钱多吗？”

他说：“不多，和我现在差不多。”

我说：“钱不多，谁要当Boss呀。”

他说：“福利也没现在好。”

我一听又说：“那谁要当Boss呀！”我这话没错吧，在中国，钱不多，福利不好，谁要当Boss？中国有句话叫“升官发财”，发不了财，谁要当官。

菲里普听我这么一说，马上说：“就是啊，就是呀，当了正Boss，我得天天坐办公室，天天开会，再也不能干活了！”

我一听明白了，菲老公对钱多不多，并不在意，在意的是，天天当Boss，他天天坐办公室，没活干，他会憋死！

唉，这个正Boss，要不要去竞选呢？是有点纠结。

中奖高手

中奖高手是谁？是菲里普。

想发财，想一夜暴富，最好的办法就是中奖！所以，发财梦，及中奖梦人人都有，谁说没有，不是假话就是疯话。比如我吧，自打有了“中奖”这个动名词，就有了浩然的发财梦和中奖梦，有机会必去一拼，兴许能中一百万、两百万甚至一千万呢，谁知道！至于钱怎么用，怎么花，要不要搬家，要不要隐姓埋名，那是后面要考虑的事。

当然，经过一次次失败，一次次洗涤，我终于看清了，发财和中奖的事，都是别人的事，自己永远没份，自己只有嫉妒的份，眼红的份，怨老天不长眼的份。原因只有一个，运气不好，手太臭。但仔细想想也想通了，我要那么多钱干吗呢？花不光带不走！钱不过是个数字，想要数字？把银行的钱都看成自己的不就成了？这么一想，安心了，平衡了，有富足感了，不再做美梦了。

但是，没想到我到了美国后，事情变了，或者说风向变了。我家上方刮过来一枚福星，我家上空福星高照，于是我家频频中奖。当然准确点说，这枚福星不是冲我来的，是冲菲里普来的，频频中奖的事一律发生在他身上。但菲老公让我相信了一件事——我手气很差，是典型的中奖困难户，但如果嫁给一个手气很好的男人，结果是一样的，他的就是我的。

那么频频中奖，是怎么回事呢？

菲里普第一次中奖和听歌有关。菲里普是听歌狂，开车、走路都听，哪怕修车修路割草做木工做泥工，他也会把收音机放在一边，音乐放得震天响，边听边干活，整个林子回荡着收音机的歌声。我喊他吃饭得揪他耳朵。菲里普听歌听多了，听出精了，上世纪、现世纪，所有流行歌曲、歌手，包括歌手的私生活，他倒背如流，年纪一大把了，还是热血沸腾的追星人。

有一天他听歌时，电台主持人说，今天有个特别活动，抢答歌名和歌星，抢答最快最对那位，将获得海岛三日游大奖，包吃包住包门票。菲里普一听，耳朵竖起来了，电台才放了半句歌，他就打电话，只听主持人说，菲里普，恭喜你，你中了海岛三日游！

菲里普回家后向我报告这个好消息，他说，嗨嗨，亲爱的，下周我们就去海岛度假！

菲里普中奖，我当然很高兴很激动。但我也有点不相信，真有这样的好事？打一个电话海岛三日游？就一个名额让我家菲里普拿来了？不会假的吧？菲老公说，电台哪敢假呀，假的话我告他，他要坐牢的！我说，他播过就播过了，你录音了吗？他给你凭证了吗？菲里普说，主持人说了，我们去了宾馆，报上菲里普的名字就行。我一听急了，叫菲里普的人很多，万一其他菲里普冒名顶替去宾馆呢？到时不是会打架？菲里普听了，哈哈大笑，说亲爱的，谁会去冒名呀？

总之，一周后我们就去了海岛，这个海岛叫加尔维斯顿，德州最著名的海岛，最著名的旅游胜地。我们到了加尔维斯顿，找到中奖的宾馆后，菲里普一报上名字，前台工作人员就笑了，大声说："恭喜中奖！"然后告诉我们，我们的三天时间，吃住行，加起来可以消费一千五。我们大吃一惊，一千五，这么多钱，我们怎么花呀！当我们拿了钥匙，走进客房，又大吃一惊，好大的套房，足够住一个班的兵，我们俩怎么住呀！我们的惊讶真不是假装的，我们生活在乡下野林中，过着清淡、简单而安静的日子，突然得到这样的享受，有点惶惶然。

海岛三天，我们俩夫妻逛公园、看电影、吃海鲜，还去海边游泳。加尔维斯顿岛的沙滩很美，海水很蓝，而且全部免费开放，你跑下去跳进水里玩就行了。奇怪的是，玩水的人并不多，海鸥却很多。我游泳技术很差，只能狗刨式刨几米，然后就像秤砣一样沉下去了。所以菲里普不许我去下水，他说，万一他一下子没看牢，我被海浪卷走，是一秒钟的事。吓得我只好坐那玩沙。玩了一天晚上回宾馆，菲里普在宾馆游泳池教我游泳，教了半天教不会，他很惊讶，我学养鸡学种菜一学就会，怎么游泳学不会。说实话，这是我很自卑的一件事，我从八岁就开始学游泳，出国前还请过游泳教练，但依然没学会。

从游泳池里出来我们去泡温泉，泡得浑身通红，像两只大龙虾，这才出水。然后我们再出去吃大餐，中国餐、墨西哥餐、日本寿司、韩国料理……一样样轮着吃，吃得肚皮滚圆才回宾馆。我们这样拼命玩，拼命吃，动力来自那一千五百块钱。我们住在乡下从来没这样铺张地用过钱。其实按我俩的个性，更喜欢坐在海边钓鱼看海鸥，从早看到天黑。

两个穷人奢侈的日子一晃而过。第四天早上，我们去前台结账，三天时间我们大吃大喝大玩共用了一千两百块钱，多下来的三百块，前台如数退还给我们。菲里普说这些钱你们留下吧，工作人员急了，非要给，说你们不拿宾馆会有很大的麻烦。菲里普只好拿下，还签了字。然后给了二十块小费，这个他们收了。真是奇怪，大钱不拿，小费还是收的。

离开宾馆打道回府，我一路上唱歌。中奖是真的，一千五百块是真的，好开心。当然中奖功臣是菲里普，没有他，我这“中奖困难户”没有翻身的日子，便转脸亲了菲里普一口，说：“亲爱的，谢谢你！”他骨头都酥了，连声说：“哇，哇，再来一下！”我就再来一下，然后说：“下次听歌，再赢哦，赢个更大的！”他马上吹牛：“那是一定的，听歌抢答的事，谁快得过我呀！”

我的吻不是白给的，菲里普的牛也不是白吹的，第二次中奖马上来了。

这天，我们去野外钓鱼，路过一个村庄时，看到那儿在搞海鲜节，我们正好饥肠辘辘，马上停车。进去时，每人可以自愿捐五块钱，收钱的女郎说，钱是捐给癌症病人的，为了表示感谢，他们也为捐钱的人准备了十个奖品，请留下姓名和电话。菲里普付了十块钱，拿到两张爱心卡，一张填他名字，一张填我名字，填好扔进箱子。菲里普拍我马屁：“亲爱的，我中了奖归你，你中了奖还是归你，好不好？”我耸耸肩，我不信能中奖，第一，我手这么臭，能中奖要等到太阳西边出；第二，今天来吃海鲜的人成千上万，这十个奖，轮得到我们？说不定根本没有奖，哄哄人的。

我们吃了海鲜回家睡大觉，抽奖的事根本没放心上。第二天晚上，我们正在看电视，电话铃炸响，菲里普接电话，对方问，你是菲里普吗？菲里普说是呀，对方说，恭喜恭喜，你的爱心卡中奖了！菲里普问，中了什么奖？对方说，你自己选，是要免费割一年草，还是免费杀一年虫？菲里普马上说，免费杀一年虫！他的选择很聪明，我们平时割草是不用钱的，只用菲里普的力气；但除虫总是请除虫公司，一次一百二。

菲里普中奖后，杀虫人员频频上门，杀院子里的跳蚤，杀房子里的蟑螂，一年时间杀了七八次，蟑螂、跳蚤死光光。菲里普怕蟑螂，我怕跳蚤，这么一来，我们很有安全感。唯一副作用是，杀虫太频繁，我家的黑猫脸色不太好，估计是药水过敏。

菲里普再一次中奖，是在我们的结婚纪念日。那天他带我到一个叫“K2”的牛排店吃大牛排，吃完牛排出来，我们看见桌子上放了一叠卡片，卡片说明写着，只要填上姓名、住址、电话，就有机会抽奖。我和菲里普都填了一张，扔进了箱子。没想到，过了三天，电话来了，

K2打来的，正好是我接的，对方说，说恭喜恭喜，菲里普中奖了，请他来接电话！我把电话交给了菲里普。菲里普问，我中了什么奖呀？对方说，周六晚上，在K2免费吃饭，可以带四名客人。不过有一个条件，吃饭前先听一个消防讲座。

又中奖了！这个好消息，让我又高兴又嫉妒，我也填了一张卡的，怎么就没中！同时也奇怪，为什么要听消防讲座？但不管怎么样，有得吃牛排，有得听讲座，真是太好了，我正想学习消防知识呢！问题是，带谁一起去呢？家里就我和菲里普两个人。对了，叫安妮，还有菲里普的妹妹和妹夫，这么好的事不应该忘记他们。

于是，菲里普给他妈、他妹打电话，她们听了当然高兴，都很想来，但都来不了，她们周末要出去野营。巧的是，周六这天，添带着女朋友朵朵回来了，这两个小朋友还在长身体，很会吃，一听有得吃，马上举手当志愿者，于是我们四人浩浩荡荡开往K2，坐进了包厢，先听消防讲座。一起听的，还有七八个人。讲课的人精神抖擞，口若悬河。讲座听了一半，我们都弄明白了，这个讲座的目的，是卖消防报警器，就是着了火会叫、会喷水的那种。

听完讲座，每个人吃了一顿免费大餐，然后所有人心满意足，抹抹嘴，拍拍屁股走人。没人买报警器。我心里有点过意不去，我对菲里普说，他们为了卖东西请我们吃大餐，还很辛苦地为我们讲课，但谁都不买，他们不是亏了吗？菲里普说："哪会亏，用这办法打广告最好了，你传我，我传他，很快大家都知道了！"我一听，心想对呀，我要是把这个故事写进书里，连中国人都知道了，这顿饭他们一点没白请。

白吃人家一顿大餐后，不到一个月，菲里普又中了一次奖。这次中奖，让我对他彻底刮目相看，也对美国刮目相看。美国真好，天上会掉馅饼，我接不到，菲里普接到了！

事情是这样的，休斯顿有家店，叫Bass Pro Shop，卖户外用品的超市，里面的东西全和户外活动有关：钓鱼打枪狩猎野营……这是菲里普最爱逛的超市。那天，我们去逛Bass Pro Shop时，迎面走来一个女孩，手上拿着一叠纸，她笑容可掬地说："你们好，我是市场调查员，请帮个忙，回答我几个问题，就几分钟。"

我最讨厌这类调查员了，他们调查到最后，会向你兜售产品。但菲里普是个绅士，而那女孩也长得漂亮，他马上停下来接受调查。女孩边问边记录，做什么工作、每小时多少收入、有没自己的房子、有没有存款、喜欢哪类户外活动、下一步要到哪旅游……连一个月花多少钱买猫粮狗粮都问，总之，我们的家底都让她刨出来了。

调查结束，女孩说："太谢谢你们了，现在有个抽奖机会，不知道你们有没有兴趣？"

菲里普问："什么奖？"

她说："一等奖是奥兰多三日游，二等奖是全自动步枪一支，三等奖是瑞士军刀一把。"

菲里普一听，就对我说："我要枪，你呢？"

我说："我要奥兰多！"

奥兰多在佛罗里达州，美国最漂亮的沿海城市，有著名的海洋公园，著名的迪斯尼乐园，著名的赛车跑道，著名的航天发射台，我早就想去了。

接下去，菲里普开始填表，填上他的社会卡号、信用卡号、驾照号，除了照片，他的个人信息都在上面了。那女孩收了后说了声“中了奖通知你们，再见”，便跑向另一对夫妻，那对夫妻马上对她摇手：“不不不！”拒绝调查。女孩很尴尬地走了。

我对菲里普说：“亲爱的，你什么都告诉她，万一她是骗子怎么办？”

菲里普说：“不会呀，她很可能是学生，也可能是志愿者，这事我也做过。”

我说：“万一呢？现在骗子满天飞呀。”

他说：“林，你说得不对，现在好人满天飞。”

好人满天飞，天上难道就不会掉下来一个坏人？就不会刚好砸我们头上？

一周过去了，一个月过去了，半年过去了，中奖的事没任何动静。一年后，我早把奥兰多忘了。有一天下午，电话响了，菲里普正在上班，我接的电话，对方的英语很粗糙，粗糙得我听不懂，只听懂一个词“信用卡号……”我马上把电话挂了，凡是和钱，和信用卡有关的，一律不接！不和陌生人说话！

结果，那人接二连三打电话过来，我都是“Hello”一下搁机。最后一次，他没提信用卡，只是说：“嗨，甜心，你家大人在吗？”他竟把我当成小孩了！后来他再打来，我干脆不接了，让他语音留言。

菲里普回家后，我告诉他今天好烦，有个人打了好几次电话，问信用卡号。菲里普就去听留言，听完后仰天大笑：“中了中了！”那副激动的样子让我想到范进。我瞪大眼睛问：“什么中了？”他说：“奥兰多！我们要去奥兰多啦！”我还是没反应过来：“什么奥兰多？”他说：“傻丫头，忘了？ Bass Pro Shop，那个女孩！”

这下我想起来了。天哪，我们中奖了，一等奖！那人打电话问信用卡号，是想核对信息、确认身份！

我兴奋得跳了起来，勾住菲里普的脖子，叭叭叭亲。我平时不主动亲他的，除非太高兴。今天就是太高兴。人怕入错行，女怕嫁错郎，我一点没嫁错，嫁了个男神，福将，中奖高手！亲爱的奥兰多，我要来了！

但我们没有马上去奥兰多，我们先去欧洲骑摩托车，骑越阿尔卑斯山。

从欧洲回来后，我们才去了奥兰多。

飞到奥兰多，我们的指定宾馆，是一个夏威夷式的度假村，非常美，里面有椰林，也有沙滩，有大大小小的嬉水池，有五花八门的小吃店，有穿比基尼的女人走来走去，有手拿一支啤酒的男人走来走去。

我们办入住手续时，前台人员说，恭喜中奖，你们在度假村吃、住、玩都是免费的，外面的公园门票也可以报销。我们听了，感觉就像上次去岛上一样，惶惶然的。这时听对方又说，明天上午，这里有一个知识讲座，不知道你们有没有兴趣参加。

我一听就向菲里普摇头。听讲座，说不定又是卖东西，我们在奥兰多一共才三天时间，哪有时间听讲座。这时，那工作人员说：“听完讲座，人人有机会抽奖。”

一听有奖好抽，我马上问：“什么奖？”

他说：“墨西哥七日游。坐豪华游轮。”

菲里普问：“有多少名额？”

他说：“三个。”

我和菲里普对视了一下，心心相印，一起回答：“好，参加的！”菲里普当下填表。填好表，我激动地对菲里普说：“天呀，亲爱的，墨西哥七日游，坐豪华游轮！明天抽奖看你的了！”他说：“你也抽呀，人多机会多！”我谦虚地说：“我呀，我不行！”抽奖的事，我不谦虚也不行，命中注定的，我和中奖无缘。

第二天，我们心甘情愿牺牲半天时间，去听讲座。讲座现场就在度假村，在一个很豪华的会馆。进去后我们就傻眼了，听讲座的人黑压压一片，至少有三百多个，都是冲着墨西哥七日游来的。我马上灰了心，这么多人，就三个名额，菲里普抽得到吗？他手气再好，也不可能次次好呀，那他真的是神仙了，神仙也不一定次次中奖吧。

三百多号人排排坐，讲座开始了，主讲的是一个非常英俊的小伙子，他说他叫罗伯特，今天为大家主讲，主题是如何打造未来生活。然后，他直截了当地提问：“请问各位，你们热爱旅游吗？”“热爱！”回答很整齐。小伙子在投影仪上，打开了一张世界地图，提了第二个问题：“请问你们去过哪些国家？”这下回答不整齐了，有的去过法国，有的去过英国，有的去过中国。于是第三个问题来了：“你们还想去哪些国家？”回答更不整齐了，乱哄哄一片。这时，听到有人很清脆地说：“我想周游世界，还想去火星呢，就是没钱呀！”引起全场哄笑。

我严重怀疑说这话的是托儿，因为罗伯特马上接了话头，他说：“对呀对呀，钱是大问题！怎么样把一分钱，分成两分用？而且享受终身？我要告诉你们一个好方法，买我们公司的客房积分套餐！”

所有人顿悟，他是来卖客房积分的！

罗伯特说：“花两万，可以买十年的积分；花两万五，可以买二十年的积分；花三万，可以买三十年的积分！拥有积分，不管你到哪里，都能用低价享受高价服务；拥有积分，你就拥有精彩旅途！我们不要把钱留在银行，把自己留在家里，我们要走出去，要享受风景，要为自己的未来，列一份完美的时间表！”他的话很煽情，大家可着劲鼓掌。于是，罗伯特帮大家做数学：住一天宾馆，消费三百块，十天就是三千块。如果每年旅游一次，十年就是三万块，三十年是九万块。如果今天买下三万块的积分套餐，享用三十年，省多少？省六万！

罗伯特的账一算，大家大吃一惊，好几个人叫了起来：“真是好主意，我要买！”

我向叫的人看了看，认为他们也是托儿。很明显，今天的讲座就是卖客房，三万买三十年，听上去并不凶，问题是，你会每年都出国吗？就算是，你愿意每次住相同的宾馆吗？还有，你能保证你还能活三十年？万一中间死了呢？你的钱就扔水里了。这种积分套餐，就像健身卡，一千块买一万块，听上去好合算，但新鲜劲一过，宁愿胖成猪也不肯健身了。我在杭州就有这样的经历，买了张洗脚年卡，洗了三次不想洗了，年卡不能退也不能转，只能作废。这事还没人好怪，怪就怪自己一时冲动。

总之，我对这个讲座不再感兴趣，我只对一件事感兴趣：抽奖，墨西哥七日游。

讲座结束，罗伯特把听课的人分成几组，参观客房，都是豪华版的，看得每个人笑容满面，这么高级的客房，买了积分半价就能住呢！如果每年都出国旅游，买个积分真是个好交易。

看完客房回会馆，一家一家坐进了单独的包厢，每个包厢分配一个工作人员，主要目的，动员大家掏腰包买客房积分。陪同我和菲里普的，是一个黑头发的巴西小伙子，他对我们可热情可殷勤了，又是端茶端水又是送水果。

菲里普对小伙子说，买积分的事，让我们再想想吧。小伙子说，别想了，今天签能打七折呢，过几天就没这个折了。菲里普说，我银行里没三万块钱呢。小伙子说，你也可以买十年积分或二十年积分的。菲里普很清楚地告诉他：我们出国，主要是回中国，到了中国我们不需要住宾馆；就算不回中国，如果我们旅游，我们都选择摩托车旅游，也不会住你们的宾馆，谢谢你。

小伙子盯着我问："漂亮女士，你怎么想？"

我说："我和我先生想的一样。谢谢你。"

小伙子表情失望，低头不语。我生怕他把水果拿走，接二连三往嘴巴里塞，小伙子“嗵”地站起来，又端来一盆水果。尽管这样，我们还是不买他的账，只是不停往肚子里塞水果。

小伙子很失落，他今天没有成绩。我心里在担心，会不会不签合同就不能抽奖？直到罗伯特宣布，凡是与会者，一家一票，都有资格抽奖，我的小心脏才放下来。

抽奖了。抽奖的地方有两个窗口，左边窗口，放着一个抽奖箱，里面有一大叠信封，墨西哥七日游，就在某某信封中。右边的窗口，是让抽到奖的人拿船票的。

三百多个人依次排队抽奖，我和菲里普挤在中间。队伍没走多久，就听到前面爆发出狂欢，有一家抽到了，他们欢天喜地冲向右边窗口，拿他们的船票。快轮到我们时，又听到一片欢呼。现在，只剩一份船票了。终于轮到我们抽了，我不动手，让菲里普动手。菲里普动作很快，伸手抽出一只信封，打开一看，很淡定地对我说：“亲爱的，我们要去墨西哥了！”这下，轮到我狂欢了，尖声大笑，拖着菲里普往右边跑，拿到了我们的船票。

后面的队伍就像挨了炸弹，轰一下子散了。

就这样，菲里普没费一枪一弹，再次中奖！

接下来的两天半时间，我们在奥兰多狠狠地玩，狠狠地吃，然后拿着我们的战利品——墨西哥七日游，心花怒放地飞到了德州，回到我们静静的林子，过我们静静的生活。我们的大部分日子是静悄悄无浪花的，但偶然跑出去潇洒一下，感觉像做梦一样美好。

你说我要不要对菲里普刮目相看？

我们的墨西哥七日游选择在冬天，冬天是墨西哥最好的季节，相当于我们的海南，天气晴好，鲜花盛开，海水温润。

我们的墨西哥七日游，来回加起来其实有四天在豪华游轮上。游轮的名字叫“凯旋”(Triumph)，它停泊在美国，但并不属于美国，属于大西洋上的岛国巴哈马，轮船公司的名字叫Carnivalrte，所以船上高高飘扬着巴哈马国旗。“凯旋”有三百米长、三十层高，顶上有一条巨大的鲜红的鲸鱼尾巴，向天空高高飞翔，模样俊俏壮观。“凯旋”能容三千人，其中游客两千人、服务人员一千人，就是说，一个船员伺候两个客人。

“凯旋”是我见识过的最不可思议的游轮。游轮上有二十几种不同国家的餐饮，有好几个豪华主题餐厅，还有图书馆、科技馆、电影院、歌唱厅、篮球馆、游泳池、高尔夫球场，所有这些都免费享受。你可以不停地吃，不停地玩。

游轮上的四天时间，我和菲里普基本上都泡在游泳池，我可着劲想把游泳学会，菲里普也可着劲教我。游轮上有八个游泳池，玩的人当然很多，我就在八个游泳池之间跑，哪儿空往哪儿跳。这样玩了四天，游泳还是没学会，还是刨几下就往下沉，我真切怀疑我前生是一只秤砣。不过，在老公的精心教导下，我终于学会了仰面漂，就是像鱼一样漂在水上，只有鼻孔露在外面呼吸。这个进步让我欣喜若狂，从此一下水就肚皮朝天漂。但我的教练并不高兴，他说：“这样漂，在大海里还会淹死，你得游，游才能逃生！”我听了动手动脚游，呼一下，秤砣又沉到水底。

可能你会想，“凯旋”游轮这么好，有吃有喝有玩，又样样免费，游轮靠什么赚钱呢？船员不会饿死吗？我也有过这个疑问，但很快找到了答案。他们靠什么赚钱？靠赌场！秘密就在这里，这个挂着巴哈马国旗的游轮，一出美国领海就成了十足的赌船。一大半上这个游轮的人，目的就是赌钱，他们背着炸药包一样的现金包，进了赌场就不出来了。“凯旋”因此获得大笔佣金。一个船员伺候两个客人，真不是白伺候的。

所以这个游轮上，最有人气的地方就是赌场。我在水里扑腾时，很多人正在赌场扑腾。

有一次我们玩好水，换上了正装到赌馆参观。这个地方必须穿正装才让进。走了一圈，我眼红了，我对菲里普说：“亲爱的，你手气好，玩一次吧。”但是他不肯，他说他是基督教，不能赌博。他不敢赌，我更不敢赌了，我不是怕上帝生气，是怕我的手气太臭，赌光了下不了船。但赌博机上，那一捆一捆的美元实在让人流口水。我忍不住又说：“亲爱的，我们就玩一点点，玩最简单的吧！”他说：“我知道你要我犯错误！”我说：“好吧，我玩，你别玩！”

在这个地方，只有铁人才能抵御钱的诱惑，我不是铁人，我是肉人。于是我花了十块钱买了十个筹码，找了一台没人玩的老虎机，一个币一个币扔，扔掉了九个，没赢到一分钱。我把最后一个币塞到菲里普手上，我说：“帮帮忙兄弟，帮我把十块钱赢回来。”他看也不看，“咣”一下把币扔了进去。其实我并没指望他赢，我扔了九次没赢一分钱，他扔一次能赢？但事情就这么发生了，就听机器发出一阵悦耳的声音，美丽的数字跳出来了，他赢了两百八十块！

我眼睛瞪圆了，心跳了，马上跑去买酒请菲里普喝。船上什么都免费就是酒不免费，而且很贵，一支鸡尾酒十五美元。菲里普其实早就想喝酒了，但心痛钱一直忍着，现在有酒喝了，咕噜咕噜一口气喝光。酒喝了，脸红了，财大气粗了，他问我："亲爱的，不是有钱了吗，要不要再赌了？"我说："赌！"我请他喝酒就是等这句话。

结果呢？你一定猜到了，我不但把两百八十块又赌没了，还亏了五十块。

哎，想起一句歌词：你像雾像雨又像风，来来去去还是一场空……手气差的人越想钱会越丢钱，还是不想为妙，不想至少不会丢钱，不丢钱就是赢。与臭手们共勉。

总而言之，我到美国八年了，菲里普总是频频中奖。虽说他没中一百万、一千万，但我很开心满意了，钱花不光带不走，要一千万干吗呢！再说，他为我中来的快乐，远远超过一百万、一千万。我说这话发自内心，绝对不是精神胜利法。

如果要用"不但而且"造句，我一定会造：菲里普不但是一个神仙，而且是个大神仙！不是神仙，怎么会频频中奖呢？

文章写到这，准备收尾了。但又一件事发生了，两天前我去路边信箱拿信，拿回来一张广告，是汽车店的广告。广告的台头赫然印着菲里普的名字，还有一句话："菲里普，别错过这次机会！"广告印消费者的名字我看得多了，这是美国人做广告一个手段，给你的感觉，这张纸就是为你印的。但"菲里普，别错过这次机会！"吸引了我，什么机会？我仔细看，看到广告的背面还有一行大字：“菲里普，快玩刮奖游戏！”下面有一行说明，说如果刮出六个七，是一等奖，奖55英寸电视机一台；如果刮出六只橙子，是二等奖，奖苹果IPAD一只；如果刮出六串樱桃，是三等奖，奖二十五美元餐券一张。

看懂后，心跳了。这些日子，菲里普一直在念，要买台超大电视机，配上大音响，配上按摩椅子，造个家庭影院。因为我们在杭州时，在一家好朋友家里享受了这样的家庭影院，他念念不忘，很想攀比一下。

菲里普下班了，我把这张广告捧给他看，他看了一眼就说：“骗人的，这种纸我拿多了！”我说：“你没刮开，怎么知道骗人？”他说：“你刮吧，肯定刮出六个七！”我不相信：“为什么？”他指指他的名字：“这样的广告人手一份，人人中奖，刮吧刮吧，不是六个七我头割下来！”我眼睛白白他，他头割下来，吃亏的是我，我老公没头了。

他不肯刮，只好我刮了。用力一刮，我的妈呀，果然是六个七！

菲里普说：“看见了吧，我没说错吧？仔细看，肯定有个地方说，如果你中奖了，要先签买车合同，然后领奖。亲爱的，你要买车吗？”

我低头找他说的事，找来找去没找到，我说：“没地方说必须买车才能领奖，说不定这奖是真的！”

菲里普说：“肯定假的！我找给你看！”于是，他帮我找，从上找到下，再从下找到上，正面反面都找过了，都没找到。他也奇怪了：“这次他们骗人，骗得有技术含量呀，连我也找不到。但肯定是骗人的！”

我说：“万一是真的呢？你打个电话问问！”

菲里普嘿嘿一笑:“亲爱的,电话打过去,对方会说,是呀,你中奖了,快过来拿!”

我说:“快打呀!”

菲里普被我逼得没办法,只好打电话,对方开口说:“是呀,你中奖了,恭喜恭喜,快过来拿!”和菲里普说的一样。

菲里普问那人:“我中了六个七,广告上写着,六个七是电视机,是不是真的?”

对方说:“当然真的,快过来,电视机是你们的了!”

这下菲里普有点疑惑了。他看着我说:“汽车店一向会骗人,可这回我找不出他们骗人的破绽,好像,好像,我真的中奖了,大电视机!”

我说:“什么呀,是我刮出来的,是我中的!哈哈!”马上倒酒庆祝,不是为菲里普这个神仙,是为我这个神仙!天呀,我怎么也变神仙了呢,是不是和神仙一起住久了,传染上了?

我在欢呼胜利,菲里普还在摇头:“不可能不可能!先别高兴,周五我陪你去一趟!”

周五到了,菲里普休息了,我们一早就向汽车店奔,它在很远的一个小镇,得开一个多小时的车。快开到时我们还迷了路,只好打开手机导航,凭着导航,总算找到了汽车店。车还没停稳就冲上来三个店员,菲里普“啊哦”一声,说:“看看,狼扑上来了,要你买车了!”

下车后,三个店员陪我们进店,一个倒水,一个拉椅子,一个找经理。经理来了,胖得看不见脖子,他往我们面前一坐,像山那么一大座，我连忙把中奖联给他看，我说：“我们的数字是六个七，六个七是电视机，我们是来拿电视机。”

经理笑了笑说：“别急，是你的奖逃不掉！先填张表吧，我帮你们填！”

填表时，他问一句，菲里普答一句，都是关于车的，家里有多少车，多少年份，多少公里数……填好后，胖经理拍拍菲里普的肩膀说：“兄弟，你家的车都旧了，还都是手动挡，这年头谁还开手动挡？都快普及无人驾驶了！”我听了很不服气，插嘴说：“赛车比赛都开手动挡！”经理哈哈大笑：“难道你们开赛车去上班？去买菜？哈哈，该换了该换了，朋友，今天我们在搞大减价……”他哇啦哇啦开始做广告，我用眼睛暗示菲里普，菲里普打断经理：“对不起，我今天不买车，我是陪妻子来领奖的。”

经理如梦初醒般，大声说：“对对对，这是大事，让我看看……”他看了看我的对奖单，说：“六个七的意思，是你们中奖了，但按规则，还得加另一组数字，两组加起来才算中奖，但你们中奖联上没有这组数字。所以，哈哈，对不起。”

菲里普问：“你说的规则写在哪？我怎么没看到？”

经理用笔尖一指，在广告纸最底下，有一块墨，我们仔细看，还是一块墨。经理拿来放大镜，往墨块上一照，照出了一堆字。我是做过报纸的人，一看这堆字就知道是八号字，合法字体中最小的一种，比跳蚤还小一半。难怪昨天菲里普没找到，谁能看到半个跳蚤？那真成神仙了，而且是千年神仙！

我“唉”了一声，咬牙切齿地说：“我还以为我中奖了，原来是骗人的！”

经理一听马上说：“没骗你呀，规则都在纸上写着呢，是你们没看到。再说，你是中奖了呢，规则上不是说，凡是到店里来参观的，每家奖二十五块餐券！给！”说完，扔给我一张二十五块餐券。

好歹，我破了盛某人记录，中奖了，中了二十五块餐券！

回家的路上，我们肚子饿了，想用掉这张餐券，手机上网查，查到了餐券的指定饭店，并看见了饭店的广告，大意是：凡进本店的客人消费后均可获二十五块餐券。已有赠券不得单独使用的，必须先消费。

既然这样，我们要这张餐券干吗？

还以为我千辛万苦，中了点什么，原来屁都没中！

唉，屁也没中，就拿这句粗话，当这篇文章的结尾吧。

想住河边

记得我刚到美国时，想吃鱼想得要哭。

我们沃顿的超市没鱼吗？鱼是有的，但活鱼没，全是死鱼，而且都是冻鱼，冻得石头一样硬，眼球挖出来可以当子弹射。而且这样的冻鱼没头也没皮。我热爱吃鱼头和鱼皮，我吃鱼头是这样吃的：先吃脸颊，再吃嘴唇，再吃下巴，再吃眼球，最后把脑壳咬开，轻轻一吸，满嘴琼浆玉液……天啊！我吃鱼皮是这样吃的，得把鱼红烧，烧得红亮红亮，然后小心剥皮，沾满红烧汁，用筷子夹住，轻轻摊到舌尖，一定要摊，不能卷，充分感受鱼皮的肥腻和香软，然后闭上眼睛，慢慢吞下去，胃里便升起一股香柔……天啊！

但我到了沃顿既没鱼头吃也没鱼皮吃，你说我要不要哭。我是杭州人，是吃鱼长大的，或者说，是鱼看着我长大的。因为我老爸差不多每周都出去钓鱼，钓回来的大包头、大鲫鱼、大鳊鱼，它们眼睛圆又大，我看着它们，它们看着我，互相看了很多年。所以说，是鱼看着我长大的。

想吃家乡的鱼。我这份相思之苦，菲里普看在眼里，记在心里，为了让我吃到有头有皮的鱼，而且是活鱼，他经常带我去钓鱼。但我们运气很差，钓半天钓不上半条。倒是那些开小船兜风的人，一边兜风，一边钓鱼，不断有鱼扑上去咬钩，有鲶鱼、鳜鱼、鲈鱼，那鲈鱼的嘴巴大如牛，眼睛圆如珠。这么好的鱼，他们却拍个照，扔回水里。看得我好心痛。

于是我梦想有条船。我对菲里普说："亲爱的，我想要条小船，开着小船钓鱼每天就有鱼吃了。"

菲老公接令，上网寻寻觅觅，果真寻了条小船，十五马力，四人座。虽是二手货，旧得一塌糊涂，但不管怎么说，这是条船！船到手后，我们一到周末就把它拖到河上，先兜风，再钓鱼。钓到鱼了吗？哈哈，钓到啦！少时五六条，多时十几条，钓上来的大部分是鲶鱼，美丽无鳞的河鲶，肉鲜嫩，皮滑软，从嘴里爱到胃里。

总之，有船真好，有真正的鱼吃了。我从来不认为美国超市里的鱼是真正的鱼。

玩了两年小船，我又不开心了，嫌船太小，太简陋，开快一点怕翻船，多上一个人怕翻船，钓到鱼一激动更怕翻船，想上WC还得上岸找树丛，然后做贼似的猫下。虽然没人看我，但牛啊羊啊在看我。有一次我刚蹲下就看到一条花蛇，它很色地瞪着我，吓得我提上裤子就跑。还有呢，小船没大船厉害，那些大船丰胸肥臀，从我们身边过去时，会把我们挤一边，激起的浪花让我们的船乱晃好几分钟。关键问题是，在小船上钓鱼，钓多了没地方放，得急急忙忙收竿回家。

于是我梦想有条大船。我对菲里普说："亲爱的，我想要条大船，开大船钓鱼！"

于是，这一年圣诞，菲里普送我的礼物就是一条大船。这条船七十五马力，有地毯有沙发有音响有太阳篷，能坐十二个人，最给力的是，还有厕所，还有氧气池！这个氧气池，一次能养上百条鱼！

这下，我就像《渔夫和金鱼的故事》中，渔夫的老太婆，重新开心起来。开开心心，开着大船到河上钓鱼，碰到小船，就把它们摇得要翻船；碰到大船，互相摇，打成平手，谁怕谁呀！玩过瘾了，太阳篷一撑，鱼线一扔，零食吃吃，饮料喝喝，脚搁得舒舒服服，开始钓鱼。

那只小船呢？被老太婆送人了。老太婆有大船了，还要小船干吗呀！

但大船玩了没多久，渔夫的老太婆又不开心了。这船虽大虽好，但自从上了这条船，就没钓到过鱼！钓不到鱼，船再大有什么意思啊，我的目标是有鱼！我要吃鱼！像杰顿一样，想吃鱼就吃鱼！

杰顿是谁呢？是菲里普的同事。杰顿最近买了一个大庄园，一千多英亩，他做了大地主后，又是建马场，又是建牛场，还建羊场、鸡场。他有这么多地，想建什么建什么。其实，地大地小我不眼红，我家五英亩地，活动范围也就房前房后，大部分树林让给浣熊野鹿野兔享受。让我眼红的是，杰顿的地，边上有条大河，他的房子是临河而居，他一出门就见河。最让我眼红的是，那条河一百多米宽，离出海口很近，一涨潮就有海鱼、螃蟹往里灌。杰顿晚上把鱼钩放到水里，第二天就能收获一串。他想收获螃蟹更容易，水里放一只大铁笼，螃蟹只进不出，第二天拎起来就是一笼蟹兵蟹将，咕咕咕在集体吐泡。气人的是，活蹦乱跳的鱼、螃蟹，杰顿并不吃，全给狗吃，他有一大堆牧牛狗。当然，狗吃不光时，他就送人吃，比如送给我吃。

吃了几次狗剩下的“嗟来之鱼”，渔夫的老太婆心理严重不平衡。凭什么啊，他杰顿可以住在河边，有源源不断的鱼，有源源不断的蟹，而我们想吃鱼蟹，得辛辛苦苦，驾着大笨船去钓，还钓不到！

于是，老太婆开始做新梦，梦想住到河边去。

梦想有一幢小木屋，不用很大，能塞下我们夫妻俩就行；边上有一条河，不用很宽，有鱼就行；河埠也不需要很大，放得下两张椅子就行。我们两口子河边坐坐，酒喝喝，鱼钓钓，要求不高，每天钓两条，公平合理一人一条。钓什么鱼也无所谓，只要有鱼头吃，有鱼皮吃，足矣。

这个要求，算不算太高？这个梦想，算不算太难？

于是，渔夫的老太婆在老头子耳边唠叨：“亲爱的，我想住河边，天天有鱼吃！”

于是，老头子也到单位去唠叨：“我老婆说，想和杰顿一样，住到河边……天天有鱼吃。”

他的同事听了，一起说：“想吃鱼还不容易，住杰顿家去！”

住到杰顿家去，这叫侵略，或叫寄人篱下，都不靠谱。最靠谱的，自己去找，找河边房！这是老太婆给老头子的命令。

老头子接令，开始寻寻觅觅找河边房。可怜的他，谁叫他摊上个嗜鱼如命的老婆。

有一天老头子回家时神情很兴奋，他说："亲爱的，杰顿说，他知道有一块地在出售，紧贴着河，一百英亩，每英亩卖一千块钱！"我一听，打开电脑和他一起看航拍图。看到了，这一百英亩地，由一片草场和一片绿林组成，绿林尽头是一条河。一百英亩，一千块一亩，十万块就能买下来。在林子里造幢新房子，四百平方米左右，十五万够了。买地造房，一共才二十五万。如果把我家现任房子和林子卖掉，能卖二十万。这样，只要向银行借五万，我们就能住在有林、有河、有鱼的地方了。

我们马上去看那一百英亩。从我们狼道开过去，车程五十分钟。到了目的地跳下车一看，我吓了一大跳，我真没想到，一百英亩地有这么大，根本看不到边，放眼看去，绿草茵茵，芳菲斗艳，大树参天，美不胜收。我们从一条羊肠小道，走了很久，才走到边上，这儿有条河，河不大，十来米宽，但很漂亮，水晶晶，草绿绿。重要的是，不断有小鱼跃出水面。

我开心地说："亲爱的，这地方好，我很喜欢！又安静，又美丽，有河有鱼！"

菲里普说："是呀，这地方简直太令人惊讶了，我们早就应该住到这里来！"

我说："亲爱的，我们把房子造在河边吧。"

菲里普说："还是造林中吧，我会修一座阳台，一直通向河，你可以从阳台直接走到河边。我还会在河边修个浮桥，我们就在浮桥上钓鱼！”

我听了快乐地说：“那船呢？船库造哪？”

菲里普大声说：“船放河里呀！这条河是我们的了，想放几条船就放几条船！”

我一听，对呀，我们有河了，干吗还要船库！

菲里普说，房子造好了，再造个大车库、大SHOP。我补充说，还要造个游泳池，水直接从河里抽。如果不小心把鱼也抽上来了，我就和鱼一起游，游累了，就把鱼丢进烤炉，上面撒白胡椒、黑胡椒，再浇上柠檬汁。天呀，这将是多么灿烂的生活，多么浪漫的生活！

展望未来，我们激情荡漾。

林子里很静，只有我们的说话声、脚步声。四周围也很静，根本没有车声、没有人声。密林子中间有很多小溪流，水声汩汩。还有很多小水潭，那些暴露的老树根，韵味十足，浸润在水潭中，走过去，能看见人和树的倒影。这个林子比我们家的林子大得多，野得多，美得多。

我忍不住想，这么野的地方，这么静的地方，住久了我会变成野人，野人拿着枪打猎，野人拿着渔叉捉鱼，太好了，我要写一本书，叫《野林记》。这个“林”，不光是野林的林，也是盛林的林。朋友们看了我的书就会惊叫，盛林怎么从一个淑女，蜕化成野林野人、捉鱼狂人了！

正在畅想、梦想时，头上飞来一群秃鹰，飞得很低，能看到它们的光头，有两只贴着我头皮飞过。我知道秃鹰来了，附近肯定有尸体，它们的鼻子很灵。尸体在哪呢？我东张西望。这时菲里普向我喊："亲爱的，别站着不动，它们会以为你是死人！"吓得我连忙原地跳。菲里普继续吓我："有人在野地打瞌睡，还来不及醒，被秃鹰当死人吃掉了。"我一听，狂跳，边跳边挥手。

菲里普拉着我，在我们的一百英亩的林子里走，差不多走了半小时，走得汗流浃背，总算把它走完了。这一圈走下来，我们对这一百英亩地有了冷静的、综合的评价。是的，它有很迷人的灿烂的优点，但也有很致命的很要命的缺点。

第一个缺点，太大。树林四十英亩，荒草六十英亩。树林大可以当氧吧，但草地这么大，割草会把人割疯。不割草养牛羊当然是好主意，但屎尿遍地我们会被臭死。再说菲里普上班后，这牧场主就得我来当，我哪有力气伺候六十英亩牧场！重要的是，我们想住河边，是想吃鱼，不是来伺候牛羊，闻臭气的。

第二个缺点，太低。那些诗情画意的小溪流，小水潭，其实都是涨水后留下的纪念品。河里鱼肯定多，但发大水的话，我们就有机会到水里做鱼了。这里离海很近，刮飓风或龙卷风了，我们就有机会上天做鸟了。

第三个缺点，河太窄。这是最大的缺点。这条河才十几米宽，涨水很容易，开船就不容易了。我们非得把大笨船卖掉，重新买条小船，渔夫的老太婆得回到从前的日子。老太婆不干！最重要的是，河大鱼大，河小鱼小，这是鱼的生存规律，这么小的河，怎么实现我吃大鱼头的理想?

这么一总结一归纳,我们俩意见统一了:地很大,地很美,地很便宜,但这一百英亩,更适合养牛人家。其实我们想要住的地方,有河,有鱼,有一两英亩林子养养鸡就够了。

于是,我们狠狠心,离开了这一百英亩。

但自从看了“一百英亩”后,渔夫的老太婆胃口吊上来了,催老头子催得更紧了:“老头子,快去找房子,我要住河边,天天有鱼吃!”

老头子赶紧出门,到外打听,哪有河边房“For sale”。一旦有了消息,有了目标,他马上领老太婆去看。但事情并不顺利,看了好几次,都没成功。

不是没好房子,好房子有,有一片富人区,站着两幢“For sale”的房子,都是一千多平米,前后草坪大得能打高尔夫球。最牛的是后院,直接连着河,河边修着很专业的防水堤,防水堤外是很专业的钓鱼埠,钓鱼埠有很专业的钓鱼灯、钓鱼篷、钓鱼架和洗鱼池。水边停着快艇、游船。这么好的房子,这么好的地方,我们两个世面见得很少的穷人,一边看一边直流口水。

但这么好的房子,我们看几眼就退出来了。一方面,这样的房子要五六十万,我们没钱。另一方面,这样的房子一不许养鸡二不许种菜,我受不了;这样的房子也不许搭工棚,工棚就是SHOP,菲里普受不了,他一天不干活会憋死。所以我们决定,这样的房子白送我们也不要,人穷志气高!

那么,有没有能种菜、能养鸡,又能搭工棚的河边房?也有。有一幢“For sale”的房子，就在刚才的富人区边上，两百平方米的吊脚楼，环境很漂亮，地也不小，有三英亩，而且边上就是河，只卖十一万。但吊脚楼很破，吊脚的“脚”全烂了，房子在上面放着，风一吹就吱吱咯咯响。当然这不重要，房子破可以修，也可以推倒重造。重要的是，这个地方，比一墙之隔富人区足足低十五米，这就意味着，如果下暴雨，富人区的脏水都往这里流；如果涨大水，河里的水首先往这里灌。而且住在这里很有心理压力，十五米之上就是富人，他们居高临下，傲气十足。我并不怕他们傲，有什么好傲的，他们不一定比我活得长。我怕的是，他们地势这么高，万一哪天来个塌方，来个泥石流，我们就给活埋了，一万年后就是化石了。

看来看去，渔夫的老太婆得出了结论，看过的房子虽然都有鱼吃，但贵的房子我们买不起，贱的房子我们不敢买。富人的房子不能种菜，穷人的房子都是危房。适合我们的房子还没生出来，想天天吃鱼，想吧，想想不花钱。

老头子看老太婆愁眉不展，就去求金鱼娘娘。他向金鱼行个礼，然后说，尊敬的金鱼娘娘，我家老太婆，想要这样的房子，肯定是在河边，肯定不是危房，肯定能种菜能养鸡，肯定不太贵，肯定有鱼吃……

金鱼娘娘听了，一声不吭地游开了。当天晚上，菲里普就在网上看到，有一个叫“大河人家”的小区，有五六幢房子在出售，每幢三四百平方米，价格二十万左右，全部临河，全部有河埠，全部可以钓鱼，全部有鱼吃！而且，都带一点林子，没有养鸡、种菜的禁令！

这个消息，让老太婆再度振奋。

周末到了，夫妻俩乐颠颠跑进了“大河人家”。这个小区真的很漂亮，家家有花园、菜园，家家有工棚、船库，果真还有鸡，还有鸭，鸭们正在河里悠悠地游泳。这条大河就是著名的科罗拉多河，河宽一百多米，两岸杨柳依依，波光鳞鳞，云过留影，鸟过留声。今天是周六，很多人家在河边草地上做烧烤，空气中飘着牛排香、鱼排香、香肠香。大人在做烧烤，小孩子在玩水。

我们驾着车慢慢看，慢慢欣赏，看人，看景，看鸡，看菜地，当然，重点是看房子。这个小区的房子，造型很有个性，甚至怪异，有的是宝塔形，有的是六边形，甚至还有像太空船的。有一幢“For sale”的房子，通体是玻璃，能看见所有家具，里面的人举手投足，也看得清清楚楚。这样的房子，白天晒太阳，晚上晒月亮，还能在床上数星星，下雨了就尽情看雨花，想多浪漫有多浪漫。但这样的房子给我住是不行的，我在黑房子里都睡不着，这样的房子会让我三百六十天不睡觉。

看了几幢“For sale”的房子后，我们有了结论，“大河人家”房美、院美、河美，而且肯定有鱼吃，但美中不足的是，院子太小，草坪太少，每家只有两三百平方草坪，还没我家一个鸡院大。邻居和邻居间隔也太短，只有二三十米。还有，这么逼仄的地方，我怎么养鸡？我不是养一只两只玩玩，我要养一群的。还有，菲里普怎么搭工棚？他这么优秀的修理工，怎么着也得配个一千平方的工棚。

哎，如果有一幢房子，草地略大点，邻居略远点，能从从容容多养几只鸡，搭个大工棚，那就完美了，我心想。就在这时，我们的车开到了尽头，前面没路了，只有树林。在这里，站着大河人家最后一幢小木屋，草绿色，形状像蘑菇，周围种着很多美人蕉，金黄的花朵正开得灿烂。它和左边一家邻居相隔五六十米，之间的草坪至少有五百平方，是我们在“大河人家”看到的最大的草坪。房子右边，是草地和树林，因为是断头路，这片树林显得很幽静。房子后面，就是滚滚向前的科罗拉多河。

这只蘑菇房，位置好，布局好，草坪好，院子好。这只蘑菇房，和我心里想要的房子，完全吻合，当然最吻合的，是房子正前方，那块“For sale”牌子！

事实就是这样，这只完美无缺的蘑菇房，正在“For sale”！

我们激动地跳下车，冲上前敲门，主人却不在，门上只有一个电话号码，估计主人已经搬走。我们便趴在落地窗上，把鼻子压扁，从缝隙向里张望。这幢房子有两个大客厅，一个大书房，一个大餐厅，一个大厨房，三个大卧室，地上是又新又软的红地毯，家具家电都在。最妙的是，除了厨房、洗衣房，所有房间面河，就是说，你睡觉时，吃饭时，洗澡时，看书时，看电视时，抬头就见河！

我和菲里普看房子的时候，左边的邻居正在河边做烧烤，他们不时朝我们看。菲里普就向他们挥挥手，他们也向我们挥挥手，菲里普向他们喊：“早上好！”他们也回：“早上好！”他们肯定认为，我们将是他们的新邻居。

这幢“For sale”的房子，还带一幢封闭式车库、一幢开放式车库、一幢八百平米的SHOP。菲里普激动地说，有现成的车库，有现在的船库，有现成的SHOP，我们什么都不用造了，拎包入住就行了！这时，我惊喜地看到，院中还有三棵核桃树，树下一地烂核桃，太好了，以后想吃核桃，不用到处去捡了，家里有！

看完所有地方，菲里普拍我肩膀，拍得很重，然后大喊一声："兄弟，好房子啊！"他一激动就喊我兄弟。我也很激动，向他吼："走，兄弟，看河去！"

看河要穿过主人的后院，这算非法入侵。菲里普犹豫了，他说："跑人家后院乱看，不太好吧？"

我说："亲爱的，他们在卖房呢，还怕人家看？就怕没人看！"拉上他穿过后院，跑到河边浮桥上，浮桥上架着一排鱼灯，还有一只木摇椅，菲里普一屁股坐在摇椅上，我一屁股坐他腿上，看了半天房都累了。我们摇啊摇，任凭河风吹。今天的天很蓝，标准的美国蓝。蓝天下的水很清，清得看得见鱼群。成群结队的小鱼们，一团一团游动。几米外，一只大嘴鸟站在树桩上，低一下头，捉一嘴鱼，然后"咕咚"一下吞下去。它吞的时候，我也吞，吞口水。

我说："亲爱的，我好想住在这里，天天有鱼吃。"

菲里普搂住我吻了一下，然后像鸟一样张开双臂，一脸诗情画意："是啊，亲爱的，这里太好了，我可以整夜不睡觉，就待在这里，看水，钓鱼，和老婆接吻……这是我做人的最高理想！"我听了吓一跳，没想到他的最高理想是这个，我一直以为，种菜修车，在野林和老婆当野人，才是他的最高理想。

于是夫妻俩当下决定：买这房子！

做好重要决定后，我们开始规划。我的方案是，右面是断头路，没有邻居，但有野林，可以用来养鸡养鸭；左面那片草地可以用来种菜。房后的草坪上造个大露台，每天早餐都在露台吃。菲里普的方案是，不需要两个车库，一个够了，还有一个，改一改做客房，亲友们来钓鱼，有地方住。这个车库至少能改出三套客房，墙上开几个窗，装上中央空调，地毯一铺，就是五星级宾馆。

规划做好，我们都想上厕所了，我要小解，菲里普要大解。菲里普说，反正房子是我们的了，自己家，随便找个地方吧。我说，是啊，小狗每到一个地方要做个记号的，我们也做个记号。于是，俩人轮流躲到空调箱后面，面朝大河，痛痛快快上厕所。

记号做好，我想到一个非常重要的问题："亲爱的，赶快打电话！这房子我们要定了！别让人抢走了！"

主人的电话就在门上，菲里普跑过去看，这一看，他激动得手舞足蹈。他说："林，他叫杰克，我认识！是Bay city汽车零件店老板！"说完，马上给杰克打电话，太激动，号码按了三次才按对。电话通了，对方是留言电话，菲里普马上留言："嗨，杰克，好久不见，我是菲里普·卡特。我要买你的房子，有空请回电！"留好言，菲里普哈哈大笑，他说，这个杰克，是三十年的老朋友了，从小一起玩赛车的，铁哥们。这房子，肯定是我们的了！

我当然高兴，这下房子抢不去了，铁哥们肯定卖给铁哥们。

然后我们坐在河边，一边看风景，一边等杰克回电话。等了半小时，杰克还没回，我们觉得这事不能等，夜长梦多，决定到店里找他，当面说清。

车到Bay city，找到零件店，看到了杰克，一个矮胖的红脖子。红脖子是对德州男人的尊称，勤劳的男人。杰克看到菲里普，惊讶地迎上来，打一拳，抱一下，亲热说：“嗨，家伙，好久不见啊！”

菲里普马上把我介绍给他，然后直入主题：“刚才我给你留言了，你没看到？”

杰克说：“对不起，我刚才在忙。什么事？”

菲里普说：“我们在大河人家看房子，路尽头有一幢绿房子，长得像蘑菇，是你的吧？”

杰克说：“是我的啊，我的房子不错吧？漂亮吧？”

菲里普说：“当然不错！当然漂亮！我们要，卖给我们！”

杰克瞪大了眼睛：“兄弟，卖给你，我住哪去啊？”

菲里普也瞪大了眼睛：“啊？你不是在出售吗？”

杰克神气地说：“我卖的不是房子，是房子左边那块地！”他说的左边那块地，就是我们规划中用来种菜的那块。

我和菲里普一下子呆掉了，简直是呆若木鸡，说不出话来。

杰克连忙说：“对不起对不起，是我不好，我没在牌子上写清楚。你们如果喜欢，我把地便宜点卖给你们。”

“多少钱？”菲里普问。

“一共五百平方，卖给别人一万二，卖给你一万！”杰克说。

“啊，这么贵？”我说。

杰克说：“贵？我最早挂两万的！这地方多好呀，造个房子，你们就能住在河边了，我们就能做邻居了！”接着，杰克吐沫横飞，说他河边住二十多年了，他的房子是小区最好的，河边鱼很多，他们一到周末就钓鱼，不过他们不吃鱼，就是玩。

菲里普打断他：“住得这么舒服，你为什么卖地？人家房子一造，你不是太挤了吗？”

杰克大声说：“兄弟，店里生意不好，我缺钱呀，只好卖地！”听上去很可怜。

告别了杰克，上车后菲里普就开骂：“这大笨蛋，卖地不卖房，牌子上不写清楚，害得我们白高兴！”

我也骂：“这大笨蛋，钓了鱼不吃，住这么好的地方，天大的浪费！”

菲里普继续骂：“这大笨蛋，这么点点草地，只够我做个菜地，还那么贵，五百平方要一万块！那天我们看的一百英亩地，多少钱一亩？”

我说：“一千块！”

他说：“就是啊，一百英亩只要十万块！”

我说：“这杰克心凶呢！”

骂了一阵，觉得实在不应该骂杰克，就算把杰克骂死了，他也不会把房子卖给我们。再说，五百平方的地，卖一万还是两万，是他的自由，我们骂他没道理。于是，不再骂杰克，开始检讨自己的行为。

菲里普说：“我们刚才在人家院里乱走乱看，幸好邻居没报警，报了警，我们得坐牢。”

我说："我们也不应该随地大小便……杰克回家，看到空调后的记号，会报警吗？"

菲里普一听，哈哈大笑："这没什么，他要是知道，你准备在他的地上又是造鸡院，又是挖菜地，一定报警！"

我说："你呢？你把人家的车库改成客房了！"

菲里普说："那我们快跑吧！"

一路狂奔，奔回狼道。

我们的狼道，我们的家，没有河，但有树；没有鱼，但有鸡鸭鹅，还有鹿、兔子、孔雀，还有各种野花。我们的房子很旧，但很温馨。我和菲里普生活简朴，吃得不多，用得不多，爱却很浓很多。有爱的地方就是家，住不住河边重要吗？有没有鱼吃重要吗？没有鱼，我吃肉！

这么一想，我就像《渔夫和金鱼的故事》里的老太婆，不再好高骛远，从此安心住老房子，每天在林子里喂鸡喂鸭，做好饭等老公一起吃，吃好饭一起散步。爱是什么？爱是老太婆和老头子一起过简单的日子。

当然，吃鱼的嗜好，或者说瘾头，老太婆还是无法断根。以前有小船时总是钓到鱼，后来有了大船总是钓不到鱼，这事很糟。我想吃鱼，要求不高，哪怕每天一条猫鱼，亲爱的，怎么办呢？要不，我们再买条小船；要不，我干脆回杭州去吃鱼。

渔夫一听，老太婆要回杭州，牙一咬，出门找小船去了。

美式“妻管炎”

“妻管炎”性质都一样，但美式“妻管炎”，和中式“妻管炎”，不同之处是，美式是开放式，中式是封闭式。就是说，美国男人如果有“妻管炎”，会大喊大叫，四处展览，生怕人家不知道。中国男人有“妻管炎”，外表看是看不出来的。有的人，在外面凶神恶煞、耀武扬威、冷若冰霜，回家门一关，柔情万种，唯命是从，“妻管炎”发作。

中式“妻管炎”，因为它的封闭性，症状内敛、含蓄、隐蔽，给了我们想象空间。美式“妻管炎”，因为它的开放性，症状外露、鲜明、公然，给了我们观赏机会。

美式“妻管炎”，一般从求婚开始落病。因为求婚的事，实在让美国男人如临大敌。结婚就得求婚，求婚就得浪漫，就得让妻子终生难忘。所以，求婚这件事男人做得不够味，会有很大麻烦，轻者亮黄灯，重者亮红灯。反过来说，求婚这件事男人做得很够味，哪怕对方还在徘徊，亮绿灯的概率会变得很大。所以，求婚这件事，男人会使出洪荒之力，冲锋陷阵，不顾一切也要拿下高地。

有一次我们去看橄榄球比赛，中场休息时，主持人对大家喊："紧急通知！紧急通知！"全场"刷"地静下来，我心里发慌，什么紧急通知？发现炸药包了？这时，球场大屏幕上，出现一个男子，西装革履，他跪在地上，手里捧着玫瑰和戒指，朝着看台大声叫："露西，我爱你！你愿意嫁给我吗？"镜头马上移向看台，一个红衣女子，惊喜交集，泪流满面，拼命点头。那男子便用百米冲刺的速度向女子跑去，献上花和戒指，俩人激情拥抱，全场欢声雷动，所有观众喊："KISS！KISS！"俩人当众激情接吻。

我第一次看到这样的西洋景，很激动也很好奇，美国人怎么这样，求个婚弄得兴师动众。中国男人求婚很少这样的，都是鬼子进村打枪的不要。如果谁拉一横幅，写上"嫁给我好吗"，会把老百姓惊动，会把电视台惊动，说不定会把警察也招来。有人夸他勇敢，有人称他另类，更多的人，用一句"神经兮兮十三点"点评。但在美国，这种神经兮兮十三点的行为，很普遍，很正常。

还有一次，我们参加一个生日派对，寿星叫爱妮，七十多岁的单身女人。生日派对进行得很快乐也很平常，唱生日歌，吹蜡烛，切蛋糕。派对结束，众人正要散去，突然冲进来两个邮差，很吃力地拖进来一只大礼包，礼包上面写着"亲爱的爱妮收"。我想，派对都结束了，怎么还有人送大礼包？爱妮上前撕开包装纸，打开纸盒，里面跳出来一个大活人，吓得爱妮大叫："我的上帝！"这活人不是别人，是她的男友约翰，七十八岁的约翰手捧戒指向爱妮求婚：“爱妮，你愿意嫁给我吗？”爱妮喜极而泣，连声说：“Yes ！ Yes！”俩人激情拥抱，赚到一片掌声和尖叫……

啊哟，七八十岁的人求婚，也是这样神经兮兮十三点。

那天，我们全家聚会，聊天时，我谈到美国男人求婚的事，我说美国人真奇怪，求婚不是悄悄进行，而是大张旗鼓，让所有人知道。大家一听，都反问我：“林，中国男人不这样？”我说中国男人不这样，谁这样谁被人笑。他们反问：“真奇怪，不这样，怎么知道这男人爱那女人？”菲里普的妹妹珊蒂，还当场给我讲了个故事。

珊蒂说，她大学毕业后，谈了个男朋友，叫切里。珊蒂是中学老师，切里是政府律师，俩人情投意合，你侬我侬。但切里一直没提结婚的事。有一天，珊蒂父亲鲍伯，就是我公公，他当大家面劈头盖脸骂切里，你什么意思啊？天天和我女儿约会，天天到我家蹭饭吃，怎么还不求婚？切里摇摇尾，点点头，做个笑脸，再做个哭脸，不知道是什么意思。鲍伯很生气，转身问女儿，你真的爱这家伙？珊蒂说，是的爸爸！那你确信他真的爱你？是的，爸爸！

鲍伯“骂”过切里的第二天，是个周六，切里西装革履跑来找珊蒂，说要带珊蒂看电影，珊蒂很开心，穿戴漂亮上了切里的车。一路上俩人说说笑笑，快到电影院时，切里接到他父亲的电话，说切里的妈妈突然生急病，在抢救，请他马上去医院。

切里一听，眼泪都出来了，对珊蒂说，对不起，我得去看妈妈，我把你送回家吧。珊蒂说，不不，我不回家，我跟你去医院！

于是，切里开着车朝医院狂奔，限速七十，他开九十。没开几步，警车追上来了，切里连忙靠边停车，警车下来两个警察，满脸横肉，一边检查驾照，一边痛骂切里是疯子，说他严重超速，必须罚款！切里向警官解释，妈妈病重，要去看望，急了才超速。警官怒吼，不用骗我，下车！切里下车后继续和警官辩论，他是律师，能说会道。这下把警官惹火了，说他对抗警察，"卡"一声手拷伺候。在美国，对抗警察，拷你是轻的，说不定一枪要你命。

切里被手拷拷住，压在车头上，珊蒂吓得小脸煞白，连滚带爬下了车，眼泪哗哗拼命求情，行行好吧警官，他真的是急着赶医院，他妈妈在抢救，不是故意犯法，请放过他，要罚多少罚多少！警察对珊蒂也很凶，说，闭嘴，你再多嘴，连你一起拷！这时，切里"扑嗵"一声跪下，对珊蒂说："珊蒂，求你一件事！"珊蒂边哭边说："什么事？你快说！"切里说："求求你嫁给我！"

珊蒂呆了，看看切里，看看警察，那俩警察这时才一起哈哈大笑，打开了切里的手拷，向珊蒂拍手。切里的手一自由，就变出一枚戒指，毕恭毕敬献给珊蒂："亲爱的珊蒂，你愿意嫁给我吗？"

珊蒂这才明白，一切都是演戏！鲍伯、切里、切里的父亲，还有警察，都是演戏！演的是一场切里求婚戏！珊蒂喊了声"我的上帝"，接过了戒指，俩人激情亲吻。然后，一起去切里家，两家父母已摆好订婚宴，正等着这对幸福儿女。

珊蒂讲完故事，对我说，有了这样一个惊心动魄的求婚，她还能嫁给谁？半年后，就嫁了。

珊蒂和切里结婚十几年了。这十几年，他事事处处都听珊蒂，让珊蒂，宠珊蒂，这毛病，求婚这天就染上了，什么病？中国说法，就叫急性“妻管炎”转慢性。

也许你要问，你呢？菲里普是怎么向你求婚的？

菲里普向我求婚时，我们还相隔千里，我在中国，他在美国，我们还是网友，所以，他向我求婚是在电脑上。当然，这事已经写在了《因为爱，飞往美利坚》这本书上，就不多说了。

求过婚，结了婚，才是婚姻长征的第一步。婚后，急性“妻管炎”转化成慢性“妻管炎”，也可称顽固性“妻管炎”，它根深蒂固，定时发作，很难治愈。这是美国式“妻管炎”典型的临床特征。

比如说情人节，美国男人的“妻管炎”，一定发作。必须发作。

情人节是洋节，但中国人也跟着过，但我们一直认为，情人节是两性的节日。

我飞到美国后突然发现，在美国，情人节不是两性的节日，是女人的节日，就像我们的三八妇女节。这一天，从三岁小男孩，到一百岁老男孩，都在向女人献花，都在对女人说“我爱你”。女人这一天，在所有男人眼里是女皇。特别是老公们，这一天“妻管炎”必定大发作。发作的结果是，妻子们早上收到花和巧克力，中午去昂贵的餐厅吃情人餐，晚上参加情人派对，也可以称夫妻派对。夫妻派对，是情人节的压轴戏。

情人节的夫妻派对是怎么样的呢？

我参加过这样的夫妻派对，在教堂。在这个派对上，大家都很开心，最开心的当然是妻子们，因为派对主要内容是“考夫”。考砸的丈夫，当场受罚。比如说，让丈夫说出妻子的生日、妻子的衣服品牌、妻子的口红品牌。谁说错谁受罚，罚什么呢，罚抱妻、吻妻。“考夫”过程中，也让夫妻背靠背回答问题，比如第一次在哪认识，第一次在哪约会，第一次在哪亲嘴。这类记忆题老有人出错。但不管谁出错，主持人一律罚丈夫，罚什么呢？还是罚抱妻、吻妻。

记得那天，轮到菲里普时，主持人问，菲里普，你和林是在哪认识的？菲里普说在网上认识的。大家一起问：“什么网？”菲里普说：“亚马逊网！”引起哄堂大笑，结果菲里普挨罚，抱了我吻了我，还把我高高举了起来。

我发现，不管丈夫们有意还是无意，在派对上他们频频出错，然后甘愿受罚，似乎他们正求之不得，讨机会当众抱妻。那天我就被菲里普抱了八次！

其实这是标准的宣泄性“妻管炎”。妻子接受这样的拥抱，这样的亲吻后，红光满面，心花怒放，爱意绵绵，然后心甘情愿当一个好妻子，积极烧饭，认真拖地，而且不发脾气。丈夫在情人节后的日子，会特别好过。

情人节是这样，那么母亲节呢？母亲节没男人的事了吧？不，母亲节，照样让男人“妻管炎”复发，而且是并发症！这一天，他得一手遮天，为母亲过节，为妻子过节，有时还得为女儿过节，因为她们都是母亲。母亲节这天男人得为女人们好好表现一场。

有一个故事很典型，关于我公公鲍伯，他的“妻管炎”平时就很重，但到了母亲节这一天，表现得更凶猛一些。

记得那年，离母亲节还有一个月，鲍伯就向大儿子杰夫、二儿子菲里普发指令：“母亲节快到了，你们都来吃饭吧。”俩兄弟听了很高兴，往年母亲节，鲍伯都让他们轮流请母亲、妹妹吃饭，今年竟有白饭吃。正在暗喜，鲍伯第二道指令到：“你们两兄弟合力为母亲、妹妹造个玫瑰亭吧，这是她们一直很想要的。”

就是说，饭可以白吃，但作为交换，得造个玫瑰亭。

这俩兄弟，平时很少说话，很少见面，他们从小就是冤家对头，一直打架，打到孔雀东南飞。成家立业后，双方依然没有恢复外交关系。我到美国这么多年了，杰夫没进过我们家门。这样的兄弟关系，中国人是受不了的，我家四兄妹，一个打嗝，三个抽筋；一个牙痛，三个脸肿；一个如果有心事，另三个肯定失眠。总之，息息相通，有蝴蝶效应。

接了老爸的玉旨后，俩兄弟知道无法抗拒。老爸的脾气他们知道，他自己很低调、退让，但事情关系到安妮，他非常强硬。于是俩兄弟开双边会议，商议，这个玫瑰亭怎么造？双边会议的结果是，这个玫瑰亭的材料费，杰夫出一半，菲里普出一半。至于人工费，等完成后再分摊。因为老哥远在奥斯汀，鞭长莫及，所以具体过程，由菲里普掌握。

一个玫瑰亭，如果请人做，每小时人工费八十块，整个过程至少需要二十个小时，那就是一千六百块。喜欢劳动的菲里普根本不想找人做，他领衔主演，在我家院子里摆开战场，设计款式、计算尺寸、购买材料、细做木工。四月，德州已进入夏天模式，很热，经过一番苦战，流了好几桶汗，菲里普把玫瑰亭造好了。

母亲节这天早上，我们把玫瑰亭运到安妮后院。安妮和珊蒂都不在场，被鲍伯关在家里不许出来。其他所有男人，一起动手挖地基、竖亭子、浇水泥、铺花泥、种玫瑰。玫瑰中有黄玫瑰、红玫瑰、白玫瑰，围绕着木亭，如天降云子，绚丽多彩。这时，鲍伯才把安妮和珊蒂放出来，请她们看玫瑰亭，并告诉她们，这是她们的母亲节礼物。

安妮和珊蒂惊喜交集，抱鲍伯，抱杰夫，抱菲里普，抱所有男人，当然我也被抱进了。母亲节，送给两个母亲一个玫瑰亭，这个大马屁，拍到她们心里去了！

鲍伯在世时，母亲节总要闹出点动静，让安妮高兴，让安妮激动。鲍伯去世后，俩兄弟又恢复了轮流请客制。安妮和子女一起吃饭，眼中布满思念。她思念鲍伯。如今，那个玫瑰亭周围的玫瑰枝繁叶茂，已把整个亭子盖满。安妮每天早上端着咖啡，坐进玫瑰亭，一边喝咖啡，一边看花，听林中鸟叫。很美的一幅画。可惜，身边少个人。

上面的故事，我们都看到了，外露型的美式“妻管炎”，总是在找机会好好发作一下。据我观察，这毛病发作得最厉害、最严重的时候，应该是结婚纪念日。结婚纪念日，在美国丈夫眼里，比天大，比地大，他可以忘记谁是美国总统，但绝对不可以忘记结婚纪念日。这一天，他们会带妻子出去住宾馆，带妻子出去旅游，带妻子出去享受美餐。这一天，他们必须和妻子一起，卿卿我我，重温旧梦。如果待在家里，哪里也不去，他们一定会包下这天的家务，占领厨房，为妻子做丰盛的晚餐，并且红酒对酌，一遍遍对妻子说："我爱你！"

我家有个邻居，男的叫汤，是手工匠，制作电锯，就是砍树的那种。他电锯做好后挨家挨户拿去贩卖；女的叫杰妮丝，炒咖啡豆，炒熟了网上卖，菲里普喝的咖啡，都从她这买，很新鲜很香，到手时都是热乎乎的。

杰妮丝白天看不到人，在睡觉，她炒咖啡都是半夜炒，这是为了省电。汤白天忙，忙着做锯子，忙得连教堂都不去。对这一点，菲里普很有意见，他认为汤光知道赚钱，把上帝也忘了，其实每一分钱都是上帝给的。

但汤再忙，忙得把上帝忘掉，有一个日子不会忘，就是结婚纪念日。这一天，他会提前准备，举办派对，把左右邻居都请到，请大家吃甜饼、吃蛋糕、喝葡萄酒、听音乐、开舞会。开舞会时，汤搂着杰妮丝不停地跳，别人想抢都抢不去。他边跳边吻，一口一个"心肝"，一口一个"我爱你"。他们都是六十好几的人了，还肉麻得要命。

派对结束，汤第二天就带杰妮丝旅游，墨西哥，巴西，澳大利亚，去的地方风光艳丽，也很花钱。汤辛苦一年，拼命存钱，好像就是为了这个结婚纪念日。他们旅游时，家里的鸡猫狗就托给我和菲里普，其实是托给我，菲里普要上班的，所以我得一早一晚两次，跑过去帮他们喂猫喂狗喂鸡。

每次旅游回来，汤和杰妮丝会一起过来，送我一件小礼物表示感谢。我发现，每次旅游回来，杰妮丝都晒得像个非洲土人，但眼神快乐，人也特别漂亮，简直是容光焕发，与她在家炒咖啡的样子判若两人。炒咖啡半夜炒，睡眠颠倒，所以她总是眼睛肿，脸肿，身上有浓重的焦木味，头发也很少梳，见到人也不会笑。我曾以为她是个性情怪异的人。后来知道，她睡得太少。睡得少的人都这样。我有深切体会。

所以我觉得，结婚纪念日，让汤“妻管炎”及时发作一下，狠狠发作一次，把杰妮丝带出去真是太好了。杰妮丝这台机器因此加足了油，精神抖擞，继续炒咖啡。汤自己也心平气和，继续做锯子，让平凡但很有爱的生活继续。作为我们这样的普通人，还能求什么？这是最好的。

那么，我和菲里普，是怎么过结婚纪念日的？

我们的纪念日是二月二日，离情人节很近。第一年的纪念日，我只记得情人节，把纪念日忘了，我和很多中国女人一样，根本没有习惯过这个日子。所以，二月二日这天，当菲里普突然变出一束花、一包礼物，并激动地说：“Happy Anniversary！”我吓了一大跳。

记得当时，我拿着花和礼物，满脸通红，高兴，也羞愧，因为我啥也没准备，我甚至完全忘记了这个日子。菲里普却很高兴，他说：“林，今天的日子，你可以忘，我不可以忘！”说完，开上车，拉我去一个叫K2的牛排馆，吃德州大牛排。K2是我们这一带，最有乡土味的牛排馆。他说我们的结婚纪念日，必须吃牛排纪念，因为我们的家在德州，德州产牛，就让大牛排见证我们的爱情！

让大牛排见证爱情，听上去好玩。但后来，每年的结婚纪念日，菲里普真的都带我去K2吃大牛排，那里的老板和服务生全认识我们了，一看见我们就喊：“Happy Anniversary！”吃牛排时，菲里普就把精心准备的礼物拿出来，第一年是纸婚，他送了我一张卡片。第二年是布婚，他送我一只布娃娃。第三年是皮婚，他送我一对皮手镯。第四年是丝婚，他送我丝织的油画。第五年是木婚，他送我一只木雕的心。第六年是铁婚，他送我一只铁蜻蜓。

去年是我们结婚第七年，铜婚，菲里普送我一块铜铸的半个月亮、半个太阳，它们周围镶着金光，它们脸和脸贴在一起。菲里普送我时说，月亮是我，太阳是他，我是他的幸福月光，他会像太阳一样，保护我，照耀我。我听了很动情。菲里普最不喜欢的科目是语文，但我总认为，他如果写诗，一定成为很好的诗人。

今年是我们结婚八周年，是陶年，没想到，菲里普又送我一件铜器，是一只正在引吭高歌的铜公鸡！我捧着铜公鸡心里奇怪，去年是铜年，今年是陶年呀，他怎么又送我铜？是不是搞错了？但菲里普完全没有意识到这点，他兴奋地对我说，他为了找这只铜公鸡，找遍了全世界，最后在北京一家小店看到了它！我笑着问："为什么找大公鸡？因为我喜欢养鸡？"他瞪大眼睛说："今年是中国鸡年呀！我当然要送你一只铜公鸡！"

我听了，为他的细心大吃一惊，并感动得要掉眼泪，低头亲吻铜公鸡。今年是铜年还是陶年，他送的纪念品是铜还是陶，那有什么关系，我也一点不介意。结婚年本来就是一种象征，何况每个国家、每个民族的排列方法都不一样。他对我情如铜铸，我对他情如铜铸，这才是要点。

那么我呢，我有没有送他礼物？除了第一年，之后每年我都送了他一件礼物，而且都是纯手工，是一个毛笔画的篆字。因为我字写得很差，只好画字。我的画画老师曾教过我一句话："篆如画。"所以，我给菲里普的礼物，那个篆字，就是画出来的。布年画布，铁年画铁，铜年画铜，陶年画陶……画好后夹进镜框，偷偷放到菲里普车上。第二天，他一早出门上班，看到的第一件东西，是一个美丽的中国字！

女人“坐月子”

我们中国女人要坐月子。

坐月子的纪律是不能洗澡、不能洗头、不能刷牙、不能吹冷风、不能喝凉水……要睡得多、捂得严、吃得好……如果违反纪律，不是我吓你，你会落下毛病，也许有一天，你会头痛、眼痛、牙痛、背痛、腰痛、脚痛，说不定思想痛，得抑郁症……这就叫月子病。想不生病？老老实实坐月子，遵守纪律，好好坐，认真坐，一丝不苟坐。

月子没坐好的女人，是可怜的女人，伤心的女人，病痛满身的女人。

这就是“月子教育”。我们生孩子时，老前辈都这样教育我们。当然，老前辈生孩子时，她们的老前辈也这样教育她们。一代接一代，“月子教育”，就成了“月子文化”。

那么美国女人呢？传说她们“坐月子”时，照样穿高跟鞋、游泳、吃冰激凌，是真是假？我到美国后，对这件事一直很好奇，很想知道准确无误的答案。前不久实在憋不住，我自己派自己又当一回记者，采访了一批女性，啥都不聊就聊坐月子的事。

我首先向她们介绍，中国女人如何严肃认真坐月子。我举了很多例子，其中一个例子，是关于我的朋友M。M生了个大胖儿子，住在婆婆家，婆婆像伺候皇后一样伺候她，M用的东西、吃的东西，都是专列的。有一天M莫名其妙哭了起来，婆婆好话说了一大筐，M还是止不住哭泣。婆婆吓坏了，竟扑通一下跪了下来："求求你了媳妇，别哭啦，奶水要哭回去了……"我朋友一听马上不敢哭了。

我的被采访人，那些地地道道的美国女人，听了我讲的故事，一个个眼睛瞪得比铜铃大，嘴巴张得比鳄鱼大，还不断发出牛一般惊吼："哇，哇，真的？真的？真是疯了，还有这样的事？哇！"

"哇"的英文是"Wow"，美国佬喊"Wow"，表示惊叹。显然，她们之前并不知道什么叫坐月子，更不知道中国女人怎么坐月子。坐月子这个动名词把她们电倒了。

接下来，我向她们提问，你们呢，你们是怎么坐月子的？当然，英语里没有"坐月子"这个词，我改成了"生下孩子的第一个月"。

"我们？"她们面面相觑，微笑着捂住了嘴。她们还沉浸在中国女人坐月子的笑话中，是的，她们认为生孩子的第一个月，中国女人的行为太好笑了，出于礼貌她们没再笑出声，强忍住了。

不过我的采访很成功，她们很配合、很乐意交流，态度绝对坦诚。所以经她们同意，我选择了几位的发言，放在这里和你们分享。美国女人生孩子的第一个月，是怎么一回事。

※ ※ ※

名姓：Jamyme Girndt

年龄：32

职业：中学教师

生育孩子：3个

Jamyme Girndt的自述：

我是个中学排球教练，喜欢孩子，我一口气生了三个男孩子。哈哈，是的，可以组半个排球队。三个男孩，最大的六岁，中间的四岁，最小的一岁多。

我每次生完孩子，第一件事就是讨冰水喝，护士就给我端来冰水和冰激凌。中国女人为什么不敢喝冰水？冰水多解渴！生完孩子两小时后，我就冲进浴室洗头洗澡了，非常爽啊。什么？中国女人也不敢洗澡洗头？天呀，那会杀了我！医生护士不反对呀，她们就像没看到，洗头洗澡太正常了呀。

我生三个孩子时，都在医院里住了两天，回家后躺两天，四天后就起床了，并开始做家务。是的，你没听错，是做家务。我生第一个孩子时，我妈帮了几天，这几天我不用做家务。但第二个第三个孩子，我妈只帮我两天，两天后我就得做家务，洗碗、打扫、整理、洗衣、烧饭，还要照顾孩子。为什么不请人？保姆费太贵，每小时八十块，请不起，只好自己做了。

丈夫？他是个工程技术员，我每次生孩子，他都会向公司请一周假，但他并不帮我忙，他一天到晚在农场忙。我家有个大农场，有几百头牛。累不累？当然累，特别是有了老三后，我又要管小的，又要管大的，还要喂一家人吃饭，累得受不了。有一次我实在忍不住了，拎着婴儿篮找到我丈夫，他正在给牛打针，我把婴儿篮往他手上一放，我说，现在轮到你了！但他的样子很惨，浑身是草，手上沾着牛粪，几百头牛正等着他打针，根本顾不了婴儿，婴儿在篮子里哭天抹泪，我只好拎上篮子去超市买菜。我不是可怜老公，是可怜宝宝！

运动的事，是我最想做的。我是体育教练，总得赶快恢复体型。我生第一个孩子时，一个月内就开始运动，打篮球、排球、高尔夫球，我也做体操，体操能帮助女人恢复得比较好。但生第二个孩子时，两个月后才捞到时间运动。生第三个孩子到现在一年多了，我还没时间运动，忙得焦头烂额。我每次生完孩子，都是十周后就上班了，白天由钟点工照顾孩子，晚上就完全是我的事了，我老公白天上班、晚上管农场所，累得狗一样，看一眼孩子的时间都很少。所以孩子的事全是我的事，你说，我哪有时间运动，哪有时间减肥？你看我的肚子！

饮食吗？产后第一个月，我比平时多吃点水果，比如蓝莓、葡萄、绿色菜，这些可以帮助分泌奶水。其他没什么特别，平时吃什么，产后吃什么。中国女人产后喝鸡汤、鱼汤？每天都有特别的菜单？为了奶水？这有帮助吗？不过如果有人做给我吃我当然要吃的，问题是没人做给我吃，我还得做给一家人吃！有时忙得吃饭都没时间！

你说生完孩子，第一个月里不能哭，会把眼睛哭坏，这个没道理吧？我觉得哭有好处。生孩子后，母亲的荷尔蒙发生变化，这时母亲总是想哭喊。既然这样，就不要控制，我就是这样，想哭的时候放声大哭，也没人来劝我，大家都认为哭是一件好事，释放情绪。

对我来说，生三个孩子的情况都不一样，生第一个孩子最困难，因为每一件事都是新的，都要学。比如喂奶这件事，生了第一个孩子，我根本没有奶水，我很伤心，因为喂奶是母亲和婴儿的特别拥抱，这个拥抱我却做不到。

但生第二第三个孩子时，我成功了，我有奶水了！你问我产后第一个月，什么事最开心，就是亲自哺乳这件事。这对母亲，对婴儿，都太重要了！

※ ※ ※

姓名：Krishna Butler

年龄：39 岁

职业：中学教师

生育孩子：2 个

Krishna Butler的自述：

我有一个儿子，一个女儿。我生完孩子两天后就下床了，从这天开始，我每天洗澡、洗头、到室外散步。不能吹风？为什么呀？我一点也不介意吹风！还有喝冰水，不喝怎么做得到，我一生完孩子就喝冰水了，以后每天喝，主要的饮料就是冰水，里面还要加冰块。

我生完孩子头两天，我妈过来照顾我，但只有两天。两天后是我让她走的，刚生了孩子，我很不喜欢别人来看我，或者来帮我，哪怕是我的妈妈。这是我和孩子的第一个月，我要单独和孩子待在一起，不希望被打扰。妈妈离开后，一切就由我担任，我不到一周就开始做家务，洗碗、做饭、购物。丈夫？我生两个孩子，他没请过一天假帮我！特别是生了女儿后，我要照顾她，还要照顾儿子，确实忙得脚不踮地。

饮食的事，我没关心过，因为我觉得这事不重要。当然，我会比平时多吃些水果，比如草莓、西瓜，其他没什么特殊。中国产妇第一个月要吃很多好东西，是为了奶水吗？吃东西催奶这件事是没道理的，不管吃什么，母亲都有能力产奶。中国女人生完孩子，这也不能做，那也不能做，要完全休息、保养，是怕以后生病吗？我觉得很奇怪，太奇怪了，为什么要相信这些呢？我在第一个月，中国女人不敢做的事我都做了，我还下水游泳，身体很好呀，没任何问题，我相信这些事让我变得更健康。

关于母亲要保持快乐，我同意，喂奶的时候快乐，婴儿也快乐。但我产后第一个月，体力上没什么问题，但有时情绪不太稳，总是想哭。生孩子的第一个月，我感觉情绪复杂，容易伤感，想哭！

※ ※ ※

姓名：Annette Carter（注：我婆婆）

年龄：76岁

职业：幼儿园退休教师

生育孩子：3个

Annette Carter的自述：

我是二十岁这年生下第一个孩子的。那时很年轻，体力充沛，生完孩子第一天就起床了，第二天就洗澡、洗头了，并马上开始户外活动，因为我皮肤太白了，我想晒晒黑。生第二第三个孩子时，我身体依然健康，也都是第一天就起床，户外活动更多，比如躺在草地上晒太阳、吹风，感觉很好，比待在床上爽多了！

我生第一个孩子时，丈夫在外地工作，不可能回来帮我。幸好那时父母住得近，白天的时候，我父母过来帮我。但到了晚上，只能靠我自己了。我父母从来没教育我，生完孩子什么不能吃，什么不能做，什么要注意，所以我一切照旧，没任何禁忌。为什么要有禁忌呢？中国产妇遵守的禁忌，换了我根本受不了。首先，不能喝冰水这件事，会要了我命，哈哈。

后来我丈夫的工作地点变了，我们搬家了，离父母很远了。我生第二第三个孩子时，我丈夫请一周的假陪我，但照顾孩子、主要家务，还是由我担任，他趁机做点户外劳动，修房顶、割草、砍树，做到快中暑了还在做，他的活比我累多了。

所以，我产后的第一个月，什么事都做，洗碗、做饭、清理、照顾小孩。丈夫不在时我还得做户外劳动，比如扫院子、种花、割草。我并不觉得苦，我很乐意做，因为多劳动只会使自己健美，还会晒得更黑。我很不能理解，为什么中国女士产后第一个月，大部分时间卧床？并且吃那么多特殊的东西？是帮助奶水？我认为奶水的事，不管你躺不躺，吃什么，都是一样的。我产后第一个月的饮食，除了多喝点冰水，其他没什么两样。当然，我很重视保持良好情绪，妈妈情绪一定要好，不是为了奶水，是为了婴儿，他需要一个快乐妈妈。家庭也需要一个快乐主妇。

关于帮助的事，我认为如果有人来帮我，当然是好的。但没人帮我也没关系，自己操作一切，很有成就感，也增加和婴儿的感情，所以我很为自己骄傲。我们成人后，就是应该自己的事自己解决。我们的长辈们都是这样过来的，我们也可以做到。我儿媳生孩子时，我只去医院看望了一下，没帮过她一天，她根本不邀请我帮忙！我女儿生孩子时，我也只帮她一两天，她宁愿自己帮自己，不愿受太多的打扰，一看见我就喊："妈，我可以，你管自己去参加派对吧！"这是对的，需要别人照顾的产妇，今后能照顾好自己和家庭吗？

总之，我觉得生孩子后第一个月，和平时没什么不一样。

※ ※ ※

姓名：Fawn Zahn

年龄：33岁

职业：护士

生育孩子：2个

Fawn Zahn的自述：

我是个护士。中国女人生完孩子的第一个月，不洗澡、不洗头、不吹风、不喝冰水，并且大部分时间躺在床上，这样做，是出于心理因素，还是传统习俗？这些做法我认为是没必要的。女人不会因为生孩子而变得虚弱，女人只会在生孩子后变得坚强，女人没理由撒娇或一味索取照顾，你生孩子是一件工作，别人也有别人的工作，每个人围着自己的工作轴心转动，为什么要别人为你停下来呢？第一个月和第十个月有什么不同？

我是这样的，每次生完孩子，回到家我就回到正常生活，饮食也和以前没任何两样。而且，孩子出生后，我丈夫没有请过一天假，第一第二天父母帮忙照顾，主要是购物。两天后我接管了一切，并把父母请走了，我一个人照顾婴儿、操持家务，我觉得这样很好呀，真让我一个月只吃不动，我会感觉很无聊、很生气。

当然，我和很多妈妈一样，每当生完孩子，都有情绪上的波动，这是荷尔蒙的变化引起的。这是很正常的事，不要忍，想哭就哭，想叫就叫，哭泣不会影响奶水，相反，能帮助奶水，因为你的情绪得到了发泄，你放松了。

另外，我很不希望家人们管得太多，让我和婴儿独自相处吧，这对我和婴儿很重要。生完孩子，确实有段困难的时间，但当你和你的孩子一起度过、一起面对，你就很感谢这样的困难了，没有任何力量，能把一个母亲打倒。

※ ※ ※

姓名：Belinda Garcia

年龄：30岁

职业：家庭妇女

生育孩子：6个

Belinda Garcia的自述：

你肯定很奇怪，我才三十岁，怎么有六个孩子。我十三岁就生了第一个孩子，是个女儿，接下来，我一口气生了五个儿子。你知道，我们墨西哥人是不避孕的，因为孩子是上帝给的礼物，这是最珍贵的礼物，我们必须收下，所以我一口气收了六个礼物。我妈妈收了七个，我外婆收了十三个。以后？如果上帝再给我礼物，我当然还会收！

我生第一个孩子时，还是个中学生，不知道怎么照顾婴儿，我就住到男朋友家，他妈妈帮我一起照管婴儿。那时最怕发生的事，是我妈妈去告发我男朋友。因为从法律上说，他对我的行为属于强奸，但我一再告诉妈妈我爱他，请她看在孩子的面上别告发。我妈妥协了，放过了我男朋友。

我生孩子后吃东西没什么特别，和平时一样，也没什么禁忌，我生完孩子第二天就上学了，要考试了，我得完成中学课程。我到了学校师生们对我和从前一样，反而更爱我了，他们认为我是一个伟大的妈妈，当然老师并不因此为我加分，我的考试成绩很不好。同学们都问我生孩子的感觉，我告诉他们，没什么可怕，有一点痛，就好像来一次月经，没什么大不了的困难。

我十五岁生了老二，十六岁这年和男朋友结婚，我们就单独住了。丈夫帮人家修房子、割草赚钱，我在家管孩子，后来生的四个孩子，都由我一个人照顾。我记得生老四后第一周他就生病了，我自己开车去医院，顺便还带了三个大的，带这么多孩子的心情很快乐，孩子多乐趣多，累是累了一点，也很忙乱，但我的朋友中，像我这样的情况很多。有时实在忙不过来，比如我要出去打工、到社区学院听课，我妈会过来帮我，我按小时付她保姆费。我生老五老六时，大女儿大了，她会帮我做点家务，带带弟弟，我就轻松了很多。

听你说我才知道，中国女人生了孩子，有人照顾，有好东西吃，还能休息一个月，我很羡慕。不过，让我像中国女人那样，躺在床上不能出门，还不能喝冰水，我一定受不了的。我每次生完孩子就去游泳，游泳是我最大的爱好。

我生了六个孩子，没像中国女人这样吃喝、休息，身体也没什么不好，就是越来越胖了，要减肥了，你看看我，比你大两倍，哈哈。

※ ※ ※

姓名： Rose Chen

年龄： 25岁

职业： 家庭妇女

生育孩子： 1个

Rose Chen的自述：

我嫁了个中国丈夫，之前我们都在休斯顿石油公司工作。但近几年石油企业不景气，我就不工作了，待在家生孩子。本来以为，生孩子是件很随意的事，没想到，因为我的中国婆婆，事情就麻烦了。

我待产时，婆婆就要从中国赶过来，说要照顾孕妇，我再三对她说，我不需要照顾，我自己能行。但她不听，还是千里迢迢过来了，每天做饭烧菜，陪我散步，对待我像对待小孩。我心里很别扭，我十六岁就离开父母独立了，不习惯别人再把我当小孩。不过，那些日子还能勉强过。

但生完孩子，日子就难过了。孩子出生后，护士端来了晚餐，冰水、冰牛奶、冰果冻、水果切片、鸡肉三明治。我还没张开嘴巴，我婆婆就伸手拦了，她说，这些都是冰的冷的，绝对不许吃！她给我捧上很热的鸡汤，我根本不想喝，我想喝冰水，她就给我一杯也是很热的糖水。她说，生了孩子多喝汤，奶水会多。我觉得我应该礼貌，不能拒绝婆婆的好意，就试着喝了几口，天哪，那糖水中有生姜，我差点吐出来。然后我想上厕所，我婆婆却不让，她端来尿盆，她说你尽量少走、多躺，不然今后会脚痛、腰痛。这下我受不了了，没理她，冲到厕所，用完厕所顺便喝了一肚子自来水，凉凉的，好舒服。

两天后，我带孩子回家后，就想到院子走走。但我婆婆不让，她甚至没收了我的高跟鞋，她说刚生完孩子不能吹风，也不能晒太阳，最好在室内躺一个月。这不是坐牢吗，我怎么受得了！我一定要到阳台坐坐，我婆婆就往我头上戴帽子，还逼我穿袜子，天哪，我这辈子没穿过那么厚的袜子！那是夏天的八月，戴帽子穿袜子是什么滋味？我当然全扔掉了，我婆婆看上去很不高兴。她说，她有头痛病，就是因为当年生孩子，吹了风。

这些还不是最难忍受的，最难忍受的事，是她像个间谍盯着我。不能开空调，不能喝冷水，不能看书，更不能洗头洗澡，连刷牙她也管，让我用毛巾擦。她说生完孩子刷牙，以后牙容易掉。我外婆我妈妈从来没这些禁忌，她们从来就头不痛牙不掉！所以，我就像个囚犯，只能等婆婆出门购物时，打开水龙头洗澡、洗头，然后在她回家前，全部吹干。

还有吃东西的事，我平时有吃冷食的习惯，我就是这样长大的，让我一下子全部吃热的，我就想发疯。有一次丈夫递给我一杯冰水，马上被我婆婆呵斥，说他这么不懂事。后来他只好偷偷给我喝。幸好丈夫不像我婆婆，他不固执。但他工作很忙，压力很大，很少在家，我只能与婆婆相伴，勉强自己喝鸡汤、鱼汤、蛋汤。最恶心的是猪脚汤，这东西别说吃，我看一眼就恶心。但我婆婆说，这东西催奶最好了。还有，这些汤呀肉呀，里面都有酒、生姜，气味怪怪的，我哪里吃得下去。

有时和婆婆争论，但总是我输，她比我强硬，我就气得直哭。我婆婆马上说，不能哭不能哭，哭会坏眼睛，对奶水也不好。天啊，我这不能做，那不能吃，还不能哭，生完孩子怎么比生孩子还痛苦！

你问我对于这一个月，有什么话要说，我想说，我不想再要孩子了！

当然，我现在又怀孕了。我和丈夫商量好了，这次不能让婆婆过来，最好的办法，就是不告诉她。我知道她是好心，但她的好心我接受不了，我仇恨这种好心。还有，孩子是我的，不是她的，她凭什么打搅我？连我亲生妈妈都不打扰我！你说是因为婆婆爱我？我也爱她呀，但我从来不打扰她的生活。真的爱我，就别来管我。

※ ※ ※

姓名：Breanna

年龄：34岁

职业：歌手

生育孩子：2个

Breanna的自述：

我很高兴接受你的采访，关于生完孩子的第一个月，我真的有很多话要说。

我生第一个孩子时，我的身体很好，生完孩子两天后就出院了，第三天就去教堂唱歌了。总之生活进入了正常，没有什么特别，平时怎么吃，现在怎么吃；平时怎么活动，现在怎么活动。我没要求任何帮助，一个人奶孩子、陪孩子、做家务、外出购物，外出时我总是把婴儿带上。是呀，他出生才几天就跟我上超市了，这没什么呀，让他早点见见世面。细菌？哈哈，孩子接触细菌，是好事情，会变得强壮。

要说有什么特别的地方，是情绪。生孩子前我很理智的，但生完孩子那几天，荷尔蒙起了变化，会没理由伤感，总是想哭。想哭时我不忍，生完孩子想哭就哭，这是产妇的权力，也是保证健康的良药，千万别憋着。奶水的事，和哭不哭没关系的。

我怀上第二个孩子后，经常头痛、头晕、呕吐，吃下去的东西全吐出来了，有时甚至发生昏迷。我就去医院检查，查出了一件严重的事，我得了脑癌，范围很大，性质恶劣。这事你们都知道。这个结果，对我来说是晴天霹雳。我并不担心我自己，我不怕死，我死了上帝会带我进天堂。我是担心肚子里的孩子，他才六个月。所以我很想等孩子生下来了，再作治疗。但我的医生说，正是为了孩子，一分钟也不能等，必须马上手术，先切除一部分癌组织，如果手术不成功，他会同时把孩子取出。如果手术成功，我可以继续待产，等生完孩子再开第二刀，彻底清除脑癌。

我没有犹豫，同意了医生的方案。我去医院开刀的前一天，正好是周日，我依然去教堂唱歌，我是唱诗班的主力。你记得吗，那天我唱了一首《你不会放弃我》，我边唱边哭，所有人跟着我一起唱，也有很多人哭(注：那天我也哭得稀里哗啦)。大家不是伤心，是感谢，感谢主给了我们那么好的医生，感谢主给了我们希望。

是的，第一次开刀很成功，医生取出了一半癌组织，我清醒后，孩子还在我肚子里。我的快乐是无法用语言形容的，这种快乐压倒了手术的痛苦，这一刻，我认为我是世界上最幸福的人。感谢上帝，让我继续拥有我的孩子。之后的日子，每一天都很长，很难捱。总算捱到胎儿快足月了，我心里轻松了一些。但就在这时，医生突然说不能再等了，病情在发展，必须马上剖腹、开颅，在取出孩子的同时，切除所有癌细胞。就是说，我同时要做两个手术。听上去很疯狂，这种事怎么会发生在我身上！但我并不怕，因为医生看上去信心十足，上帝也看着我。

这次去医院之前，我又去教堂唱歌，结束时很多人跑来向我告别，我记得你也跑过来给了我一个拥抱。朋友们还送了我很多东西，最多的是婴儿尿不湿。尿不湿堆得小山一样高，我再生两个孩子也用不光。大家也是这样说的，Breanna，用不光没关系，下面的孩子接着用。大家是爱我，鼓励我，要我勇敢坚持。

当我再一次从深麻中清醒，看到了上帝，他正站在我面前微笑，我还看到了我的第二个儿子。我脑袋上裹满了纱布。护士见我醒了，首先告诉我剖腹产很顺利，宝宝很健康，开颅手术也很成功，清除了所有恶瘤。然后她请我坐到椅子上，再三提醒我不要躺。所以，生完孩子、开完颅的第一夜，我是坐着度过的。到了第三天，我就到处走动并开始洗澡了。我在医院吃的东西都是医院配的，全是冷的，我每天都吃冰激凌，喝冰水。冰水有利于止血、消炎。

我在医院住了五天，就带着孩子出院了，因为我接着需要做化疗。这次我丈夫帮了我，我做化疗时，他请假照顾两个孩子。我不做化疗时，他就去上班。我们没有请阿姨，请阿姨很贵，我没收入，我丈夫只是一个警察，收入不高。当然我还得到亲人、朋友的帮助，他们经常为我送食物，这样我就不用天天做饭。吃什么？我不记得了，没什么特别……我真不记得了。

我回到家第二周，就正常回到教堂唱歌。你肯定注意到了，我头上戴了顶运动帽，不是怕风吹，风从来不打扰我，是因为开刀时，医生剃掉了一点头发，戴帽子刚好盖住。不过几个月后我戴了假发，因为化疗几乎弄丢了所有头发。你问我为什么不多躺躺？我想问你，为什么要多躺呀？

现在，我的小儿子一岁多了，他很健康，也很聪明，已经会走路会说话了。我每天都告诉他，我们母子的生命是上帝给的，我们要好好伺奉上帝，歌颂他的荣耀。

最后，我想说，当我生完孩子，特别是第二个孩子，我的幸福感非常强，因为我是在很特殊的情况下拥有了这个孩子，我们一起经历了很多。而这次生孩子，我确实有些实际的困难，两种不同的手术带给我不少麻烦，但得到了丈夫及亲友的帮助，我非常感谢。当然最感谢的，是上帝。上帝没有抛弃我，上帝医治了我(说到这哭)。林，我为你唱支歌吧："我不知道明天的路，每一天只为生活；我不借明天的太阳，明天也许没有太阳。我不为明天担忧，因为我相信主的承诺。我今天要与主同行，因为他知道我的前途。谁管着明天，我就牵着谁的手。"

※ ※ ※

我离开Breanna前，她真的为我唱了这样一支歌，歌名叫《与主同行》。Breanna的歌声，非常饱满圆润，非常好听，因为是从心里唱出来的。任何艺术，只有通过心灵作坊，才会真的美出来，亮出来。Breanna这个人，非常美，非常亮，亮得光彩夺目。我每次去教堂只要看到她，就能感觉到她满身的阳光气。只要听她唱歌，就能感觉到她的欢乐和热情。她的遭遇不是常人能忍受的，但她从头到尾没有怀疑过上帝的力量。Breanna这个人让我惊讶，惊奇，惊叹，甚至百思不解。我忍不住想，推动Breanna前行的，到底是什么力量？是她心的力量？那么，心的力量来自何方？真是她所说的上帝？我对上帝的存在依然将信将疑，但Breanna给了我很真实的一课。

采访Breanna后，我还去见了一位医生，Gorman Riley，九十二岁，退休前他是休斯顿一家医院的助产医生。他是我婆婆安妮的好朋友，所以我很轻易地见到了他。我问他一件事，他是“接生婆”，他是怎么看“坐月子”这件事的。

Gorman医生是个彬彬有礼的人，形象也很帅，九十二岁了还站得笔直，除了耳朵不太灵，戴上了助听器，但其他零件没一点毛病。Gorman听了我的提问，哈哈笑了。他说，年轻的女士，谢谢你信任我。但我要说，首先，美国人没有“坐月子”的概念。第二，如果把“坐月子”理解成吃得好、躺得久、坐得多，那要看每个人情况，身体好的，一天也不需要；身体不好的，可能要坐两个月、坐半年。第三，按正常情况，女人生完孩子，是不应该“坐”的，应该马上活动，这样能减少血栓的形成；马上洗澡能减少感染机会；马上喝冰水、吃冰激凌，也没任何问题。还有，女人生了孩子，不需要特别的饮食，人体制奶功能很强，奶水多不多，和吃什么东西无关。就像牛吃草，一样制奶，对不对？

Gorman医生还说，中国女人要“坐月子”，这一个月有很多禁忌，很多规则，主要是文化的传承。每一国有每一国的文化，文化都是可贵的可爱的，不需要改变。虽然中国女人“坐月子”的方式大部分是没必要的，更没科学依据，但也不见得有害，不用自卑，不用担心！

Gorman医生用一句“不用自卑，不用担心”结束了会见。Gorman的想法，出自一个专业医生的知识和经验。不过，他这一句“不用自卑，不用担心”，我听了很想和他争论一下。我们中国女人坐月子，小心翼翼，谨小慎微，不管有没有过分，目的是求得母子平安，在今后的日子披荆斩棘、无往不胜。如果说这是文化，我们对自己的文化一点不自卑，一点不担心。要说担心，我们很为美国女人担心，你说，像她们这样坐月子，难道不应该担心吗？反正，我是很担心的，要是我的媳妇生孩子，不管她怎么西化、怎么抵抗，也绝对不许吹冷风、喝冰水，必须天天吃喝热汤、吃猪脚煲，还有桂圆汤、红枣羹。

见过Gorman医生后，我的采访工作完成了。我当记者当了二十五年，这是一次最另类的采访。回顾采访内容，我发现了一个很有趣的现象，美国女人们总是让男人们为她们害“妻管炎”，但在生孩子这件事上，美国女人并没有捞到多少好处。男人的“妻管炎”，在妻子生孩子时，并没有高频率发生。这个情况，和我们中国完全相反。在中国，再不懂得呵护的男人，妻子坐月子时，他们都会如临大敌、倾囊而出、无微不至、温情脉脉。

那么，美国女人生孩子、做月子，到底是怎么个情况呢？我的看法是：美国女人，相比中国女人，在“坐月子”这件事上，她们实在是苦，比黄连苦，比吴清华苦，比高玉宝苦！

第一苦，生完孩子，她们别梦想有一级护理，给我马上下床！

第二苦，生完孩子，她们别梦想好吃好喝，想吃东西？自己找冰吃！

第三苦，生完孩子，她们别梦想父母或公婆无私奉献，他们蜻蜓点水来一下，算很到位了！闺女，千斤重担，你自个儿挑吧！

第四苦，生完孩子，她们别梦想丈夫的任劳任怨，丈夫们似乎比她们更忙，经济不好，得挣钱哪。亲爱的，我爱你，你多撑着点！

第五苦，生完孩子，她们别梦想有什么选择，她们只有一种选择，请自己做牛又做马！

第六苦，生完孩子，她们别梦想得到任何安慰，哪怕做吴清华、做高玉宝，怎么办呢？那就哭吧哭吧，对自己说，那是荷尔蒙的罪！

采访小结：中国女人向阳花，美国女人苦菜花，下辈子决不当美国女人！

小镇竞选

小镇选举，在我们沃顿这样的迷你小镇，一直是件很激动人心的事。

离选举还有半年，竞选人就开始忙了，登报、演讲、发传单、竖广告。这是规矩，不管谁报名竞选，哪怕竞选镇长，都得自己打理“广而告之”的事，费用自掏腰包。

参加竞选的人，竖广告似乎是最大动干戈的事，竞选对手之间，比谁竖得多、谁竖得广。于是一夜之间梨花开，镇里镇外插满了花花绿绿的广告牌。牌上的竞选者名字不一样，但款式是一样的，都是从沃尔玛买的，五美元一块。

竞选人也打拉票电话。我接到过这样的电话，对方极礼貌，口才极好，但我听半天才闹明白一件事，是“Vote”选举。拉票的人和我谈心，要我表态，我嗯嗯啊啊乱应，但终于烦了，很礼貌并很清晰地告知“对不起，我是中国人，我不说英文……”这句话很自相矛盾，但很管用，对方一听就说“谢谢”把电话挂了。这是我的语言优势，不想说时就不说，谁也拿我没办法。但谁也别想蒙我，我不说，也说不好，但不等于听不懂，我耳朵好呢。

我不关心小镇选举这件事，选谁当镇长，谁当警察局长，谁当法院院长，这些事有菲里普操心就够了，我信任他的眼光。事实上，我也无权操心，我没投票权，我是中国公民。所以我只是集中精力，享受野林生活，关心我的田园事业，比如番茄黄瓜的成长情况，鸡鸭鹅的成长情况。还有，昨天谁吃了我的花菜，今天谁咬死了我的鹅，想办法弄清楚，并讨个公道回来。

当然，话说回来，我在沃顿住了八年多，对选举的事并不是完全漠不关心，其实我关心过，也参与过。一次是Trey竞选地区首席律师，一次是Tim竞选沃顿镇镇长。

先说Trey竞选的事。

Trey是菲里普的妹夫，我姑爷，是我的美国亲戚中，我最喜欢的人。为什么呢，因为他也喜欢我。Trey英俊洒脱，开心幽默，只要他在，场面就很欢乐。Trey喜欢中国菜，他是美国亲戚中唯一敢吃鸭头、鱼眼睛、鸡爪子的人，他为什么敢吃呢？菲里普的解释是“Trey喜欢你呗”。但Trey真的有“爱屋及乌”之嫌疑，他公开宣称，他的最大爱好是打中国乒乓，他看见我一次就拖我一次，拖我打乒乓。Trey还喜欢我的画，曾经用价值五百块的古董沙发，他爷爷传下来的传家宝，换了我一对国画。当然，在你们面前，我只敢非常非常谦虚地说，我的画只能算涂鸦，但Trey却如获至宝，齐齐挂进卧室，正对着床，每天抬头不见低头见。我的铁杆画粉啊！

中国菜，乒乓球，中国画，是我和Trey友谊的桥梁。

所以，一听到Trey要竞选，我怎么能不关心，不但关心，还要全力支持！我没有选举权，但菲里普有，我力挺菲里普选Trey！

Trey是沃顿镇首席律师，他要竞选的，是地区首席律师。地区首席律师负责包括沃顿在内的周边三个镇的法律事务，现任的“首席”是个叫梅兰的女强人，在位十二年岿然不动，就是说，十二年压在Trey头上。官大一级压死人，这事在美国也一样。Trey在这十二年里，一直卧薪尝胆，寻找机会夺取这个位置。但一直未遂。梅兰女士精明能干、精致优秀，人气十足。再加上她是女士，在美国，女士优先是个硬道理。所以，她担任地区首席律师十二年，每四年一次的竞选，虽然对手如林，她依然披荆斩棘，笑傲江湖。

梅兰从没失手，Trey也从没放手。这不，现在又到了四年换届之际，他再次向梅兰挑战，并扬言，这次赴汤蹈火、拼死一搏、决不言输、决不后退！

Trey的大言一出，梅兰女士笑掉大牙，凭我的人脉和资历，我无所畏惧，信心百倍，Trey，年轻人，你太年轻了，不要有任何梦想，这个位置，我要占到老、占到死，你一边凉快去吧！这是梅兰的反击言论。

美国人竞选很好玩的，平时文质彬彬、温柔敦厚的人，上了竞选舞台就变得张牙舞爪、出言不逊，必须把对手骂得狗血淋头、死去活来。这事我们中国人不太习惯，选举和比赛一样，友谊第一，比赛第二呀，有话好好说，又不是泼妇骂街。嗨，你别说，美国竞选就是泼妇骂街，而且当面开消，选总统也是一样。不过选举结束后，双方粉丝还在混战，泼妇之间和平共处了，风平浪静，没事人一样了。

话说战鼓敲响，Trey上场。

Trey的战斗准备工作，和所有竞选者一样，在报纸上登广告，到酒吧演讲，到居民家插广告牌。竞选当官，都是要花钱的，竞选大官花大钱，竞选小官花小钱。Trey工资并不高，一年四五万，要交税，还要养家糊口，还要还房贷、还车贷、还学贷。学贷是读大学时欠下的，生了两个儿子了，还在还。

Trey手头紧，全家一条心，他的老父母、老丈母，还有我和菲里普，一起凑钱帮他买五块钱一个的广告牌，共买了一千个。Trey很感动，说这些钱先借着，等他成功后，工资涨了就还给我们。后来他没食言，分期付款全还给了我们。

然后，全家老少齐上阵，干吗？帮Trey竖广告牌，自己院里竖，邻居院里竖，朋友院里竖，能竖的地方都竖。连对手及对手朋友院子也竖。当然，很快被拔掉了，扔垃圾箱了。但要的就是这个效果，让梅兰及她的支持者们都知道，这世界并不是太平无事，他们有对手，有麻烦，小心火烛！

我和菲里普当然也参与了竖牌行动，四处奔波，整整忙了两个月，一千块牌子啊！

最后，我们还扛回来两块牌子，一块竖在我家院子，一块竖在对面黛比家院子。其实我们家边上还有两家邻居，但左边一家，夫妻都有精神病，整天把枪架在窗口，别说过去竖牌子，我看都不敢看他们一眼。右边一家和菲里普有仇，我们老死不相往来的。对面的黛比其实是梅兰的老粉，不过，她也是我家的老友，所以她不介意我们把Trey的牌子竖到她院子。当然，为了表示立场，她也把梅兰的牌子竖到了我们院子里。这样，我们打个平手。

其实准备阶段，Trey并没有明显优势，梅兰是本地人，Trey是外乡人，人气上梅兰遥遥领先。而且Trey穷，没钱。梅兰很富，她有一个首饰店、一个服装店、一个古董店，所以她花在竞选上的钱，Trey刨光家底也比不上。比如说，她光牌子就插了一万个，沃顿一共就一万多个人，基本上人手一份。

接近公投时，梅兰的呼声一浪高于一浪。

眼看Trey重蹈覆辙，又要败下阵来，但事情突然有了转机。在最后一次公民大会上，梅兰和Trey分别发表竞选演讲，梅兰的演讲获得了热烈掌声，这个当了十二年地区律师的女强人，根基深厚、深得人心。轮到Trey演讲了，他的演讲很简洁，三条竞选理由：第一条，我比梅兰年轻，年轻二十岁，经验很重要，但精力也很重要，特别是律师这一行，你们要一个头脑清醒的年轻人，还是要一个老眼昏花的老女人？第二条，我很穷，梅兰很富，她的朋友都很富。所以我不会只为富人说话，我要帮助更多的穷人！第三条，梅兰除了本质工作，还开了三家店。要点不在这，要点是，她最近又开了一家私人律师事务所！请问，为人民服务的同时，她也为自己服务，这样的律师会公正吗？我，我Trey，我是百分百的政府律师，我会百分百为人民服务，我会百分百公正公平，你们想要一个花一半精力的律师，还是要一个花全部精力的律师？

Trey演讲完毕，掌声雷动，长度、力度、波度，超过了梅兰。

结果怎么样？最后的公投，Trey大大胜出，他能胜出，最后的演讲起了巨大作用。镇民们突然发现，他们想要的律师，其实是Trey！梅兰就这样败了，败就败在她的年纪、财富，还有新开的律师事务所。

Trey宣誓就职这天，我们全家老少都去捧场，观看他的宣誓仪式。和Trey一起宣誓的，还有其他四名官员——地区警官、地区税官、地区行政官、地区执行官。宣誓仪式没有我想象的那么严肃，主席台除了国旗、州旗，没有花朵没有标语。坐在那儿观看的除了个别记者，全是拖儿带女的家属。谁上去宣誓，谁的家属就发出惊天的尖叫声，还有人竟带来了哨子和铜锣，热闹得像看超级碗橄榄球。

仪式结束，我们都跑到安妮家里，吃Trey上任的庆祝饭，吃什么呢？英文叫Gumbo，中文应该叫泡饭，洋葱、秋葵、虾肉加调料煮一大锅，煮得又稠又粘，盛一碗，米饭拌进去吃，辣呼呼黏嗒嗒，看着恶心，吃吃还不错。庆祝饭吃泡饭，实在是太简单。但那天正好大降温，屋子外面北风呼呼响，屋子里面也一片呼呼响，呼呼呼吃泡饭，一个个吃得鼻涕横流。

Trey竞选的故事讲完了。现在讲Tim的竞选故事。

Tim的全名叫Tim Barker。我们叫他Tim。Tim要竞选镇长了，这消息传到我耳朵里，我大吃一惊，Tim怎么会去竞选镇长！

Tim是谁呢？是沃顿饲料店的老板，也是我的好朋友。

我怎么会交上饲料店老板这个朋友的呢？

那得从我刚到美国时说起。我到美国第一件事，就是去超市买鸡，旅途劳累，想吃只鸡补一补。超市里的美国冻鸡，胖乎乎，没头没脖没脚，六七磅重，八毛钱一磅，一只鸡才四五块钱。这么便宜的鸡，这么肥的鸡，我一口气买了三只，回来炖香菇，但炖出来的鸡汤，除了香菇味，没有鸡味。连肉味都没。什么味呢？没味。

于是，我就向菲里普提出一个要求：亲爱的，我想养鸡。

菲里普一听，就带我去镇上一家饲料店，这里卖鸡、鸭、狗、猫、牛的饲料，所以门口停满了红脖子的卡车。红脖子是什么？德州大叔，德州大叔爱劳动，养牛种草，脖子晒得通红，像火红的烙铁，所以叫红脖子。红脖子也是德州好男人的昵称，你到了德州，碰到什么困难，找红脖子，他们一定帮忙。

红脖子的卡车都是庞然大物，车身和轮胎粘着草和牛粪。那天我们到了店门口，我就看到这样一堆卡车，还有一堆红脖子，他们正在聊天。看到我，他们目不转睛，像看到星外来客。这时，颠颠地跑过来一个汉子，五十来岁，体积敦厚，标准的红脖子，而且一直红到胸膛。他冲着我说：“你好，我是Tim，你就是林吧？今天来买小鸡？”

我大吃一惊，这是谁，怎么知道我？红脖子继续说：“菲里普早就说过了，林到了沃顿，肯定要养鸡！”

我又吃惊地看着菲里普，他是神仙呀，会算？菲里普挠挠头皮，笑着说：“林，我看到你在中国吃鸡脚的样子，我就知道，你没有鸡脚过不了日子，美国超市的鸡，没头更没脚！”

菲里普算是说对了，我养鸡，就是要吃，吃鸡脖子吃鸡脚。自己养的鸡，每一块肉都是仙肉，这样的鸡就叫神仙鸡。我不是没鸡吃过不了日子，是没神仙鸡吃过不了日子。想想杭州的神仙鸡汤，那香气，那仙味，一想就醉。

Tim领我们进店时，菲里普低声对我说：“Tim是这个饲料店老板，我的老朋友！”

走进Tim的饲料店，我的第一感觉就是乱。三百多平方的地方，马用的鞍，牛用的盆，狗用的床，鸡用的罐，各种各样的杀虫剂、除草剂、灭蚁剂，摆得横七竖八，那些动物饲料，大袋大袋，堆得山一样高。我一进门后就想往外跑，里面的气味，你不能说是臭，也不是腥，反正刺鼻，我的喷嚏喷薄欲出。

但就在这时，我听到了小鸡的啾啾声。乱七八糟的杂货中间，放了一只大木盆，里面有几百只小鸡，软绵绵，黄绒绒，眼睛亮晶晶。看见我，一起可着嗓子喊：“姐姐姐姐……”太可爱了，叫得姐心软啊。

我决定买一打。但Tim说，买一打是五毛一只，买两打是两毛五一只。听他这么一说，我有买一送一的感觉，当下挑了二十四只。

和Tim告别时，他送我一袋“宝宝食品”。他说：“林，祝你和宝宝，有快乐的生活！”菲里普说：“林肯定快乐，但宝宝不一定，如果它们知道，长大后会被林吃掉脚！”Tim听了哈哈大笑，抱住了自己的脚。

上车后，我说，Tim两毛五一只卖给我两打，还送我宝宝食品，不是亏了吗？菲里普说，Tim就是这样做生意的，很大方，所以沃顿人都到他这来买饲料，外镇人也来。他生意太好了，把好几家饲料店弄关门了。

看来Tim出手大方，肯吃小亏，有舍弃精神，但最后结果是捡了大西瓜，聪明！

后来，我的宝宝们一点点长大，不再吃宝宝食品了，我们就去Tim的店买营养饲料，五十磅一袋，里面是碎玉米和红高粱。Tim并不是天天在店里，他要去进货，谈生意。但如果他在，不管怎么忙，都会过来打招呼，问我的鸡怎么样了，然后亲自帮我们拿饲料。五十磅的饲料，会把我压趴下，在Tim手上却是轻飘飘的。

因为养小鸡，因为买饲料，我们和Tim的关系越来越要好。有时我做了红烧鸡，会盛一碗肉过去，还故意放一只鸡脚。他会用兰花指，掇一块肉，扔到嘴里，边吧唧边说："好吃，好吃，味道就像鸡！"美国人说什么好吃，形容词就是"味道像鸡"。我说："Tim，尝尝鸡脚呀。"他连连后退："No no， no feet ！"

总之，虽然Tim不敢吃鸡脚，我们还是成了好朋友，我们需要饲料时，肯定只去他店里买，给他生意。他看见我们就和我们聊天。聊多了，我慢慢知道了一些Tim的底细。他有一位当老师的妻子，有三个儿女，两个可爱的孙子。他并不是牛仔世家，也不是饲料世家，他是中专毕业后买下了这家饲料店，那年他二十岁，今年他五十八岁，这个饲料店他一开就是三十八年！ Tim的最大爱好是骑摩托车，这也是为什么，他和菲里普从小就要好，臭味相投！他还有个爱好，是收集破烂，这点又和菲里普臭味相投，菲里普天生就是个捡破烂狂。

有一次，Tim弄来两台七十年代的游戏机，放在饲料间，想让来买饲料的人玩。那天我们去买玉米，看到Tim正满头大汗修游戏机，边修边叹气，样子很生气。菲里普一看，就把我扔在一边，上前帮Tim，哐哐哐没几下子就修好了，能玩了。Tim高兴坏了，很客气地对菲里普说："兄弟，有空就过来玩哦！"菲里普得意地说："谢了，我有十几台这样的东西呢！"

本来生活就这样继续，Tim卖饲料，我们买饲料，有空一起聊聊鸡，聊聊饲料，聊聊摩托车。突然有一天，传来了Tim要竞选镇长的消息，你说，我是不是要大吃一惊?！红脖子竞选镇长，卖饲料的竞选镇长，我都不吃惊，在美国，讨饭的都能竞选镇长。我吃惊的是，我以为Tim是很低调的人，很低调地过小日子，他怎么有当镇长的野心？而且野心勃勃，他在报上扬言，要把现任镇长赶下台，必须赶下台，坚决赶下台。

现任镇长是谁呢？他叫戴维，七十五岁，和女强人梅兰一样，也是只老甲鱼，盘踞在镇长的位置十几年了，有很多人想搬掉他，都没搬动。这些人中有律师，有医生，有警官，为什么搬不动呢？和梅兰一样，戴维根基太深！镇长不像总统，总统四年一选，最多两任，八年后肯定滚蛋。镇长是两年一选，任期没有限制，只要没人撬你，一直当下去吧。

但戴维万万没想到，这次来撬他的，是一个饲料店的小老板！

Tim是当真的吗？他是当真的！镇长的选举程序一开幕，他马上亮相了，上报纸、登讲台、竖广告牌、打拉票电话。我和菲里普又为他高兴，又为他紧张，一直在关心进程，也帮着他拉票。我们买了一块广告牌，写上Tim的名字，插到院子里，为Tim省了五块钱。我们还在教堂聚会时，公开表示支持Tim，弄得现任镇长的朋友很不高兴。我们教堂老人多，戴维的老粉多。我们去Tim店里买饲料时，一看到Tim，就会告诉他，我们怎么怎么为他拉票，他听了很高兴，当场送我一小袋免费狗饼干。有一次聊得开心，我趁机提问："Tim，你为什么要竞选镇长呀？"

Tim说："老镇长太老了，太差了，很多事说要做要做，一说就是五年！我急死了，必须把他换了！他不做，我来做！"

我说："我以为你这辈子只卖饲料，没想到还想当镇长！"

他说："饲料要卖，镇长要当，两样都尝尝呀！"

"你认为会赢吗？"

"想想总可以吧，哈哈哈！"

想想当然可以，我还想当美国总统呢，虽然我连选举权也没有。

Tim竞选镇长冲刺时，就是去年九月，那时我回了中国。Tim竞选的事，就由菲里普在微信中转告我。有一天，他告诉我，Tim成功了，他当选了，他是沃顿镇新镇长了！打完这些字，他还打上三个大笑的表情。Tim宣誓就职的场面，菲里普也从微信上传给我，微信真是好东西，我人在杭州，还能看沃顿新闻，看到Tim宣誓，看到Tim真的当镇长了，我非常为他激动，也为我们激动，Tim是我们的朋友，天啊，我们的朋友当镇长了，我们有一个镇长朋友了。菲里普还告诉我，Tim能把戴维赶走，实现当镇长的梦，主要原因，是戴维没卖饲料，Tim卖饲料。沃顿是个大农庄，有很多很多牛，也就需要很多很多的饲料，而Tim卖饲料一卖就卖几十年，沃顿的牛吃了他多少饲料，吃了他的饲料长了多少肉，长了肉卖了多少钱，这件事沃顿人心里知道，所以他的饲料把老镇长推翻了。大家还怪Tim不早点出手。

我回杭州两个月后，菲里普也飞到杭州，我们一起忙着吃大餐，忙着会亲友，忙着签新书。那时，我的新书《骑越阿尔卑斯山》刚刚出炉。三周后，我们一起飞回美国。回到沃顿小镇，我的感觉有点异样，镇还是原来的镇，但镇长换了。到家第二天，我们就直奔Tim的饲料店，当然不是去见Tim，他当了镇长，很难相见了。我们是急着买饲料，鸡鸭鹅快断粮了。

但没想到，我们到了饲料店，竟看到Tim坐在他的破椅子上，两边围着人，大家正在呱呱地聊天。Tim在人缝中看到我，招招手，飞了个吻，然后耸耸肩，意思是忙，没空招呼我们。我们买好饲料，装上车后，Tim跑过来了，他说："林，欢迎回来！鸡好吗？鸭好吗？鹅好吗？"

我说："好的，都好的。Tim，你镇长当得好吗？"

他说："好呀，很有意思呢，不过很忙，比以前忙多了！"

我说："你为什么还坐这里，不坐镇长办公室？"

他说："我大部分时间坐这里，大家都喜欢到这里和我说事，我还能顺便管管小店。"

我说："啊？你还要管小店的事？"

他说："当然啦，不管我靠什么吃饭啊！"

我说："你当镇长了，有工资了呀！"他摇头说："没钱没钱！"我追问："每个月多少？他伸出一根手指说："这么多。"我问："一万？"他摇头。我再问："一千？"他笑了："一百。"

我不相信，当个镇长才一百块钱？请我当我也不要当啊！

Tim每个月真的只有一百块钱。

这是怎么回事呢？事情是这样的，一个镇长如果同时担任执行长官，钱就很多，每年五六万；但如果光当镇长，不兼任执行长官，这个镇长就没钱，他有说话权、决定权、审查权，但没有执行权，具体执行由执行长官操心。所以，这样的镇长相当于"县官"，执行长官相当于"现管"，"现管"拿大钱，"县官"不拿钱。更明白地说，"县官"相当于志愿者、义工，为"现管"保驾护航。

沃顿镇一直是"县官"加"现管"体制，Tim这个镇长下面还有一个执行长官，Tim就得当志愿者，但不拿钱。他拿的一百块钱，是他每个月参加地区会议的补贴。当镇长没钱拿，这事Tim早知道，那他为什么还要拼死拼活争呢？那不是要饿死人？当我提出这个问题，Tim回答我："怎么会饿死，我有饲料店！"

关于钱的事，Tim是很吃亏的，他不但没工资，还丢了很多业务。镇政府原来都在他这买杀虫剂、灭蚁剂、除草剂，现在都不许买了，所以他当了镇长后，每年光这一块收入就损失好几万。还有，Tim一上任就自掏腰包，为小镇修路、造桥、装灯。沃顿镇自从Tim上任，路平了很多，而且到处有灯了，都亮了。这些事原来的老镇长拖着没做，

Tim早就想做了，所以新官三把火，四把火，五把火，一口气做了。

我问Tim："你这样不拿钱，还倒贴，准备做几年镇长呀？"

他说："一直做下去！"

我问："为什么呀？"

他说："Lots of fun！"意思是太好玩了。

镇长是拿来玩的吗？边玩边贴钱？我很想发哭的表情。

末日准备者

我在《嫁给美国》这本书里，写过菲里普的三个同事，其中一个叫杰米。

杰米这个人，不知哪天开始，患上了“恐灾症”。他分分秒秒担心遭灾，分分秒秒做好准备，什么准备？遭灾准备。杰米的房子并不大，但藏匿了够好几年吃的粮食和水，够一个连人用的枪支，够抵挡成百上千敌人的弹药。

杰米一直是同事们取笑的对象，我也笑，笑得两个烂牙都掉下来了，绝对不是牙医拔下来的哦。总之，杰米很好笑。中国有个成语叫杞人忧天，说杞国有个人，整天担心天塌下来，搞得寝食难安，憔悴骨瘦。杰米就是这样一个杞人，美国杞人。

但有一天，大家都不笑杰米了，我也不笑了。因为那几天，美国电视台“National Geographic”(国家地理)开始播放大型连续纪录片《Doomsday preppers》，中文意思应该是《末日准备者》。“国家地理”频道和《国家地理》杂志是一个体系，有名气有权威有粉丝，所以《末日准备者》一播出，就像往粉丝汤里扔了个番薯，汤水四溅。

《末日准备者》是现场报道、真人秀、连续片，这种新闻作品和报纸的滚动新闻一样，有长度有深度，还有气度。片子的主角，当然都是“末日准备者”，片子通过他们的故事，对他们的想象力、创造力以及执着精神，进行真材实料的描绘，有名有姓，绝对不是假人；有现场情景，绝对不是假戏。关键是，此片出自“国家地理”。美国人不信CNN，不信FOX，但信“国家地理”。

片子一开始，就在庄重的背景音乐中，推出大特写：一对夫妻，紧握钢枪，表情神圣，目光坚定。然后是画外音：“灾难随时到来！无准备者，死！有准备者，生！”这样的音乐，这样的特写，这样的画外音，很惊心，会惊得你把眼镜掉下来。

《末日准备者》对灾难的描绘是这样的：旷世大地震，旷世大火山，旷世大海啸，南北极大颠倒，太阳黑子大爆炸，大气层大撕裂……旷世天灾后面还有旷世人祸，匪劫、盗杀、枪袭，人咬人，人吃人……

天呀，那可怎么办，往哪逃！

当然不用怕，《末日准备者》有“末日解药”，解药就是《末日准备者》。就是说，看了《末日准备者》，你知道应该怎么做了。美国人很听话的，马上很投入地观看《末日准备者》。因为美国人怕死、怕痛，美国人没有中国人坚强。中国人饱受几千年苦难，经历无数次沧桑，已磨出了钢铁一般的意志，打不烂，拖不垮，更吓不死。但美国人不一样，他们一直是上帝的宠子，温室里的花朵，对苦难缺少忍受力，世界末日的种种苦难，别说去经历，想想都吓尿。

所以，《末日准备者》播出后，我周围的人都盯着看，包括菲里普的众同事，包括我婆婆安妮。安妮平时最喜欢东奔西跑玩儿，现在也不出门了，认真收看《末日准备者》，还打电话敦促我们收看。其实我是不用敦促的，我虽然是中国人，但我嫁给了美国人，嫁鸡随鸡，这鸡笼里的事还能不关心？于是，我晚饭一吃，饭碗一扔，鸡鸭都顾不上，看《末日准备者》。平时我只看《FRIENDS》，目的是学英语。

我看《末日准备者》时，菲里普去关鸡，然后洗碗，他边洗边吹口哨。他相信有世界末日这一说，但他并不怕世界末日这一天。他信上帝，不管末日怎么样，上帝都会带他去天堂。我就不一样了，上帝还没认我。当然这是我的说法。菲里普的说法，是我还没认上帝。我没认上帝就不能进天堂，所以末日这天，我们这对恩爱夫妻要分离，他去天堂，我下地狱。菲里普对这个结果伤心欲绝，但又不能逼我认上帝，所以心甘情愿洗碗，让我好好看看《末日准备者》，接受教育，想想认上帝的事。

说实话，我看了第一集《末日准备者》，就在想认上帝的事了。世界末日一定会到，但不知哪一天，按《圣经》说法，真的到了这一天，上帝会把他的子民一起带走，地球上会突然少很多人。留下来的人准备下地狱吧。揪心啊，快想想认上帝的事！

话说回来，回到《末日准备者》。今天我就拿这个片子说事。我平时写作极少拿电视节目说事，因为那不是我的事，那不叫拿，叫盗。

但今天，我就当一次强盗。《末日准备者》是一部很精彩的纪录片，它的拍摄技术、采访功夫、表现手法，都值得同行学习。但从我们草民的角度，最关心的事，是《末日准备者》中那些“末日准备者”，到底做些什么准备？这是我想和大家分享的重点。片子很长，故事很多，我简单举几个例子。

例1，防饿准备。

灾难来了，有饭吃，不挨饿，是头等大事。“末日准备者”的防饿准备，主要办法是贮藏食品。贮藏食品第一道工作，是种菜。不管地多地少，想办法种，角角落落种。片子中有一户人家，种菜种得很辉煌，整个房子都披上了菜藤菜叶菜瓜。他们出门时，像是从菜肚子里生出来的菜人；他们进门时，当然也像钻回菜肚子的菜人。真是好玩。更好玩的是，他们种了这么多菜却不吃，吃菜还是到超市买。这是为什么？他们的回答是：“种出来的菜，不是现在吃的，是留到灾难时吃的，专款专用。”好一个专款专用，换了我真做不到，有一地一房的菜，还要去超市买菜？

当然，“防饿准备者”，没笨到让菜烂在地里。他们贮藏食品的第二道工作，就是做泡菜。片中有一户人家，好好的房子不住人，拿来住泡菜，满屋子都是泡菜架，泡菜的品种五花八门，足够这家人吃两辈子，也许三辈子。难能可贵的是，他们宁愿住仓库忍受寒暑，却不动泡菜一指头，并且持之以恒种菜、做泡菜，泡菜多得放不下了，他们租房子、挖地窖，继续泡菜事业。仓库拿来住，泡菜拿来看，这样苦日子，一家人没有怨言，因为他们相信，当灾难降临，这些泡菜会救他们的命。太好笑了，反正我看到这就哈哈大笑。

“防饿准备者”除了种菜、做泡菜，还学吃野菜。泡菜是好东西，但如果挨一颗炸弹，一屋子泡菜泡汤，这道理小孩子都知道，所以要做更实际的准备，比如学吃野菜。泡菜光荣牺牲了还有野菜，这叫前赴后继。特别要让小孩子学吃野菜，他们从灾难中活下来比大人更重要。至于吃什么野菜，父母们先从书本学，再带孩子去林中实习，林子里有大量草叶草藤，一家人苦苦寻找，披荆斩棘，找到一样，全家老少都尝尝，这是学习的机会，不许当逃兵的。但寻找野菜，并学会吞吃，这真是硬功夫、难功夫。光从小孩子哭丧的脸就看出来了，他们想吃汉堡加薯条，还有热狗加奶酪。

相比准备泡菜、吃野菜，“防饿准备者”中很多人愿意准备肉，他们认为肉比菜厉害，灾难中需要营养和力气，要跳得高，逃得快。牛跑不过老虎，就是因为一个吃菜一个吃肉。所以他们贮藏冻肉或肉干。也有贮藏“活肉”的。有一对夫妻，他们养了两对牛两对羊，一不卖二不吃，也不当宠物。当什么呢？他们回答：“当战备品，专款专用。”想吃肉，干吗要这么麻烦？干吗不买一卡车冻起来？他们回答：“冻肉和泡菜一样不会逃跑，这些牛羊不一样，它们是活的，会逃跑！”于是，他们在镜头前做“逃跑”演习：男主人拉响警报，发动卡车，全家人闻风而动，往车厢里跳，牛羊们也闻风而动，往车斗上跳，它们显然训练有素，动作比人还利索。十秒钟，集合完毕，卡车启动，人和肉，一起逃跑。

例2，防毒准备。

毒气的可怕，其实比饥饿更可怕。毒气致命速度更快。所以很多人对毒气的畏惧心理，大过饥饿。片子上展示的“防毒准备者”，不但准备好了防毒衣服、面具、药品，还把家里排气管、下水道、门窗，都用材料封闭了。他们认为，有了这样的“封口”准备，“毒灾”来袭，他们会安然无恙。

也有人对这样的“封口”法不以为然，认为技术含量太低。有一个狂人，花三百万买下一个山洞，往下刨一百零七米深，造了十七层“防毒楼”，里面有水有电有氧气，有够七十一人吃三十年的食品和水。这个山洞的防毒性能，比光知道封家里的门窗，不知强多少倍了，但有几个人能做到？要有钱呀。这个世界，穷人永远比富人多。所以大部分“防毒准备者”，还是选择“封口”法，或者再升级一下，花点力气，在床底下挖个洞，刚好够一家人躲进去。

例3，防冻准备。

做防冻准备的人，担心天和地突然倒转，南北极突然颠倒，地球一切给弄乱了，热能、光能、电能都没有了，电脑瘫痪了，世界沉入黑暗寒冷之中……这时候，人的第一威胁就是寒冷。防冻准备，最普通的方法是准备燃料，比如劈柴、煤炭、油桶。也有比较另类的，他们除了准备燃料，还去旧车市场，买不用电脑的旧卡车，这种旧卡车手摇发动。用他们的话说，万一有一天南北极颠倒，所有电脑系统受到破坏，他们发动了车，跳上车照样可以逃跑！

我天真地想，真到了这天，还能往哪跑呢？

防冻准备，还有更聪明的人，他们一不劈柴，二不储油，三不买旧卡车。他们自己做发电机、抽水机，然后挖口深井，准备好应急电线和水管。真的“冻灾”来了，他们有电有水，根本不会冻死。这种人，属于鲁滨孙一类，到哪都能活。

所以，学做鲁滨孙，似乎更靠谱点。

例4，防震准备。

其实呢，“末日准备者”心里知道，最有可能发生的灾难，不是南北极颠倒，是超级大地震。地壳运动分分秒秒都在进行，地震说来就来，而且就在脚下。事实上，地球是有多动症的，它一直在震个不停。哪一天来个大地震，或超级大地震，天崩地裂，乾坤颠倒，生灵涂炭，都是先人预言中的事。所以不能坐以待毙，要有准备，有准备者生！

进行防震准备的人，他们有很多招数，其中最经典的，是准备一只集装箱。这只集装箱，不是一般货车用的那种铝合金材料，而是海运箱，是钢铁材料，有超强度，有超厚度，还有超抗压性。这个家伙一百级地震也震不垮。而且，买一个退役的集装箱很便宜，三千多块就搞定。而且这家伙就算不用来防震，藏藏泡菜也不错。

所以“防震”准备者们，纷纷把集装箱买回家，然后手脚麻利地拆了房子。为什么拆房子？因为住房子是要交税的，住集装箱不用，不但不交房税，还能免很多税，因为没房子住的人是穷人，穷人可以免很多税。当然重点不是税的事，是保命的事。集装箱是钢铁，房子是木头，哪个更保命？拆房子吧！

也有买了集装箱还是住房子的人，并不是他们掉以轻心，是他们太聪明。他们把集装箱活活地埋进土，上面种上花，平时享受生活，地震来了往下面一钻就行了。

我认为，集装箱思维，是高、大、全的思维，值得学习并推广。

现实是，《末日准备者》播出后，集装箱的价格翻了个倍。

例5，防暴准备。

天灾会引起人祸，会引起社会混乱，打砸抢，烧杀奸，强盗横行，杀戮遍野。这是对世界末日的描绘。不管这个预言会不会实现，我们要提前准备！

防暴准备头一件事，当然是枪的准备。有一户人家，他们家的枪支无处不在，床头有，衣柜有，厨房有，浴房有，马桶边有，洗衣房有，连鸡笼、牛棚、兔笼、菜园、花园也有。与之相配的，还有无处不在的摄像头、夜视仪、雷达。主人说，不管敌人何时出现，何地出现，哪怕从天上掉下来，从地下钻出来，他随手就有枪，随手能消灭。

牛啊！

还有一对夫妻，他们搬家搬了好几次，最后搬到政府大楼对面。因为他们心中的敌人，不是盗匪，不是暴徒，是政府。他们认为，当灾难爆发，政府要做的第一件事就是没收大家枪支，武装镇压民众，以保护政府的安全。所以这一家人很不放心，天天架着高倍望远镜，轮流值班，观察政府动静，同时把机关枪直对政府大门。除此之外，他们在家里囤积了大量食品，每隔三米的食品堆里，都藏有一把子弹上膛的小手枪。女主人说，她准备好了，随时随地，狠狠消灭来犯的政府军。

牛啊！

上面这两家牛人，不管是不是属于正常，总之很令人敬佩，现在这样的孤胆英雄并不多。但我认为电视台做事不够小心，片子把他们的意图及藏枪的位置，都生生暴露出来了，他们接下去怎么办，是不是考虑应该搬个家？不然，政府会不会找他们麻烦？还有，万一让小偷摸进来，把食品和枪摸光怎么办呀？哎，我是不是太操心了。

当然，这些很牛的“防暴准备者”，他们知道防暴准备枪很重要，枪法更重要，敌人来了，不是比谁枪多，是比谁枪法好。所以练枪这件事，他们不敢怠慢。从片子上看，他们练枪的样子，绝对专业，头戴钢盔，身穿迷彩服，又是点射又是冲锋，还摸爬滚打，上到八旬老人，下到五岁小孩，男男女女一起练，杀声震天。有一户人家，不但练枪，还练炮，炮是自己造的，架在自家玉米地，那儿放了一辆破吉普车，一声令下，“轰”一下，吉普车肢体，烟雾弥漫。这个很好看，像看二战电影。

枪练得炉火纯青了，也要练肉搏。万一城堡被攻、弹尽粮绝、短兵相接，得靠肉搏保卫家园。有一集《末日预备者》，片子一开头就是一头活猪的特写，它被头朝下挂在树上，正发出惊天动地的嚎叫。那一家人，老的八十来岁，小的十一二岁，男男女女十来个人，围着活猪劈杀。可怜的猪，血肉横飞，碎尸万段，真他妈的太血腥了，太残忍了，我不敢看，捂住眼睛骂人。这时片子中很及时出现了画外音：“灾难随时到来！无准备者，死！有准备者，生！”

大片还在进行，“末日准备者”还在频频亮相，我现在谈谈心得体会。

通过这个片子，我学了不少东西，首先学到了摄制组的敬业精神，无畏精神。片子中那些“末日准备者”，他们的行为很执着也很疯狂，至少不同常人，不排除有真疯子吧。摄制组深入虎穴，勇往直前，太令人佩服。据说，有记者在采访时，被狂人一枪击毙。

通过这个片子，我见识了很多刀枪，很多地洞，很多泡菜。所有东西都能做成泡菜，我就是从这个片子里学到的。菜能做泡菜，蛋能做泡菜，肉也能做泡菜。肉泡菜你见过吗？动物的脚、尾、心、肝、鞭，扔到醋坛里，就成了泡菜。

通过这个片子，我居安思危的意识大大提高，防患于未然意识大大提高。无准备者死，有准备者生，这样的觉悟大大提高。

另外，通过这个片子，本来觉悟不高的菲里普，也提高了觉悟。他意识到，虽然天堂很美好，死亡不可怕，但最好不要死，或者迟点死，能多活一天都是好的。但要做到这点，就得做灾难准备。于是，他开始陪我看《末日准备者》，边看边当解说员，看完后一起回味，谈心得体会。

而且，菲里普也不再嘲笑同事杰米了。相反，他说杰米是他们中最有见识、最有头脑的人。有这样一个同事真好，万一我们准备工作不到位，灾难来了就住他家去，分享他的泡菜、地洞。他还说，杰米在办公室很有人气了，大家都虚心向他取经，怎么在灾难中活下来。有一个养牛的同事，向杰米学习并行动，买了两只旧的集装箱，扬言要装泡菜、装弹药。杰米听了很高兴，说太好了，哪天我家泡菜放不下了，就借你的集装箱放。后来那同事把两只集装箱用来装牛粪，卖给有需要的菜农，但这事他不敢声张，怕杰米骂。

菲里普关于杰米的言论，不知有多少是真的，但他的变化是真的。他在考虑防御灾难的事了，我很高兴，因为我很怕死。我对他说，亲爱的，无准备者死，有准备者生，我们有五英亩地，全用来种蔬菜，收割后一半做泡菜，一半卖钱。灾难来了，我们就抬高价格，能赚很多钱呢。

一听我要发灾难财，菲里普的想法完全不同。他说第一要紧的事不是种蔬菜，也不是赚钱，是学会打仗，一旦敌人来了，泡菜上不了战场，得靠人！有一天，《末日准备者》播放一家人进行武装训练，屏幕上枪林弹雨、炮声隆隆，菲里普坐不住了，片子一完，他就对我说："亲爱的，你也得训练。假如我不在家，敌人来了你也能对付。"

我大声说："Yes，sir！"

他说："先考你一下，假设，敌人已经到了家门口，手上有枪，你第一应该做什么？"

我一听，往床底下钻，他一把将我拖住："错！想想，第一件事是什么？"

我想了想说："打911！"去拿手机。

他又一把拖住我："等你打完电话，敌人早进屋了，警察最早也要十分钟后赶到！说不定警察也逃命去了！第一件事，拿枪！"

"Yes，sir！"我跑进衣物间找枪，找到了交给他。他后退着说："我不在我不在。"

于是我举起枪就要瞄准，他急了："没子弹呢！假装放子弹！"

我马上假装放子弹，但找不到放子弹的地方。

菲老公痛苦地拍着脑袋说："唉唉，我教你装子弹教了一百遍了，怎么还是忘记了呢？亲爱的，敌人已经把你消灭了！"

我马上和他争："我教你说'吃饭'教了一千遍，你不是也记不住啊？"

他立刻没话说了，教我："把枪杆扳开。"这是一把老猎枪，我用力扳，就是扳不动。他只好帮我扳，扳开了，我看到了子弹孔。假装放进子弹。这时，听到他像将军一样发令："对准目标！"

士兵马上举起了枪，将军一下子趴到了地板上，我赶紧说："放心，假装的！"

他还是趴在地上喊："不管有没有子弹！枪口永远朝上！永远不对人！"我心里嘀咕，奇怪，永远朝上，永远不对人，怎么消灭敌人呢？

演习结束。我问："我合格了吗？"

他说："不合格！再问一遍，敌人来了，第一件事做什么？"

我坚决回答："拿枪！"

他频频摇头："错错错，是躲起来！"他说，"你连枪都扳不开，子弹都不会装，敌人早把你消灭了，还是躲起来吧！"

有一天，他带我在林子里练打靶。打完靶，我看到满地都是蒲公英，就说："这个能吃的。"菲里普惊讶地问："你怎么知道？"

我告诉他，我从小跟奶奶住在农村，我认识很多野果野菜，比如马兰头、荠菜、水芹菜、野笋……这些都能吃。还有，芦苇、杜鹃花、酸酸草也可以吃，茅草花茅草根也可以吃，还有车前草、铜钱草、艾青、松针，这些不但能吃，还是药呢……另外，很多虫也能吃，我吃过知了，把它丢火里烤，背上的肉又厚又香，像吃BBQ……

菲里普听了我的话，脸上起了一层鸡皮疙瘩，但他还是奉承我："太好了，你太聪明了！我们饿不死了！"

我说："我们饿不死，也冻不死。这儿到处是牛粪，捡回来糊墙上晒，晒干了贮藏起来，到时可以烧火取暖，还能做饭，牛粪做出来的饭特别香。"我并没捡过牛粪，更没吃过牛粪做的饭，关于牛粪的知识，是从知青小说中看来的。

菲里普听了我关于牛粪的理论，脸上又是一层鸡皮疙瘩。然后他拍着手，大声说："亲爱的，我要给《末日准备者》摄制组打电话！"

我问："干吗？教他们吃野菜、烧牛粪？"

他说："不！告诉他们，末日准备，什么都不用准备，准备一个中国老婆就行了！"

中国老婆一听，哈哈大笑。

时间过得很快，看《末日准备者》，那是六年前的事了。

六年后的今天，中国老婆已经成功地养了一群鸡鸭，种了一地绿菜。野笋生长时，请美国老公吃油闷笋；野葱生长时，请美国老公吃野葱炒蛋。不仅如此，中国老婆还隔三差五地，煮鸡汤、炖老鸭、烩野猪，还逼美国老公吃爱家蛋，每天四只，不吃不行，冰箱里的蛋满出来了！

美国老公的体重直线上升。

美国老公的肚子像打了气的皮球一样。

美国老公的血脂、血压、胆固醇指数险象环生。

现在，美国老公已经不再提末日准备的事了，整天叫喊要减肥，要防三高。

问题就出在，他准备了一个中国老婆！

美国乌鸦

中国有句话，天下乌鸦一般黑。形容不管你走到哪，坏人都一样黑，一样坏。

那么美国乌鸦呢？

这几年，我写了那么多美国故事。有朋友说，你光写好的，难道美国就没不好的事？美国就没坏人？我想说，美国当然有不好的事，美国也有坏人，美国乌鸦一般黑！

今天就写写美国乌鸦。

第一个故事，关于遗嘱。这个故事发生在我们好朋友G身上。

在美国，你作古后如果没有遗嘱，房产、汽车、存款、股票，总之全部资产，子女只能继承百分之六十，其他全部当税交给政府。奥巴马上台后，把之前的百之分六十，改成了五十。也就是说，你一辈子的积蓄，一半归奥巴马。当然，如果事先有遗嘱，遗产只交所得税，百分之二十。

所以，自从奥巴马修改了政策，美国人立遗嘱成风，七八十岁的人立，二三十岁的人也立，谁都不想让政府抢后代的财产。因此，遗嘱中介也就生意红火。什么叫遗嘱中介？和房子中介一样，他们帮你写遗嘱、办手续。立一份法律遗嘱，要填很多表，取很多证，很复杂很精细，比买房子烦琐多了，花钱请中介做，省力又省心。当然不省钱，一份遗嘱，中介费好几千。

那时G的老公刚查出癌症，遗嘱中介就上门了，向G夫妻宣讲遗嘱的重要性，不立遗嘱，坐吃政府的老亏。这位中介是G的邻居，认识五十年了，彼此感情很深。G夫妻很善良，心想，遗嘱肯定要立的，就把这生意给邻居吧。邻居当然很高兴，马上帮他们做了一份遗嘱，交给政府备案。钱当然不会少收，八千块，亲兄弟明算账。

G立遗嘱的事，四个子女都不知道。美国子女独立，父母也独立；子女做什么事，没父母的事；父母做什么事，也没子女的事。

G老公去世后，G很伤心，朋友都劝她出去散心。G决定去欧洲，但那一年欧洲飞机失事很多，时局也不平静。G在临行前，想修改一条遗嘱，就打电话给中介，就是那位亲爱的邻居。G说，麻烦你来一下，我要修改遗嘱。邻居说，改可以，得付三千块修改费。G说，怎么要三千，我只修改一条内容呀。邻居说，改一个字也要三千，不然不能改，对不起。

G想，万一她旅行有什么不测，就没机会改了，只好把三千块钱付了，邻居中介很快把遗嘱改好、存档，然后打电话对G说："祝贺，修改成功！”G一听放心了。

但就在G修改遗嘱的第二天，G的大女儿大女婿，双双冲进G家里。

大女儿劈头就问：“妈，我们才知道你做了遗嘱，交给中介多少钱？”

G说：“是呀，早就做了，交了八千。”

女儿说：“昨天你修改了遗嘱，又交了多少钱？”

G说：“三千，这事你怎么知道？”

大女儿一拍大腿说：“妈，你上当了！写遗嘱，改遗嘱，到律师事务所就行了，费用很便宜，哪里需要中介！你把钱扔水里了！”

G说：“听说填表很难的呀，我怕弄错。再说，我上哪找管遗嘱的律师！”

大女婿说：“妈咪，我工作的地方，就管这事！”

G说：“中介没说这事呀！”

大女婿说：“他怎么会说？他要是说了，怎么拿你的钱？昨天，就是他，到我这来盖章备案，如果你直接找我，一分钱不要。”

G一听，差点晕倒。她怎么忘记了呢，她女婿就是大律师！如果她一开始就找大女婿，大部分钱省下来了，可以去好几次欧洲！

怪谁呢，一不能怪邻居，他抢熟人的钱，抢女人的钱，抢寡妇的钱，但法律罚款不了他，他有营业执照，合法生意。二不能怪G，她是善良人。三不能怪子女，子女不知情。要怪，就怪G运气不好，碰到这么没良心邻居，几十年的朋友，照样下手！

丑陋的美国乌鸦，我替G骂一句。

第二个故事，关于电脑。这事发生在邻居D身上。

有一天，D接到一个电话，一个声音很好听的男声，他说："你好，请问你是D吗？你半年前买了一台苹果电脑？"D说："对呀，一点没错！"对方说："我要再核实一些情况！"那男人继续核实，说出D的生日、社会卡号、驾驶证号，说得一点不错，D奇怪了："你是谁呀？你怎么知道我的情况？"

那男人说，他叫史地文，微软公司的，专门帮用户检测电脑，他在检测中发现D的电脑有严重病毒，必须马上清理。D一听急了，她是做房产中介的，电脑有病毒怎么做生意。D马上问："怎么清理？付费吗？"对方说："免费！我立马帮你查，用远程协助！"

D打开远程，看着史地文的爪子捣鼓她的电脑。史地文一边弄，一边说："检查时间比较长，你可先去做其他事。我好了告诉你。"D说："谢谢，我没事，我看你查。"史地文继续捣鼓，然后对D说："我帮你清了所有病毒，现在电脑安全了。"D千恩万谢，但史地文又说话了："今天安全不等于明天安全，建议你买微软的杀毒软件，强力保护电脑，但这是要付费的。"D说："好的我装！多少钱？"那人说："两千块，别打给我，打给公司。收到钱，我马上帮你装。"

那人说完，给了D一个账号，D马上把钱打了过去。等啊等啊等了两天，"杀毒软件"还是没影子，D这才疑惑了，打电话告诉女儿，女儿一听就说："妈，你上当了，那是骗子！"D说："可是他知道我所有证件信息啊！"女儿说："妈，现在的骗子什么不知道！再说，苹果和微软不兼容的，微软怎么可能给你打电话！"

D连忙报告银行，但来不及了，钱已经被提了现。连忙报警，警察立案，至今没揪到骗子一根毛。

这事怪谁呢？怪美国乌鸦无处不在！

第三个故事，关于买车。这事发生在我婆婆安妮身上。

我公公鲍伯去世后，安妮的表现超出每个人的想象，她坚强、乐观、积极。办完鲍伯丧事后，她就买新衣服、新鞋子、新挎包、新手机，参加各种派对。当然她最想买的新东西，是一辆新车。她的车是2002年的雪佛兰(Chevrolet)，SUV型号，中等豪华轿车，枣红色，很漂亮。但鲍伯病了这么多年，安妮驾车带鲍伯看病，车有十七万英里数，刹车、油压器、收音机都有了问题。特别是CD机，彻底罢工。安妮边开车边听音乐的，怎么能没CD机。

有一天，安妮给菲里普打电话，开口就说："我要买新车，最新的雪佛兰，你帮我参谋一下。"

菲里普说："妈咪，新车要两三万呢，你的旧车身体很好，我帮你修修，还能活十年！"

我想，也许安妮会说"哦，还有十年好活，那就先开着吧"，没想到她在电话里叫了起来："我的上帝！活十年！那我不是十年没新车开！"听她的意思，这车应该活一个月，或活一天，最好就地处决。

菲里普说："对呀，保养得好，能开一百年两百年，我的老福特，1928年的，修一修还能上路……"

安妮喊了声"我的上帝"把电话扔了。

安妮换车的意向坚决，菲里普也就不说话了。

我在一篇《如花女人》中写过，三十多年前，安妮和一群女朋友，组成了一个女红朋友会，每周五一起吃饭聊天做女红，三十年没间断。在这些朋友中，有一个好朋友叫P，她老公M，是沃顿镇最大的汽车销售商。鲍伯和M是老朋友，鲍伯退休后，曾在M公司当销售，帮M赚了很多钱，所以M和鲍伯一直称兄道弟。因为这个关系，安妮决定向M买车。

有一天，安妮很高兴地给菲里普打电话，说她去过M公司了，M说，我们是老朋友，她刚失去了丈夫很可怜，需要照顾，一定给她最优惠的价。另外，免费帮她卖掉旧车。明天，她就要去M公司，买新车，卖旧车。

菲里普听了，提了三个问题：M收购旧车是什么价？他卖新车是什么价？是什么发动机？安妮回答，旧车付两千五，新车卖三万，大发动机。菲里普说：“你不需要大发动机，大发动机贵，也费油。”安妮说：“M说的，大发动机跑得快，我要跑得快！”菲里普说：“好的，妈咪。你等一等，我一会打电话给你。”

菲里普搁下电话，马上查电话，查到邻镇Bay city一家汽车销售店，打电话问他们，像安妮要买的新雪佛兰，卖价多少？对方答：两万八，还能还价。菲里普再问，卖这样一辆旧车呢？2002年的，十七万公里数。对方答：四千。

菲里普记下来，又给安妮打电话，把情况告诉她，叫她别和M做生意。安妮却很为难，说字是没有签，但已答应了，明天拿车，都是老朋友，M不会骗人吧。菲里普说，好吧，明天我陪你去拿车。

搁下电话，菲里普开始发火，发M的火。他很少这样发火，特别是对别人，他一般发火发自己，比如修东西修不好，一生气就扔工具，或者一拳打在机器上，机器不痛，他痛得直跳。现在，他又是摊手又是耸肩，对我说："这M，这老朋友，这好朋友，想抢一个可怜女孩的钱，这个女孩刚失去丈夫，他也要抢！新车抢，旧车也抢！"

我说："可恶！这叫杀猪！"

"杀猪？"他不知道这事和猪有什么关系。我解释，就是说，生意人坏，眼里只有钱，越是熟人、朋友，越是骗。他郁闷地说："这真没道理，熟人和朋友，更应该互相帮助啊！我父亲和他同事七年，我妈和他夫人朋友三十年！"

我说："这就对了，杀熟人猪、朋友猪。"

菲里普咬牙切齿地说："他敢！他一刀，我给他两刀！我没杀过猪，我杀过蛇！M难道没听说过，安妮的儿子是汽车行家，他敢抢他母亲的钱！"

我耸耸肩膀："肯定没听说。"

我的话伤他自尊了，他郁闷地说："我帮人修了那么多车，我帮镇长还修过车呢。我十二岁开始就修车，修古董车，也修新车，一共修了……"

他翻着眼珠子在算，一共修了多少车，我连忙说："我知道我知道，修了好多好多！嗨，明天去，告诉M，让他知道你的厉害，看他还敢抢安妮的钱！"

菲里普吸了一大口气，做了个拱牛角的动作，做好了打架准备。

我很有兴趣，想看他明天怎么和M打架。反正我认识他后，没见他和人红过脸，更别说打架了。

第二天一早，我们到了M公司，安妮随后就到了，手里捏着她的新苹果，粉红的，看到我就划，划一下，一张照片，再划一下，又一张照片，看得我和菲里普瞪眼睛。那时候，我和菲里普还没有苹果。

这时，M跑过来了，M脖子上的肉很厚，是个Big男人。美国人胖不说胖，说Big。他手下有三个汽车公司、两个修理公司，肉眼就能看出，他是个有钱人。他流的汗都是钱汗，不像菲里普，流的汗是穷汗。M一开口，更像有钱人，洪亮也充满自信。他冲我们“哈罗”一声，又拖又抱，把我们弄进他办公室。办公室很小，三四个平方，墙上有一张汽车海报，再没别的装饰，国旗都没放一枚。办公桌更小，刚好放一台电脑，也没有漂亮秘书进进出出。这样的办公室，太没有钱人气势了。

一阵寒暄、互相介绍后，M冲着安妮大声地说：“祝贺你，安妮，就要开上美丽新车了！”拿出单子让安妮签字。安妮刚伸手，菲里普就把单子抢过来，看完后说：“M，你再算一算，这辆车真的要三万？”M笑笑，拿起计算器，当着菲里普面，哒哒哒哒，快得打枪似的，一边算，一边写，写了一长串，加起来正好三万。他说，因为是老朋友，把零头拿掉了，凑个整数。

菲里普脸挂了下来，说：“M，能不能降点价？”M听了，哭穷，说经济不好，生意不好，什么都涨价，就人肉不涨。这车价已经是因为老朋友，降了又降的，没几分钱能赚了。

菲里普脸挂得更长了，声音激昂起来：“你这样说我就不同意了，这车应该卖多少，我是知道的！”

M头摇得拨浪鼓似的：“你不懂你不懂！”

菲里普说：“我怎么不懂，这样的车，你把零件给我，我给你一模一样拼一辆出来！做一辆的成本，卖一辆车的暴利，我很清楚！”

M一听，知道碰到了对手，马上又哭穷：“话是对的，但现在生意难做呀，这儿是穷镇呀，卖一辆车，不亏就是赚呀！”

菲里普把双脚抬得高高的，骂了一句：“Bullshit！”Bullshit，意思是牛粪。为什么要把脚抬高呢？因为牛粪在地上，脏得不愿意踩。骂完这句，菲里普脸涨得通红，安妮的脸也涨得通红。这是一句美国脏话，菲里普脸红成那样，是因为他从不说脏话，现在是气极了，但话一出口，自己给自己羞红脸了。唉，老实人哎。

菲里普觉得连牛粪都骂了，豁出去拼命了。但M是什么人，岂能被一句牛粪给骂倒，他笑，哈哈笑。这种笑，我很熟悉，无赖，骗子，乌鸦，都这样笑。

菲里普镇静一下，抛出了杀手锏：“我问了Bay city一家车店，他们给的价是两万八，还能还价，旧车他们收四千，你只收两千五！”

M听了摊摊手：“好的好的，你可以去那儿买车、卖车。”

是斗心理的时候了，菲里普好样的，“呼”地站了起来，顺手一边一个拖起了我和安妮。安妮有些不知所措，看看菲里普，看看M。M也是好样的，“呼”地站起来，怒目圆睁。我心想，要打架了要打架了，我们三个加一块都不是M的对手，瞧他的大脑袋，一脑袋就能把我和安妮顶翻，不过我不会逃的，旁边有把扳头，我拿扳头和老公并肩作战！

我正在作战斗准备，没想到，M却咯咯咯笑起来，连声说："坐坐坐，再谈谈再谈谈！这样吧，我也给你两万八！"到底是生意人，说跌倒就跌倒。

我们三个又坐下了。这时，外面有人叫M，M一离开，我就对安妮说："安妮，别买他的车，我们到Bay city去！"

安妮却很老实地说："Bay city也是两万八呀，M是朋友，就在这买吧！"人家杀猪刀架她脖子了，她还把人家当朋友。

"那就再还价！"我说。

"还多少呢？"第一回合得胜的菲里普，满头大汗，红光满面，却不知道接下去该怎么还价了。说实话，买东西讨价还价，不是我的强项，但肯定比菲里普强。我就对菲里普说："两万七！"

菲里普吓了一跳："降这么多？不可能的，再降100吧。"

安妮连声说："从三万到两万八，已经降两千了，可以了吧？"

菲里普说："老妈，你还担心他不赚钱？这辆车，出厂价不到两万！"

安妮说："那……怎么开口呢？"

我们三个，嘀嘀咕咕，鬼鬼祟祟，不像正义在我方的人，倒像是做贼心虚的人。

M回来后，菲里普问："能再少点钱吗？"M先是一脸痛苦，然后痛下决心，打了个响指："都是老朋友，我送你三百块钱的装备吧！"

成交。皆大欢喜。分手时，M和安妮拥抱告别，他要抱我，我一闪身没让他抱着，我怕他一脖子横肉。回家的路上，我见菲里普依然是红光满面，便说：“哈，高兴吧？今天你赢了！”

菲里普伸过手给我看，手指竟在抖，他说：“哪里是高兴！是紧张！我还没这样吵过架！”

唉，他就这点本事，吵架吵成这样子。但我理解，我也不是吵架的料，我和人吵架都是话还没出口先呜呜呜哭，这么没出息的样子，人家都懒得和我吵。

第二天下午，安妮把钱捧去交给M，然后打电话给我们，她说：“我现在就过来，给你们看看新车哦！”

十分钟后，安妮欢天喜地开着新车来了，音乐开得震天响。下车后，她就向我们演示，摇控开门，摇控发动，摇控空调，摇控音响。我呢，这里坐坐，那儿摸摸。可怜我，到了美国没开过新车，我家的车都是旧的，最旧的是1928年的。哪怕是新车，菲里普一买回就大卸八块重新装修，活活把新车弄成旧车，因为他喜欢酷，新车不酷，旧车酷，这是他的审美，与我的审美背道而驰。当然我也不介意，反正我不开车，任他去折腾。

我和安妮欢天喜地，一会上车一会下车。菲里普却一脸严肃，在检查部件。结果，一查查出了问题，购买合同上，安妮明明买的是大功率发动机，但这辆车装的是小功率发动机，小的比大的便宜一千五百块。就是说，安妮的老朋友M，不动声色抢了安妮一千五百块钱！

菲里普把这事和安妮一说，安妮发呆了，但马上说：“算了算了，小有小的好处，你不是说小的省油。”

菲里普说：“问题是，他把小的当大的卖给你，收的是大的钱，是欺骗罪。报警，他要坐牢的！”

安妮说：“算了算了，说不定是送货时送错了呢？谁都会出错！”

这时，我突然想起来了：“M不是说，送三百块装备吗？”

我这一提醒，菲里普和安妮马上找，在后备箱找到一只环保袋，最多值五块钱。安妮说没关系没关系，东西太多也没用，这袋子实用的，我买菜好用。

安妮上了当，还替骗子说话。我觉得，一方面是她老实、善良，不想伤和气，还有方面，她很要面子，不愿承认对方是骗子。如果承认了，等于承认自己交错了朋友，看走了眼，这很没面子。安妮当过老师，从来认为自己说的做的都正确的。

菲里普也没再说什么，但等安妮一走，他大骂M：“Bull-shit！”

接下来卖旧车的事，菲里普无论如何不肯交给M了，他坚决地对老妈说：“卖车的事，你别管，我来管！”

菲里普把老妈的车拿回来，每天下班后捣鼓，拆电脑板、拆CD机、拆轮胎，拆轮胎是为了换刹车片。修修补补，所有毛病都治好，然后开到验车店验车，一切合格，性能优秀。

在一个周六，我们把安妮的车放到超市停车场出售，挂牌六千一。这么高的价卖得出去吗？菲里普说，先挂着，心理价五千。

几天后没人要车，奸商M听说了很快乐，他通过老婆传话给安妮，说两千五都不一定有人要，六千一简直是做梦，再卖不掉交给他吧，他付两千六。安妮一听动摇了，菲里普对安妮说：“他骗你，我把车拆了，光卖零件也卖三千！”

安妮傻了，不知道儿子是对的，还是老朋友是对的。

又过了几天，我们正在吃饭，有人打电话来说要看车，菲里普扔下筷子就跑。两小时后回来了，回来就开酒瓶。他喝酒，肯定有好事，我马上说：“成交了？”

他喝下一杯酒，大声说：“成交了！六千块卖掉了！老妈捧着钱去银行了！”

“哈！六千！”我高兴得拍他屁股蛋，“你厉害！你厉害！”

菲里普红着脸说：“M说什么，两千五没人要？大骗子！明天，我们去一趟他的车店！”

我说：“去干吗？你不是说断交了吗？”

他说：“告诉他，有本事别抢女人的钱！卑鄙的骗子！”

我也骂：“Bullshit！”不过瘾，又加了一句：“F...”

菲里普一下子捂住了我的嘴，因为F...是一句最难听的美国国骂，我说得字正腔圆。告诉你，学英语，学什么都没比学骂人快！

G上当，D上当，安妮上当，三个故事，很典型，很耳熟，因为故事里的坏人，中国也有。中国乌鸦黑，美国乌鸦也黑，天下乌鸦一般黑！

夫妻互伤

看了这个题目，关心我们、爱我们的人，是不是吓一大跳。

但这是事实，我和菲里普结婚八年了，恩恩爱爱，却发生了几次“互伤”事件，而且情节很严重。

先“控诉”菲里普对我的伤害。

第一桩案件，应该叫“关妻案”。

我家有个阁楼，用来放杂物的。阁楼的开口，在洗衣房的天花板上，那儿有一根绳，往下一拉，梯子就“哗”掉下来了，露出一个大黑洞；往上一推，梯子就“呼”缩回去了，黑洞封住了。我不喜欢登高，也不喜欢黑洞，但喜欢看菲里普上阁楼、下阁楼，很好玩。每年圣诞节前，菲里普都会上阁楼，搬圣诞装饰品。但有时，并不是圣诞节，他也上去，待好久才下来，下来时表情很兴奋，我就问他：“亲爱的，在上面看什么呢？”他马上说：“没什么没什么……”“呼”一下把楼梯推回原处。

我突然就有了好奇心，阁楼里到底有什么秘密？会不会藏着另一个老婆？《简爱》里，那个被关在小黑屋里的，罗切斯特的疯老婆，她总是半夜出来吓人。想到这，我全身汗毛倒立。

有一天，菲里普拉下梯子，从阁楼搬下来一箱东西，他说这是一箱旧工具，要搬到SHOP去。等他一离开，我牙齿一咬，攀住梯子往上爬，钻进黑洞一看，天呀，这是什么鬼地方，昏暗的光线下，到处是蜘蛛网、老鼠屎、陈年灰，还不能直立行走，只能爬。我就一路往里爬，看到了几只破箱子，第一只箱子装的是照片，全是美人照，花枝招展的，嗯？他上来看美人？第二只箱子是老相机，有一大堆，全是用胶卷的那种；第三只箱子是电话机，有摇摇的，有拨拨的，在老电影上看到过；第四只箱子是玩具，积木、小车、机器人，乱七八糟一大堆；第五只箱子是鬼面具，很可怕，我看了一眼就爬开了，我最怕鬼了。爬到角落，看到一个包，红绸缎包的，上面还扎了个蝴蝶结。我心想，哼哼，这个包色色的，是不是藏着他的情书？打开一看差点尖叫，全是恐怖的蛇皮！我站起来想跑，“咚”一下，脑袋撞了木板，痛得眼冒金星。

正在往回爬，灯突然灭了，听见“呼”一声，梯子缩了回来，封住了出口。我连忙叫：“亲爱的，别，我在上面！”但菲里普没听见，离开洗衣房，还“咣”地，关上了大门。

阁楼里顿时黑漆漆、阴森森，我叫了几声，菲里普没反应，我又跺脚又拍打，他还是没反应。这时，听到手机响，他开始接电话。你知道，我们家手机信号很不好，所以他“哈罗”了一声，就跑到院子去说话。我只好耐性子等，等了差不多一万年，他还没回到屋里。我开始胡思乱想，他是不是知道我被关阁楼上，故意装着不知道？他要把我饿死，或关成疯子，疯得和罗切斯特老婆一样，他就好讨小老婆了……男人哪男人！

化悲痛为力量，自救！

怎么自救呢？找出口！我匍匐前行，一会儿摸到蛇皮，一会儿摸到鬼面具，最后摸到了美人照，心里一点不妒忌，反而高兴，因为我记得，梯子就在美人照边。果然，很快摸到了梯子，想把它往下推，推一下，不动；推两下，还是不动。正生气，梯子“哗”一下下去了，下面站着菲里普，他手里拿了根棍子，看见我吃惊地说：“我还以为有老鼠呢，原来是你！”

我一边慢慢下梯子，一边生气地说：“不是我还会是谁啊？你难道还有第二个老婆？”

菲里普说：“我到处找你呢，你躲这玩！”

我说：“谁躲这玩了，是你把我关在这了！”

他说：“我怎么会关你呢，把你关起来了，没老婆谁给我做饭！”

我气哼哼地说：“你不是有一大堆女人吗，别说没有，我看见照片了！”

他一听，马上爬上去，把一箱照片抱下来让我看。我这才看清，照片都是两个女儿的。

“阁楼关妻案”后，我再也不上阁楼了。阁楼没秘密，没什么好玩，就一堆菲里普的破东西。

第二桩案件，应该叫“毒妻案”。

有一次我们去一个越南超市，看到一种蔬菜，绿绿长长，很像芋艿的叶茎，我说：“嗨，亲爱的，这是什么？是不是芋艿茎？”

菲里普近视眼，凑近看，然后激动地说：“不是芋艿，是Elephant ear！”

我瞪大眼睛连声问：“你确定？你确定？”

他大声说：“我确定，我们家院子到处都是Elephant ear！”

我仔细看，这些粗大的叶茎，果然和Elephant ear的叶茎长得一模一样。

Elephant ear，大象耳朵，就是滴水观音。茎长长的，叶子大得像大象耳朵，淋上水会滚水珠，晶晶亮亮。滴水观音算是好看的植物，很有诗意，但我家院子里，滴水观音泛滥成灾，到处都有。我看见就拔，这植物贱，拔掉长出来，再拔掉再长出来。但没想到，这么讨厌的植物，竟放在越南超市卖！

菲里普觉得很惭愧，院子里的Elephant ear，已经长了二十多年了，他却不知道它们可以吃。于是他说，亲爱的，我们不要再把它们拔掉了，我们把它们都养大，然后吃掉。我听了连连点头，我怎么那么笨，满院的滴水观音，不知道吃还拼命拔。

有一天，天气非常热，菲里普赤膊上阵造露台，我在一边帮忙。他挥汗如雨，我也挥汗如雨，边上有一棵滴水观音，长得比我还高，绿叶苍翠。菲里普走过去砍下一枝，枝杆的切面上，冒出晶莹水珠，菲里普看了一眼，舔着嘴唇说："亲爱的，看上去又甜又解渴哦！"

我顿时想到了青皮甘蔗。我说："亲爱的，你先享用吧。"

菲里普说："不不，你先你先，女士优先！"说完，把枝杆递给我。

我正渴得要命，听他这么一说，马上塞到嘴里，用力一吸。满嘴的汁水，不苦也不酸，真有点甘蔗的清香，便"咕咚"一下咽了下去，然后对菲里普说："嗯，不错的，一会我做甜汤给你喝！"

话刚说完，嘴巴麻了，喉咙麻了，胃里有火烧的感觉，便向菲里普喊："有毒！我中毒啦！"

菲里普扔下榔头，过来看是什么情况。我已痛得站不住，一屁股坐到草地上，捂住嘴，话也说不出了，因为嘴巴肿了，舌头肿了，整个口腔像是有万支毒针在扎。我的耳朵、鼻子、脑袋，也一起痛起来，只好哗哗流眼泪。

菲里普跑回厨房，拿来冰块塞进我嘴巴，连声说："别怕别怕，也许不是中毒，只是过敏，这种菜应该烧熟了才能吃的吧？"

我想喊"美国人不是啥都生吃的吗"，但哪里喊得出，失声了！

菲里普把我抱回家，继续给我冰，还上网查。这一查，他吓了一大跳，Elephant ear，滴水观音，它是有毒的，吃多了会发生食道出血，胃出血，肠出血，严重的会引起死亡。

这下菲里普慌了，他连声说："上医院上医院！"说完上楼找衣服，他还赤膊呢。

我想，等我到了医院，肯定中毒身亡了，我应该自救。我便一边哭一边上网。网上说，如果误吃滴水观音，喝醋、喝白酒有用。我跌跌撞撞跑向厨房，找到醋和白酒，酒是百井坊，醋是老陈醋。然后我坐在地上，一口老醋一口白酒，交换着喝，很快喝得满脸通红，疼痛果然减轻了。

这时，菲里普跑来要拖我上车，我已说得出话了，并且醉了，醉熏熏地说："亲爱的，我哪也不去，就坐这喝……"菲里普见我好起来了，接过百井坊喝了一大口，然后无比内疚地说："对不起对不起，是我害你的，我应该先尝一下！"我哭丧着脸说："还是我先尝好，万一你吃得太多，还得我送你去医院，我可不想开车！"

"毒妻案"后，我们又去越南超市，那捆长得和滴水观音一样的菜还摆在哪，很多人买，这到底是什么菜，怎么吃法？我到现在还没弄明白。

第三桩案件，应该叫"蛰妻案"。

我家的蜜蜂，因为我发表的文章和图片，成了网络"名蜂"，对此菲里普很满意，觉得我做了件很酷的事。那天，菲里普穿上防蜂衣、喝了几口白酒，要去查看蜂箱，他查看蜂箱为什么要喝酒呢？他怕蜂蛰，蜂蛰就像打针，他最怕打针。他出发时叫我："亲爱的，走，一起去，拍蜜蜂的明星照！"

我犹豫不决："我没蜂衣呀……"

他说："放心，你不碰蜂箱，蜜蜂不会蛰！"

我问："你确定？"

他说："我确定！"

我一听，戴上草帽，拿上手机就跟他走。离蜂箱十来米时，我站住了，不敢过去。菲里普继续向前，掀开了蜂箱，就听他在叫：“林，快来看，看蜂皇！把蜂皇拍下来，放到朋友圈！”

我一听，想也没想就跑过去，一直跑到蜂箱边，蜂箱里密密麻麻，黑压压一堆全是蜂，根本看不清谁是蜂皇，但我还是举起手机拍。就在这时，手背突然发生一阵剧痛，一看，竟有两只蜂，同时趴在我手背上。我嚎叫着甩掉蜜蜂，掉头就逃，菲里普在后面叫：“别跑别跑，越跑越追！”我马上站住不敢动，菲里普说：“丫头，这就对了，别动！”他话音刚落，我耳朵、脖子同时发生剧痛，还听到了嗡嗡嗡声，抬眼一看，草帽上站了一排蜂。

我尖叫着扔掉草帽，发疯一样跑出林子。跑的过程中，菲里普还在叫：“别跑别跑！”我跑得更快了，一直跑到了狼道上。回头一看，蜂被我甩掉了。幸亏我小时候是短跑冠军，还有点童子功剩下来。这时，被蛰的皮肉火烧一样痛，我蹲下身子抱住头哭。

菲里普跑了过来，边跑边说：“亲爱的，你好不好？”我一看，他的衣服上带了好几只蜂，又跳起来跑，边跑边说：“你有蜂！你有蜂！”

菲里普站住脱掉蜂衣，回家拿来了冰块和镊子。我脸肿了，脖子肿了，手肿了，两只耳朵肿了，像个猪八戒。菲里普帮我拔毒针、压冰块，嘴里不停问：“痛不痛？痛不痛？”

我哭丧着脸说：“当然痛了！你还叫我不要跑，不要跑，不跑更惨！”

他说：“真对不起，我们蜂箱里有了杀人蜂。”

我说："我恨你！有杀人蜂你还叫我去拍照！"

他说："对不起，我真的不知道有杀人蜂，小蜜蜂很温柔，从来不追人的……"

他脱下衣服给我看，他的肩背上有无数个红包，他穿着蜂衣也被杀人蜂蜇成这样，我马上心疼了，不再恨他了。蜂蜇一下什么感觉？就像打了十针青霉素。

怎么会有杀人蜂的？是因为蜂皇外出偷情，怀上了杀人蜂的种。杀人蜂也会酿蜜，但绝对不许别人碰它的蜜，所以很凶狂，不管谁接近，它们都是杀气腾腾、穷追不舍。

"蜇妻案"后，菲里普网上买了一只新蜂皇。新蜂皇年轻力壮，它进入蜂箱后把老蜂皇咬死或赶走，并开始生育健康而温驯的蜂宝宝。事实上我从此再没挨过蜇。慢慢地，我与小蜜蜂有了感情，也成了一个能干的养蜂人。当然这是后话。

上面，就是菲里普的"伤妻"案。

当然我也不甘示弱，也以"伤夫"事件，显示本妻威力。

第一桩"伤夫"案，可以叫"烙夫案"。

菲里普有腰痛病，痛起来坐不能坐、躺不能躺，很可怜的。这时，他就大量地往腰上涂药，弄得满屋子药味，但止不住，照样痛。有一次，他痛得无法睡觉，在床上哼。我拿出中国的"麝香镇痛膏"，对他说："亲爱的，美国药不灵，试试中国药吧。"

他一看就连连摆手："不拔毛，不拔毛！"以前我在他小腿上贴过麝香镇痛膏，他毛多，撕下来时，撕下了一片毛，吓得他再不敢用中国膏药。

我做他思想工作:“亲爱的,你腰上没毛的,保证撕下来不痛!就算有点痛,和你腰痛比,算什么啊!”

菲老公想想也是,就点了头,我赶紧把麝香镇痛膏,“啪”地给他贴上,说:“好好睡一觉,十二小时才能撕哦!”

但他还是痛得不行,躺在那唉声叹气。我见他可怜,又想到了一个好主意,热水袋灌满烫水,对他说:“药膏,再加上热敷,更有效果!”

“你确定?”菲里普有点怀疑。

“我确定!”我说。

菲里普马上把热水袋垫到腰上,笑了:“真的好多了,舒服,谢谢老婆!”

药膏加热水袋确实管用,菲老公终于美美睡了一觉。第二天,十二小时到了,我要帮他撕药膏,他护着自己的腰喊:“别别,我自己来!”我哪听他,我爸说过,撕药膏要快要狠,就不会痛。于是我“刷”一下,在他惨叫声里,把药膏撕了下来。

“痛啊!好痛!”他还在哇哇怪叫。我一看,坏了,难怪他痛,少了一块皮,不是皮肤少了一块,是药膏少了一块,这一块上哪去了呢?坏了,烙在菲里普腰上了!热水袋太烫,烙铁一样,把药膏烙进了他皮肤,根本扒不下来,除了把肉割下来!

我这才知道做了错事,心里好内疚,连声说:“对不起对不起,亲爱的,我把膏药烙在你身上了……”

菲里普哭丧着脸说:“没关系啦,就当我做了一次中国纹身啦……”

从这天开始，菲里普每天和烙在腰上的药膏战斗，一点点把它扒下来。一个月后，药膏是扒下来了，但肉却烂了，烂了很深一个洞。我每天帮他清洗、上药，两个月后，他腰上的烂洞才愈合，但留下了清晰的烙印——中国纹身。

第二桩“伤夫案”，应该叫“毒夫案”。他毒妻，我就毒夫！

事情是这样的，菲里普肠炎开刀，切掉了一大段肠，医生缝伤口不是用线，是用钉书机，咔嚓咔嚓，钉了十几个钉子，就像一排铁拉链。手术三天后，医生说过一周回来拆线，就让他出了院。

回到家过了三天，伤口还很痛，菲里普还是站不起来，整天抱着枕头缩在沙发上。他嘴里一遍遍唠叨：“草长高了，草要割了，我要去割草……”我说：“亲爱的，不许乱动！你要是乱动，拉链裂开了，得上医院重上！”他一听，吓得不敢动了。

有一天，我把一瓶水、一包饼干放他手边，我说：“亲爱的，我去超市买菜，很快回来，你饿了就吃点饼干。”他拿起饼干看了看，说：“中国饼干，我喜欢，谢谢妈妈！妈妈，走前亲亲我！”他趁机撒娇。

我亲了亲他，开上车奔超市。一小时后回到家，菲里普还坐在沙发上，我问他：“饿不饿？我买了烤鸡给你吃。”

他说：“不饿不饿，妈妈，我吃过中国饼干了。”

我说：“真乖，中国饼干好吃吗？”

他说：“很好吃，调料也很好吃。就是太难拆了，拆半天拆不开，我用嘴咬开的。”

我想，饼干怎么有调料？低头一看，看到被他咬烂的“调料袋”，心脏差点吓破，那不是什么调料，是干燥剂，他把干燥剂当调料吃了下去！我马上去扳他嘴巴，喊：“宝贝，快吐出来，快吐出来！”

菲里普指指肚子：“全在这呢，一口饼干，一口调料，吃光了。”

我喊：“你把干燥剂吃下去了！”

他瞪着眼睛说：“我怎么知道是干燥剂呀！

我说：“干燥剂有毒！我们上医院！”

他不肯：“我不上医院，真的中毒了，再把肚子剖开来，反正我已经有一根拉链了。”

我上查网，误吃干燥剂怎么办。网上说，误吃了真的干燥剂，不会中毒，会从大便排出来；但如果误吃了假干燥剂，可能会中毒，得马上去医院。什么真的假的，什么意思？但没时间研究了，我一直坐在菲里普面前，盯着他，察颜观色，半小时过去了，菲里普没事。

上帝保佑，他吃下去的，是真货，不是假货。

第三桩“伤夫案”，应该叫“安眠案”。

菲里普睡眠很好的，喝再多的咖啡、再浓的绿茶，都是倒下三分钟就睡，半夜打雷都吵不醒他。这么好的睡眠让我妒忌，我躺下去两三小时能睡着谢天谢地了。我常常是两三小时后眼睛还亮着，比天上星星还亮，只好起床补安眠药。我以前都吃中国带来的安眠药，后来吃美国安眠药。美国有很多不好的地方，但药却比中国好。吃了中国的安眠药，早上醒来头昏，而且昏一天。但美国安眠药没事，早上醒了就很清醒。所以，我现在只吃美国安眠药。

说这么多关于安眠药的话，是因为发生一件奇怪的事：菲里普也需要吃药了！前些天，不知怎么回事，他一连三天到凌晨一两点才睡着，他早上4点半就得起来上班，但哪里起得来，闹钟叫得全院的鸡都醒了，他就是醒不过来，我只好把他踢醒。他摇摇晃晃去上班了，我也睡不着了，担心他出车祸。

这样到了第四天，我劝他了：“亲爱的，你不能这样下去，要么去看医生，查查原因，要么吃安眠药，把睡眠调过来。”

菲里普摇着头说：“我这一辈子没失过眠，没吃过一粒安眠药，我可不破这个例！”

我说：“你都快一周没好好睡觉了，我担心你路上出事，也担心你上班出事！”

菲里普说：“没事没事。”

我说：“你是怕中国药吧？放心，我给你吃美国药。”

他说：“不吃不吃。”

我说：“你睡不着，翻来翻去，害得我也睡不着。”

菲里普说：“啊呀亲爱的，真对不起，那我就吃一粒吧。”

睡觉前，我把美国安眠药和水一起递给他，看着他吃下去，俩人关灯睡觉。很快，药起作用了，菲里普睡着了，发出惊天动地的呼噜。我暗暗高兴，幸亏逼他吃了药，他第一次吃药，效果就是好！

两小时后，我刚迷迷糊糊要睡，菲里普突然坐起来，直挺挺坐那不动，把我吓着了，刚想问他怎么了，他一下子跳到地板上，对着厕所门开始撒尿，我没听错，哗哗哗，是在撒尿！

他是不是梦游了？听说人在梦游时是不敢喊他醒的，会把他吓成神经病的。我只好忍着，在黑暗中看着他。他撒完尿，摇摇摆摆走了两步，一下子被自己的尿滑了一下，头撞在门上，吓得我差点叫起来，但还是不敢叫，怕把他吓着。

还好，他没事，摇摇摆摆回到床上，躺下后，又发出惊天动地的呼噜。

我轻轻起床，摸到一块浴巾，铺到地板上，盖住了他画的地图。

第二天四点半，闹钟一响，菲里普就起床上班去了。傍晚他下班，我问他："你知道昨天晚上你干了什么坏事？"

他很老实地说："我把尿撒在地板上了。"

我说："啊？你知道啊？"

他说："我当然知道，我是故意的！"

我瞪着他："什么？你故意？"

他说："是呀，因为我看到地板起火了，我在灭火！"

我叫起来了："啊？你怎么会这样？"

他说："是啊，我怎么会这样？这太可怕了！"

我们俩对视，同时想到了一样东西：安眠药！

从来没吃过安眠药的菲里普，人生第一粒药，把他药糊涂了，糊涂到半夜站地板上撒尿，理由是灭火！还好他没有梦到敌人，如果他抱起枪与敌人对抗，说不定我被他当敌人干掉了！他的枪就在床边，而且子弹上膛！

后怕啊！不过，这件事说来说去，是我害的，还敢喂老公吃安眠药吗？不敢了，打死我也不敢了！

写完《夫妻互伤》这篇小文，《奇怪的美国人》这本书就杀青了。

其实这篇小文，纯属家庭琐事、夫妻小事，似乎和“奇怪的美国人”这个主题无大相关。但我却把这篇小文，很慎重地做了这本书的结尾。

我是这样想的，这本书所有故事，都用我和菲里普的生活串联。我们的生活很琐碎，很细小，但对我来说，点点滴滴都是新奇，它们组成了我的美国日子。它们和我以前的生活大不相同，它们的不同，在于它不是约定俗成的生活，不是人云亦云的生活，不是亦步亦趋的生活。是什么生活？是第一人称的生活——我的生活。

一个人如果有了“我的”生活，一切会变得简单，因为当你回归到“我的”，一切追求和欲望，包括烦恼，就大幅度减少。很多烦心的事，都发生在第二人称——他(她)。一个原本的“我”，其实只需要一份简单生活。越简单，越自由，越放松。

是的，我的生活是放松的，就像这篇《夫妻自伤》的故事，很放松，也很简单。这篇小文，是我简单生活的写照。但正是这种简单，让我欲罢不能。

后记

《奇怪的美国人》，昨晚写完了。

也是昨天晚上，在我的小学同学群里，我的好朋友张英姿，发了一张方然珍老师去世的讣告。方然珍老师去世了。读着那沉重的黑字，我心里一阵失落，一阵疼痛。人生苦短，几十年一晃，我们已到了读讣告的年龄。

方老师是我学生时代第一位语文老师。那年我八岁，读杭州市学军小学二年级。有一次劳动课，我们去一个叫卖鱼桥的地方搬砖头，天很热，路很长，对于我们小小的身体来说，一块砖头很重。回校后，方老师请我们写作文，我在这篇作文中，用了“火辣辣的太阳”“汗流浃背”“难忘的一天”几个词。这是我学生时代第一篇作文。方老师看了我的作文，在我的文字下面，划上很多美丽的波浪，然后批上“优秀”，她的评语是：盛林，写得很好，方老师很高兴！然后在第二天，她让我当众朗读。

这个叫盛林的小女孩，第一次感受到写作的快乐。

也就是从这天开始，她喜欢了写作。因为方老师说，方老师很高兴。她这个年纪，最在意的事是让老师高兴。老师很亮，是她头上的一盏亮晶晶的星星。

很多年后的今天，我一直是快乐的写作人，我写了很多书，写了很多快乐的故事。当我写书时，我的心情完全是八岁时，给方老师写作文的心态，我要把书写好看，写精彩，要让我的读者喜欢，让我的亲友高兴。

很多年后的今天，我时常想起我所有的语文老师。他们曾经一个个出现在我的时空，守在我左右，念书给我听，写字给我看，教我作文，也教我做人。至今，我还保留着很多学生时代的作文本，上面有语文老师们惊心动魄的红笔，字斟句酌的评语。

如今他们都在哪里？

也许他们不再记得，那个爱写作的小女生，总是不厌其烦地，拿着瞎编乱造的作文，请他们看，请他们改。也许他们根本不知道，这个小女生，每次打开老师批过的作文，总是心潮澎湃。因为她很在乎，在乎老师留在作文本上的每一条红线，每一个红字，每一个红符。所有的红，刻进了她最初的人生。她喜欢红色，就是从作文本开始的。

语文老师们，在我生命中，是另一个母亲。这个母亲，很深刻地走进我的心灵。

很多年后的今天，每每完成一本书，我都会想起他们。那么多年，我再没有见过他们，但我能感觉到他们。他们依然是我头上那一盏盏星星，一直照着我的路。只要我一抬头，就看到他们。

今天借此机会，我要把我头上的这一盏盏星星，缀入我的新书。

我的第一枚星星，学军小学的方然珍老师，是她教我写字，教我写第一篇作文，并对我说老师很高兴。这句表扬，我藏匿在心中。每次完成新的书稿，放下一身的疲惫，我也用这句话表扬自己，盛林，我很高兴！

我的第二枚星星，学军小学的朱秋芽老师，她总是永远微笑永远不生气。有一次她竟然对我说，盛林，你的作文写得很好，老师也要向你学习。老师向我学习学什么呢？我当时很困惑。很多年后我懂了，她是在教导我，做人要永远谦虚，要永远向人学习。向人学习，是一种德，一种境。

我的第三枚星星，学军小学的蔡杭珍老师。她是我这一生，最让我刻骨铭心的老师。她对我最大的好就是放任。我做她学生时很任性，我总是做一些出乎她意料的事。比如写作文，她布置记叙文，我偏写诗；她布置写诗，我偏写小说。她要求正叙，我偏倒叙；她要求写东，我偏写西。同时，我严重偏科，数学差得一塌糊涂。这样一个我，任何老师都无法容忍。但蔡老师坦然。她很耐心地读我的长篇谬论，还有各式各样歪文。她对我评语是：做事有个性、有目标，作文有创意，有想象，别出心裁，老师为你骄傲！当然她也会在评语后加上一句：为了应试成绩，数学要加加油！字要加加油！

事实上，蔡老师要我加加油的两件事，我一件也没加。我的数学，我的字，一路很差。

我很感激蔡老师对我的放任。她不打击我，不逼我，不想改变我。这就是放任，也是一种放生。盛林如果数学好，字也好，不一定会写作文。如果不会写作文，她这一生还有什么乐趣。

我的第四枚星星，学军中学的王宏老师，他教我的时间很短，但我记着他。他上课时总是激情荡漾，有力挽狂澜之势。他喜欢教我们念诗、唱歌，嗓门很大。那段时间，我们班充满欢声笑语。那一年我十三岁，正沉溺于炮制旷世小说、争当中国夏洛蒂·勃朗特的梦想。有一次我向王老师表达了这个梦想。他推推厚厚的眼镜片，很认真地说：盛林，你当大作家时，别忘记告诉老师！

可能因为我有远大理想，王老师从此注意培养我。有一次他筹备班会，点名要我拉二胡。为了练《草原上的红卫兵见到了毛主席》，我一次次往小学同学范俊涛家里跑，让她教我。这支曲子，是范俊涛的当家菜。开班会这天我非常怯场，叽叽嘎嘎，二胡拉得完全没了节拍，而且没拉完就往下跑。同学们看着我发愣，王老师却及时地大喊一声：“好！拍手！”所有人醒过来，拍手。

我不知道这次表演是不是真的让王老师满意，但那片掌声，一直在我心中回荡。

我的第五枚星星，学军中学的常雪姣老师，他教我的时间比王老师更短。他看了我一大堆胡思乱想的小说后找我谈话。他说，盛林，你的小说，不是小说，是什么呢？什么都不是。文学这座宫殿，不是任何人想进去就能进去的，要有修炼，要有功底，有的人可能一辈子不得其道。我的话你懂吗？他问。我当然懂。我就是听了他的话，后来拼着命冲进了杭大中文系。

常老师是第一个打击我的语文老师。他让我第一次感到自卑，原来我什么都不是！自卑有时是治疗骄傲的良药，从此之后我不再骄傲。骄傲是一种虚弱，是一种低能。常老师的教诲我记住了。后来的人生，我非常努力，但从不骄傲。

我的第六枚星星，十三中的许琼老师。从学军中学跑到十三中，是我的选择。让我坐进初二四班的教室，是许老师的选择。她看见我就说，盛林，听说你喜欢写作文，我需要一个宣传委员，你帮大家出黑板报吧。我听了，大有怀才即遇之感。从此，我出黑板报很卖力，写作文也很卖力。我的作文成绩总是优秀，许老师总是把我的作文拿到课堂上读，还拿到校广播站广播。

但有一次许老师找我谈话，她很认真地说，盛林，作文拿个优秀，是太低的要求，你对自己的要求不会这么低吧？作文和做人一样，要不断实现飞跃，你自己的飞跃。许老师的话让我大吃一惊。我没想过飞跃的事。我以为我已经飞得很高、跃得很远了。

许老师让我第一次审视我自己。那一年我十四岁。那一年我彻底告别了童年。

我的第七枚星星，十三中的朱菊琪老师。她是我心中诗一样的老师。她为我们朗诵诗歌、散文时，经常让我掉泪。这之前，我真不知道朗读可以这么美，美到让你心旷神怡。从此我喜欢了朗读。朱老师也发现了这点，她告诉我，读书的时候，不要光盯着字，要倾注感情，要进入意境，要情景交融，要丢了你自己。

从此每每念书，我就丢了自己。丢了自己，就能看到一片绿洲。

那一年，我突然很想做一个诗人。

我的第八枚星星，十三中的成德昭老师。成老师带我这年，我正准备高考。成老师陪着我们文科班的同学，每天进行烦劳枯燥的练习。师生都很忙，忙得没机会聊天。这一年我很忧虑，我的数学很差，英语也很差，这两门课足以消灭我高考的所有信心。我认为我形同虚设，我的未来是个零。

有一天，成老师轻轻走到我身边，她摸着我的额头，她说："盛林，听说你有很多习作，老师想读读。"我看着她，她有一双美丽的大眼睛。我没想到，在大战临头的时候，她居然想看我的习作。我找出我的习作，整整一大包，好几万字，抱去交给成老师。成老师全部读完，一一评价。她说，盛林，老师喜欢你的作品，你不要放弃写作，未来的路有好多，重要的是往前走。只要你不停止，就有你的路，就有你的方向。

于是我继续前行，连滚带爬参加了高考，连滚带爬进了杭大中文系的中文专修班。在这里，我碰到了李孝华老师，他是我的班主任，也是写作老师，他带我走进了文学大观园，让我看到了浩瀚，看到了无垠。那正是我要认识的天空。

今天坐在这里，是为我的新书《奇怪的美国人》写后记，但思绪中频频跳出的，是昔日的语文老师，于是毫不犹豫地把他们写进了我的后记。这是我一直以来，很想做的一件事。很想在这时候，对他们说一声谢谢。这声迟到的谢谢、迟到的表达，我一直欠着他们。虽然迟到，却为时不晚。做一件应该做的事，永远不会晚。老师们，盛林谢谢你们！

写这篇后记，想到老师，也想到同学。

老师照亮我的青葱岁月，同学陪伴我的豆蔻年华。老师和同学，如同一个丝结，挂在我青春的记忆中，不会褪色，不会松散，不会变老。

去年秋天我回国时，正逢我的新书《骑越阿尔卑斯山》出版。同时，我接到很多同学会的通知，有小学体育班同学会，有初中同学会，有高中同学会，有大学同学会，有闺密同学会，有大中小学混合同学会，也有我的“死党”同学会。我的同学们都说，嗨，盛林，正好我们要开同学会，正好你的新书出版，正好你人在杭州，正好秋高气爽，正好把你的书拿来，我们正好给你开个签书会，你正好证明给我们看，你的字有没有长进！

哭啊，他们还记得我写一手烂字！

我心里清楚，同学们那么多“正好”，只有一件是真的：正好他们找到了理由，为我捧一把场，让我过一把签书瘾。

我马上上网买书，然后拎着一箱子去见同学。去时一满箱，回时一空箱。当然有时装回一箱礼物，有山核桃，有柿子，有烧饼，有豆腐干，有丝巾。有个叫葛代莺的同学，是我小学、初中、高中的“三朝”同学，每逢同学会，只要我到她一定到。代莺身体欠佳，鼻腔做过手术，听力、口语不太好，我说话她听不清；她说话我听不清。但这没什么，我们一直聊天，一直笑，到了分手时不想分手。

每次离开同学会，我会激动很久很久。

缘是同窗缘，情是同学情。世界上有两种关系你无法选择无法割舍，一种是父母兄弟，因为血缘；一种是老师同学，因为业缘。百年修得同船渡，老师是那个撑船的人，同学是那个一起坐船的人。老师和同学，是和你一起渡河的那个人。就是你无法选择更无法割舍的人。

这段话，是我在一个同学会上的发言。现在我想补充两句，老师和同学，也是那个不管你是谁，不管你作为大小，哪怕你无所作为，永远不嫌弃你的人，永远记住你的人，永远在乎你的人。

在此，叩谢老同学！

我也想借此机会，感谢为我组办《骑越阿尔卑斯山》签书会的杭州妇女活动中心、杭州纯真年代书吧、杭州市统计局工会。感谢所有参加新书签书会的朋友。感谢好朋友婴音的全程策划。也借此机会，感谢为我组织《骑越阿尔卑斯山》签书会的休斯顿幸福读书会、美南浙江同乡会，以及休斯顿杭州老乡群。同时感谢杭州日报、都市快报、钱江晚报、光明日报、世界日报、知音杂志海外版、稻米图书策划公司等对我的支持和鼓励。

感谢所有我想感谢的人。

有恩必报，惟以写书。我的生活我的书，我们书里见！

[附]

Annette Carter 英文序言原文

Lin is going to publish her new book *Strange American,* and she wants me to write the Preface for her. She said for one of her books her husband wrote the Preface, and her mother wrote in another, so in this book she wants her dear mother-in-law to write a Preface for her. I was very surprised when she asked me to do that. I never thought I would be a part of her book, but I would love to try.

My daughter-in-law, Lin, is a beautiful, smart, and talented Chinese girl. She came to America only 8 years ago, but she has already published six books, and I know she is writing everyday. If you ask me which book is my favorite, of course it is *Annette in China*. Even though I never read it, I know Lin didn't tell anything bad about me.

Well, welcoming Lin to the family as my daughter-in-law has

introduced our family to Chinese culture as well as given us the chance to share our culture and traditions with her. When my son, Philip, told me he was going to marry Lin and she would come to Texas to live with us, I was concerned about her living so far away from her family and friends. I was also concerned about the changes she would experience moving from a large city of millions of people to a rural town of about 8,000. I wondered how she would adjust to the quiet country life.

Lin adjusted more quickly than we had imagined. She now raises chickens, ducks and turkeys on their property for fresh meats and eggs. When Lin and Philip go traveling, I am the one who helps taking care of their animals, I was very happy to help but scared as well when the big geese want to attack me, but it has a lot of fun. I can imagine that it is Lin's feeling when she stays with her little friends.

Lin also has a beautiful garden where she grows her vegetables.

It combines cultures by allowing her to cook her Chinese recipes while raising and growing her food like a Texan. Lin brings these Chinese dishes to our traditional American holidays which we celebrate together as a family. We are all happy to blend our traditions. Lin has adapted to many Texan favorite foods like hamburgers and enchiladas. She was exposed to eating raw vegetables in salads and as snacks. Our family has adapted to eating eel, whole fish, and heads and feet of animals such as ducks. My grandsons were introduced to duck tongues as snacks, they are not quite convinced this is a snack. Lin still believes that Americans waste many parts of the animal when we cook food.

Philip has tried to teach Lin to drive in America, but our high speeds on the freeways intimidate her. Lin is surprised that many young American children drive all-terrain vehicles around private property. She is also surprised that at sixteen year old they can get their driving license and so many people driving here because we lack public transportation.

I have a group of friends who share lunch together once a week. We have been doing this for years. I invited Lin to be my guest one week. She was very surprised at how well "older" American women dress as well as wear jewelry and accessories to complement their look. I enjoyed sharing my long-term friends with Lin and showing her that "older" women still have lots of fun and don't let age hold us back from anything we wish to do.

Lin has been accepted in our small town by the community. She has lots of friends in our church. She is always enjoying some party from our little town, such as wine tasting events, car shows and music parties. Sometimes she went to nursing homes to play Chinese instruments to make the older people happy. This is why she has so many friends, she has a kind heart.

Some of the stories above she has written about in this book *Strange American*, I think they will be a interesting part and I think it would also be wonderfully translated to English to let more American people read. I am very excited that people will know a lot of American culture from Lin's book, I love to learn Chinese culture too. I went to China 4 years ago. Lin's family, friends and former co-workers were very warm and friendly to me. They invited me to many wonderful dinners in the good restaurants where I experienced many new and different foods.

I was overwhelmed by the traffic. I also found the crowds of people pushing their way through to get where they were going very different than what I'm accustomed to. I soon learned in order to get through such crowds I would have to nudge other people as this was not considered rude.

My visit to China was very rewarding and enjoyable. I hope to return someday.

Our family considers ourselves fortunate to have Lin as a part of our family. She has enriched our lives with new experiences and we hope we have done the same with her.

Annette Carter